U0541164

中国日本文学研究

Japanese Literature Studies in China

（第一辑）

邱雅芬 主编

中国社会科学出版社

图书在版编目（CIP）数据

中国日本文学研究. 第一辑 / 邱雅芬主编. -- 北京：中国社会科学出版社, 2025. 8. -- ISBN 978-7-5227-5512-0

Ⅰ. I313.06

中国国家版本馆CIP数据核字第2025GH2867号

出版人	季为民
责任编辑	张靖晗
责任校对	李 惠
责任印制	张雪娇

出　　版	中国社会科学出版社
社　　址	北京鼓楼西大街甲158号
邮　　编	100720
网　　址	http://www.csspw.cn
发 行 部	010-84083685
门 市 部	010-84029450
经　　销	新华书店及其他书店

印刷装订	北京君升印刷有限公司
版　　次	2025年8月第1版
印　　次	2025年8月第1次印刷

开　　本	710×1000　1/16
印　　张	16
插　　页	2
字　　数	258千字
定　　价	98.00元

凡购买中国社会科学出版社图书，如有质量问题请与本社营销中心联系调换
电话：010-84083683
版权所有　侵权必究

《中国日本文学研究》第一辑编委会名单

主　　办：中国外国文学学会日本文学研究分会
顾　　问：谭晶华
主　　编：邱雅芬
副 主 编：唐　卉
编　　委：（以姓氏拼音为序）

潮洛蒙	陈世华	丁跃斌	高　洁	关立丹
何建军	雷晓敏	李东军	李俄宪	李光贞
李莉薇	李铭敬	李雁南	刘小俊	秦　刚
邱雅芬	孙立春	唐　卉	童晓薇	王　成
王升远	王奕红	吴光辉	肖　霞	张忠锋
周　阅	周异夫			

目　　录

发刊词

开展富于中国特色的日本文学研究 …………………………………（001）

前沿研究

"发现"还是"确认"？
　　——以近代日本文人的中国形象构筑为批评对象 ………… 吴光辉（003）
论日本战后派作家战争书写中的民族主义思想 ………………… 何建军（017）

区域国别视野

《木兰从军》在宝冢歌剧舞台的改编
　　——以中日间"战斗少女"形象为中心 ………………………… 秦刚（033）
古琉球起源的文学叙事
　　——兼论源为朝的形象塑造 ………………………………… 关立丹（045）
日本新派剧中的甲午战争表象
　　——以川上音二郎为例 …………………………… 孙立春　彭希照（058）
安部公房的《红茧》与第一次阿以战争 ………………………… 张忠锋（068）
押川春浪的"世界秩序"想象
　　——以《海底军舰》为中心 ……………………………………… 莫嘉茵（079）
冲绳文学中的萨摩入侵书写研究 ………………………………… 许圆圆（093）
"保护伞"下的文化抗争
　　——论《华文大阪每日》欧美文学译介中的"亲共抗日"性 …………
　　………………………………………………………………… 母丹（107）

比较与跨文化视野

谁制造了"悲剧"？
　　——古希腊悲剧效果"卡塔西斯"的中译和日译情况辨析 …… 唐卉（123）

近代中日韩的《玩偶之家》认知与"娜拉"的现实阐释 ········· 童晓薇（139）
世界文学视域下的日本当代文学汉译研究
　　——以《私小说 from left to right》为例 ················ 刘小俊（152）
大江健三郎文学的"骡栝"特征 ························· 雷晓敏（163）
镜物的发展
　　——论《今镜》对《大镜》的继承和发展 ··············· 李莘梓（173）
17—20 世纪中日文人结社考察 ························· 陈慧慧（186）

重读

森鸥外对女冠诗人鱼玄机传奇的重写 ··························· 高洁（201）
与谢野晶子"恋爱"短歌中的苦闷书写 ····················· 孙菁菁（213）
"有余裕的病人"：《病床录》中的疾病书写与形象构建 ·········· 肖羿（227）

综述

中国外国文学学会日本文学研究分会第十八届年会暨"区域国别视野下的日本文学研究"学术研讨会综述 ····························· 唐卉（243）

编后记 ··· （246）

《中国日本文学研究》征稿说明 ····························· （248）

| 发 刊 词 |

开展富于中国特色的日本文学研究

《中国日本文学研究》是中国外国文学学会日本文学研究分会的会刊，一年发行两期。中国外国文学学会日本文学研究分会是中国日本文学研究领域唯一全国学会，创办于1979年9月，原名中国日本文学研究会（一级学会），挂靠中国社会科学院外国文学研究所。迄今为止，学会大致每两年举办一次全国年会，旨在发挥全国性学术团体的优势，为中国日本文学研究者提供一个互相交流、共同提高的全国性学术平台。文学研究会成立后的1982年，就创办了会刊《日本文学》（吉林人民出版社，1982—1989年），但受人力、资金等诸多因素限制，1989年停刊。8年一共出版了27期，获得了同行的好评。自2010年开始出版"年会论文集"（2010—2021），"年会论文集"每两年出版1部，11年总计出版了6部，受到了日本文学研究者的关注。

随着我国社会经济的整体发展，日本文学研究也飞快发展。学术论文、论著数量呈现爆发式增长趋势；大批国内博士与留日归国博士不断走上教研岗位，为学科发展提供了坚实的人力资源保障；一些高校中文系学者以及在中国文史哲领域获得博士学位的中青年学者的"跨学科"研究视角为本学科带来了良性刺激，而本学科学者的一些"越界"研究视角亦为我国传统文史哲研究领域注入了新鲜血液。关于"中国日本文学研究范式"的思考逐渐成为本学科重要的问题意识之一。尝试突破日本文学史的惯性叙事模式，在研究内容、研究方法上力求创新，并有意识地彰显中国特色的"本土化"研究成为时代的呼声。

这种寻求突破、力求开展"本土化"研究的努力是中国日本文学研究不断走向成熟的标志。可以说，目前中国日本文学研究正处于关键的转型期，如何开展富于中国特色的日本文学研究成为时代课题之一，这亦是相关研究者面临的研究基础问题。2012年国务院学位委员会第六届学科评议组对外国语言文学的研究方向进行了拓展，在外国文学、外国语言学、翻译学三个研究方向的基础上，新增了国别与区域研究、比较文学与跨文化研究两个方向，这亦是与时俱进的学术生态之变。定期会刊的出版无疑是学科发展的必然趋势。当今的中国日本文学研究队伍虽然庞大，但尚无一份专业期刊，这严重影响了学者与学科的进一步发展。在此背景下，《中国日本文学研究》集刊应运而生。本集刊设置前沿研究、区域国别视野、比较与跨文化视野、动态研究、翻译研究、重读、书评、综述等栏目。

相信本集刊的出版将一改中国日本文学研究领域无专业期刊的尴尬现状，并将有力地促进学者与学科的持续发展，亦将有利于新时代中国学术话语体系建设事业。

前沿研究

"发现"还是"确认"?
——以近代日本文人的中国形象构筑为批评对象

吴光辉[*]

摘要：近代日本文人的中国形象构筑研究，成为如今学术界的一大热点。针对这样的中国形象构筑而展开批判，必须阐明一个基本前提，即近代日本文人究竟是"发现"了中国，还是始终在"确认"着既有的"中国形象"。就此而言，近代日本文人在将中国形象构筑作为自我精神觉悟或者身份认同的媒介、工具时，一直是采取"确认"的方式，树立起作为"标准"的西方文明论，进行着持续"错位"的中国书写，构筑起作为"方法"的中国形象。

关键词：现代性；日本文人；中国形象；确认

"Discovery" or "Confirmation"?
—Based on the Construction of the Chinese Image of Modern Japanese Scholars as the Object of Criticism

Wu Guanghui

Abstract: Research on the construction of the Chinese image of modern Japanese scholars has become a hot topic in academia today. To criticize the construction of such an image of China, it is imperative to clarify a basic premise,

---

[*] 吴光辉，教育学博士，日本京都大学博士后，厦门大学教授，研究方向为日本思想史、比较文化学。

that is, whether modern Japanese scholars have "discovered" China or are always "confirming" the existing "image of China". In this regard, this thesis argues that when modern Japanese scholars used the image of China as a medium or tool for self-consciousness or identity, they always adopted the method of "confirmation" and established the theory of Western civilization as a "standard", carrying on the continuous "dislocation" of Chinese writing and building up the image of China as a "method".

Keywords: modernity, Japanese scholars, Chinese image, confirmation

引言

围绕近代日本文人的中国游记,以东洋文库编辑出版的《明治以降日本人的中国旅行记解题》(1980)、小岛晋治监修的《幕末明治中国见闻录集成》(1997)、张明杰主编的《近代日本人中国游记》(2006)、浙江文艺出版社出版的《东瀛文人·印象中国》(全五册,2018)为代表,日本文人的中国考察成为如今学术界关注的一大焦点,也涌现出以徐静波的《近代日本文化人与上海(1923—1946)》(2013)、《同乡与异域——近代日本作家的中国图像》(2021),孙立春的《日本近现代作家访华游记研究》(2016)为代表的一批研究论著。不过,审视迄今为止围绕近代日本文人的中国考察,或是关注作为"对象"的中国的认识迁变,① 或是关注这样的认识视角是否存在"为了日本"的潜在心理,② 或者关注某一个

---

① 围绕这一问题的研究,学者周宁、吴光辉依照历史的逻辑,提示了多样化的中国形象,尤其是"作为知识帝国的中国形象、作为文明比较对象的中国形象、作为文化他者的中国形象"。参阅吴光辉《日本的中国形象》,人民出版社 2010 年版。

② 围绕这一问题的研究,沟口雄三明确指出在近代日本知识分子考察中国的背后潜藏着"为了日本"的基本动机。参阅[日]沟口雄三《作为方法的中国》,孙军悦译,生活·读书·新知三联书店 2011 年版;[日]沟口雄三《中国的冲击》,王瑞根译,孙歌校,生活·读书·新知三联书店 2011 年版。

特定区域的中国形象,① 由此也构成以中国考察、新闻传播、文化交涉、中国形象、跨文化对话等为核心主题的跨领域、多视角的学术研究的滥觞。

但是,本论认为这一研究不可以止步于历史实证主义研究、文学鉴赏式研究,而是需要深入到一种"美学"或者"方法论"视角,既要挖掘潜存在日本文人内心深处的价值观念,充斥于日本文人文字之间的政治意向,更需要推导出流露于日本文人"表情"中的思维判断乃至行动原理,由此才能树立起这一研究的思想框架与研究理路。基于这样的思索,本论尝试提出一个新的范畴,即"惊讶的表情"(「驚きの表情」,Surprised Expression)。所谓"惊讶",引自希腊哲学家柏拉图(Plato, BC427－BC347)《泰阿泰德篇》所提到的,"'惊奇'这种经验确实是爱智者(哲学家)特有的。除了惊奇之外,哲学没有别的开端"(柏拉图,2018:34)。这一段话亦被通俗性地解读为"哲学的动机在于惊讶"。所谓"表情",也就是一种作为情绪或作为心理的、有意识或无意识的表象,亦牵涉感受、认识、知觉乃至精神内涵。在此,本论尝试借助这一范畴,来阐述近代日本文人考察中国、形塑中国的所谓"方法"。换言之,或许正如冒险家夏多布里昂(François-René de Chateaubriand, 1768—1848)的东方或加拿大的"异域发现"一样,近代日本文人考察中国、认识中国之际,亦存在着无数"惊讶的表情",既通过直面"异域"、直面"他者"而产生不少哲学性沉思;亦令"自我"产生了一种精神性的觉悟,从而将自身与历史、存在、人类文明串联在一起,构筑起独特的"身份认同"。一言以蔽之,在直面"异域"或"他者",形成精神性的自我觉悟或构筑起"身份认同"二者之间,我们可以找到作为媒介、装置的"惊讶的表情"。

---

① 围绕这一问题的研究,以上海或者江南为对象,可参阅徐静波《近代日本文化人与上海(1923—1946)》,上海人民出版社 2013 年版;孙立春《日本近现代作家访华游记研究》,中国社会科学出版社 2016 年版。

一、作为"标准"的西洋文明论

探究日本文人中国考察的动机，或许我们可以提到 1862 年 "千岁丸"的上海之行，既是为了"探索外国的贸易模式"，同时也是为了进行新时代的"实验性通商"（日比野辉宽、高杉晋作等，2012：解说）；还可以联想到冈千仞（1833—1914）借游历清国，一舒感慨，认为处在明治维新时期的日本不应该只关注西洋，亦需要关注东方汉土，"以济天下之大用"。质疑"顾汉土岂无可取者乎？"（冈千仞，2009：8—9）。亦可以联想到日本新闻社派遣作家芥川龙之介（1892—1927）到中国的动机，即试图描绘出一个持以"新面目"，且"富于新意"（芥川龙之介，2006：12）的中国，或者是如作为京都大学留学生而来到中国的吉川幸次郎（1904—1980）所言，是为了"把中国作为中国来理解"，由此而树立起一个"新的学问"（吉川幸次郎，2008：5）。不过在此，我们可以揭示出近代日本文人考察中国的"二元对立结构"，也就是"大陆汉土—东瀛岛国"的地理结构；"贤者如云的文明母国"与为西方新思想所熏陶而改变的"新中国"的新旧结构；把中国作为"理想"的东方之国，即"审美中国"，或者犹如东洋史学所标榜的，亦要把握到中国的鄙陋之处，也就是"审丑中国"，抑或是"如实地"呈现中国，即"把中国作为中国来理解"。在这样的对立结构下，中国不再是具有独立性的理想存在，而是处在一个文明比较的视域下，从而也就必然遭遇到被加以表述、加以怀疑、加以否定的"危机"。

审视这样的二元对立结构，我们不得不提到西方文明的"现代性"（Modernity）问题。依照德国思想家马克斯·韦伯（Max Weber，1864—1920）《宗教社会学论集》序言的一段阐述，即"至少我们认为，在追寻具有普遍意义与普遍合理性的发展历程的文化现象，惟有在西方社会，而且只有在西欧社会才会产生"（马克斯·韦伯，2017：1）。也就是说，西欧社会具有了超越一切的现代性原理，是唯一可以产生普遍意义、具有普遍合理性的所在。反之，"西欧以外的地方，无论是印度、中国、巴比伦、埃及"的一系列经验性知识、关于人生各种问题的思索、最为深远的哲学乃至神学的人生论，都欠缺数学基础，缺乏一种合理性。在此，韦伯的论断树立起一种"欧洲"与"非欧洲"的绝对差异，构成二元对立论式的"现代性"原理。但是，马克斯·韦伯的"现代性"原理尽管一直遭受来自非欧洲，尤其是亚洲学者的抵抗与批判，但是它却犹如一道"暗影"，始终笼罩在近代日本文人的心头，也影响到他们的中国考察。不过，较之本论阐述的1862年"千岁丸"的上海之行，以及冈千仞、芥川龙之介、吉川幸次郎等一批人物，笔者认为最为直接、坦诚地反映出日本文人考察中国的"动机"，乃至牵涉一种原理性"问题"的，则莫过于日本历史学者、京都学派东洋史学的创立者内藤湖南（1866—1934）。

围绕内藤湖南的中国考察，一方面，中国学术界翻译了著名的《燕山楚水》，讲述了内藤湖南1899年第一次访问中国大陆的纪行。另一方面，以傅佛果、严绍璗、钱婉约为代表的一批学者则探究了内藤湖南的思想。但是，围绕内藤湖南最初作为新闻记者，究竟抱着怎样的目的考察中国却缺乏深入探究。在此，借助《燕山楚水》卷首的一段话，我们可以一窥内藤湖南的根本动机。

> （对少年学生）前往彼岸大陆，畅游长江上下游，饱览武昌、金陵的景色，从闽、粤、厦、澳进入香港、新加坡，目睹欧洲东侵的经营，也算得壮举。这样的壮游，会有越来越多的人模仿，今天看起来觉得异常的事物，以后就会习以为常，不再少见多怪。我希望他们再进入内陆地区，去探寻那些中国诗人自古以来咏怀抒情，而现在依然能尝到羁旅辛苦的地方，或踏访东三省、山东这些新近被欧洲列强侵占的地方，以备思考战略雄图。我还希望游历这些地区的人，能够具备一定的学术上、美术上的眼光。（内藤湖南，2007：5）

再度审视这段话，首先，内藤湖南将中国考察视为一场"壮举""壮游"。所谓"壮游"这一概念，应该来自杜甫《壮游》一诗。该诗叙述了杜甫少年之游、吴越之游、齐赵之游、长安之游、奔赴凤翔及扈从还京、贬官之后久客巴蜀的坎坷经历，更展现了最后的"群凶逆未定，侧仁英俊翔",即期望英俊之才力挽狂澜的情怀。事实上,这一范畴也是文艺复兴之后欧洲文化的一大元素,最初源自法语"Le Grand Tour",英语为"Grand Tour",盛行于18世纪的英国,不少历史上著名的文人墨客均留下了丰富的文字记述。① 内藤湖南在此所谓的"壮举"或"壮游",正如该文表述的,乃是"目睹欧洲东侵的经营"而兴起的情怀,故而带有激愤、崛起、"思考战略雄图"的内涵。

其次,内藤湖南的中国考察,应该说也是站在一个"世界史"的场域来把握的。较之传统的瞻慕贤哲、探访古迹、寻抚遗风、回思远略、访求得失不同,内藤湖南的中国考察是将欧洲列强、日本,乃至新加坡作为整体性"场域"来加以把握的,亦提出一个最直接的问题,就是面对欧洲"东侵",中国将走向何处、日本将如何对待中国。不言而喻,将亚洲纳入与欧洲对立、对等的地位,或许未必可以说是一种"世界史"的思维,但是我们也不可脱离这样一个视角。就在1941年至1943年战争期间,中央公论杂志社邀请一批文化学者举行了以"世界史的立场与日本""东亚共荣圈的伦理性与历史性""总力战的哲学"为主题的座谈会,而后被编撰为《世界史的立场与日本》(1943)一书。究其根本立场,即期望日本"一方面要唤醒各个民族的民族性的自觉,使之转化为带有自主的能动的民族;另一方面,在这一时候要始终保持指导性的地位"。由此可见,近代日本人的中国考察始终与他们的战略雄图、与应对西方的理论国策,乃至与日本帝国的未来走向密不可分。

最后,就是该段文字中所阐述的,"今天看起来觉得异常的事物,以后就会习以为常,不再少见多怪"。事实上,所谓"觉得异常的事物",也就是让日本人感到"惊讶"的,也就是与过去的"想象"截然不同的一个中国,这样的中国或许就是内藤湖南所谓的"中国诗人自古以来咏怀抒情"的中国印象。但是,内藤湖南却在目睹现实中国后发现,中国完全

---

① 作为最具影响力的西方人亚洲纪行之一,阿诺德·汤因比通过"中国纪行"而确认了西方文明的"种子正在生长",它的枝叶犹如"生命之树(Yggdrasil)的枝桠,慢慢铺满大地"。从而在西方文明与异文明之间确立了自我的身份认同。参阅阿诺德·汤因比《中国纪行》,司佳译,上海人民出版社2019年版,第315页。

成为一个陌生的国家,并由此认识到近代日本的中国认识将会急剧走向"政治化"立场,也就是甲午战争后的中国认识。对此,内藤湖南也尝试与之保持距离,并提出了警示,即必须"具备一定的学术上、美术上的眼光"来接受、理解这样的"中国"。这样的接受、理解是一种带有审丑的、蔑视的视线。

在内藤湖南所阐述的中国考察的动机中,较之所谓的"中国发现",或许更为重要的则在于"中国确认"。不是说去"发现"中国文明不在、衰败颓丧的事实,而是"确认"失败于日本的"清国"是否会进一步被"欧洲东侵"蚕食掠夺、分裂灭亡。不是说"发现"中国无力拯救自身、需要日本去协力振兴,而是"确认"在面对"欧洲东侵"、目睹沿海剧变、中原动荡时,日本要拿出什么样的"统治"方针。不言而喻,内藤湖南在这一时期还抱着一种"文人"气质,故而也留下了"能够具备一定的学术上、美术上的眼光"的文辞,也由此进一步"确认"了作为知识分子的身份认同。

不过在此,我们还需要把握一点,即在这样的"确认"中,基本原理或者潜在标准究竟是什么?"欧洲列强东侵的经营"或者"欧洲列强侵占的地方",内藤湖南在此描述的无疑是一种"坚船利炮"的西方技术文明。但是,处在1899年,即19世纪末期的日本,在经历了明治维新之后,应该说更清醒地认识到了西方"坚船利炮"的技术文明背后,也潜藏着文物制度、法律思想的"精神文明"。因此,正如吉川幸次郎所指出的,内藤湖南针对西洋文明抱有了一种"十分敏锐的反应,由此,确认清朝的学问是历来中国学问中最先进的,这是把西学作为参照才做出的判断"(吉川幸次郎,2008:23)。换言之,中国考察的"确认"在此转换为内藤湖南从事中国学术研究的一种"确认",既确认了来自欧洲的"西学"具备作为参照物的价值,亦确认了"清代学问的实证性与西洋学问"极为"相近"(吉川幸次郎,2008:22),故而也尤为重视清朝学问,"确认"了自身今后从事学术研究的基本方向。

二、持续"错位"的中国书写

之所以将"西方文明论"视为近代日本文人中国考察的动机,诚如本论所阐明的,是为了"确认"以这样的"西方文明论"为唯一标准的"思想"存在于近代日本人的心底,且被用来"确认"中国文明不在、陷入衰微的地步。不可否认,这样的价值判断理念处在一个"预备"的立场,亦犹如"紧箍咒"一般,牢不可破地凌驾于近代日本文人的思想根底。但是,如何将之"落实"到现实中国的考察中,从而构筑起"确认"的互证,则需要我们深入到纪行文本中加以审读评价。不仅如此,本论在此还尝试提出一个新的范畴,即日本文人的中国书写存在着一种"错位",这样的"错位"本质上属于一种"碎片化"的叙事策略,从而构筑起西方文明观念下的非持续、不确定的中国形象。

不言而喻,在近代日本文人的中国书写中,我们可以认识到不少风土景观的描写,延续了1862年"千岁丸"上海之行所留下的印象,上海乃至中国始终是一个"道路无比肮脏""垃圾粪便成堆",处在"乱政"、缺乏文明的时期(日比野辉宽、高杉晋作等,2012:18)。在内藤湖南的笔下,尽管时隔30多年,中国依旧是一个"肮脏污秽之地",尤其是北京的贡院。内藤湖南描绘了科举考试之地,指出"污秽肮脏莫过于北京贡院。……野草丛生,粪便狼藉,难以言表"(内藤湖南,2007:148)。再时隔20年之后,芥川龙之介记载了苏州孔子庙——江南第一文庙的"衰败"情景,杂草丛生、废塔荒陌,也留下了这样的"荒废,不也正是整个中国的荒废吗?"的叹息(芥川龙之介,2007:94)。这样一个文明不在、陷入乱政的中国形象,可以说不断地为游历中国的日本文人所复制,构成了自"文明母国"与"文明不在"之间中国形象的"错位",也不断地被日本文人加以确认与再确认。不过,正如芥川龙之介慨叹中国的"荒废"一样,这样的中国风土的直观认识逐渐转为中国人的形象构筑乃至中国文明的重新评价,从而形成了以"风土—人物—文明"的线性结构为核心的中国文明批评,更形成了一种"在中国、无中国"、极度混乱、杂糅、错位的中国书写。就此而言,近代日本文豪夏目漱石(1867—1916)

的《满韩漫游》就是一个最为突出的代表。

围绕《满韩漫游》的文体问题，文学评论者吉本隆明（1924—2012）曾提道："《满韩漫游》是一篇非常奇怪的文章，既不像游记，也不像漫无边际的随想，又不像见闻录。因此，并没有阐述深刻的思想。夏目漱石试图像《哥儿》的问题一样，突出文章的滑稽性。实际上，怀旧的文章，一边回忆一边叙述的文体，就应该是这样的。"（王成，2007：146）但是再度审视这篇以满洲、朝鲜为对象的"异域"游记，与其说夏目漱石没有阐述什么深刻思想，倒不如说这样的思想隐藏在被"满韩漫游"装饰起来的"叙事技巧"中。至少我们可以确认一点，即夏目漱石"漫游"的地点——满韩，应该说是一个西方文明与东方文明的"碰撞之地"，作为形式的"漫游"，尽管不同于内藤湖南提出的充满了"战略雄图"的"壮游"——事实上该文的日文表述为"满韩处处"。但是，却也间接地"仿佛"再现了夏目漱石旅行之际的独特"心境"。若是将这样的"心境"加以定位，正如夏目漱石之后致大阪朝日新闻社主笔鸟居素川书简中所提到的，"日本人具有进取精神，……游历满韩之后就觉得日本人的确是前途有望的国民"（王成，2007：146）。在此，通过"日本人的确是前途有望的国民"这一表述，我们可以认识到满韩之行，乃是夏目漱石"确认"日本国民性格或"日本精神"的一大试验场。

那么，夏目漱石究竟如何进行这样的"确认"？在此，借助施晓慧的研究，我们可以认识到夏目漱石处在比较文明论视野下的极具隐喻内涵的叙事技巧（施晓慧，2016：20—21）。审视整部《满韩漫游》，就"绮丽"这一词语的使用例加以整理，尤其是以这一概念的修饰物为衡量标准，可以获得这样一个结论，即夏目漱石借此来更多地表述了日本人、日本事物或者西洋事物，呈现出极为显著的西洋文明崇拜倾向。与这一概念联系在一起的中国事物，则不过作为带有"中国趣味"的"鸟笼"，或者说一扫"广漠"氛围的晒满了玉米的"黄色屋顶"（小林爱雄、夏目漱石，2007：170、225）。正如学者王成所指出的，夏目漱石应该说是抱着一种"居高临下"的态度，仿佛"局外人"的情感，"在面对中国人或者亚洲人的时候，却毫不掩饰地把歧视的目光投了过去"（王成，2007：150）。

夏目漱石构筑起的中国形象，为什么要将之诠释为一种"错位"？就本论尝试构筑的"风土—人物—文明"的结构而言,作为清国固有的自然风土,作为中国人的生息之所,夏目漱石将之描写为"沃野千里",并感受到"旅顺"的"强烈而美丽的色彩与光线",尽管这样的日光无比"刺眼"(小林爱雄、夏目漱石,2007:206)。但是,在夏目漱石的笔下,却出现了一群与这样的风土、日光构成强烈对比的"中国苦力",故而其踏足旅顺的第一印象,就是中国人"单个人显得很脏,两个人凑在一起仍然难看,如此多的人挤在一起更加不堪入目"。由此,夏目漱石认为,中国是一个"奇妙"的地方,并进而确认中国人"果然是肮脏的国民"(小林爱雄、夏目漱石,2007:159、243)。但是,这样的"肮脏"究竟是"发现"还是"确认"?正如本论反复强调的,尽管它是夏目漱石踏上中国的第一印象——事实上,这也是自1862年"千岁丸"上海之行以来,乃至后世几乎所有日本文人考察中国之际的共有印象——但是,它绝不是夏目漱石的独特见识或者"发现",而应该是,且"果然"是一种感觉的、心灵的"确认"。

三、作为"方法"的中国形象

周宁曾将"中国形象"把握为一种"方法",并指出:"西方启蒙哲学家在主体—理性启蒙框架内构筑的现代文化秩序是欧洲中心的。想象中国的目的是确证西方,思想迂回移位到中国,最终还是要进入与复归西方,复归西方传统,从古典美学到哥特精神。启蒙思想'穿越中国',而不是停留在中国,这是西方现代性文化自觉的方式,也是对当今中国文化启蒙与自觉的启示。"(周宁,2006:128)换言之,穿越中国、迂回中国,也就是以中国为"方法"。而且,这样的"方法"不仅存在于近代以来的欧洲,也存在于当下的整个世界。不过,就本论而言,就是以近代日本人的中国考察为核心,试图阐明日本是如何通过"中国形象"的认识与建构,从而展开自我身份认同,进而形成对中国采取行动的原理,最后则是使之成为自我构筑起现代日本形象的"方法"之所在。

回溯日本考察中国的问题意识,在提出了著名的"亚洲是一体"(Asia is one)口号的文化学者冈仓天心(1863—1913)的笔下,亚洲是一个文化整体，是一个具有共性的文化统一体。但是同样在冈仓的笔下，中国却是一个缺乏统一性的国家，"在中国，无中国"（冈仓天心，2009：232—233）。换言之，一个缺乏文化共性与国家意识的中国，难以直接面对来自西方的冲击，无法实现"亚洲是一体"的宏大愿景。在撰写《七十八日游记》（1906）与《中国漫游记》（1918）的新闻记者德富苏峰（1863—1957）的笔下，清朝并非一个国家，即西方意义下的民族国家，唯有作为优等黄种人的"大和民族"才能维持远东和平、帮助中国走出困境。由此可见，近代日本文人构筑"中国形象"的"潜在逻辑"，即在于将"中国形象"构筑为现代日本展开自我身份认同、确立东洋理想的"负面方法"。

这样一种"方法"，到了抗日战争时期的新闻记者保田与重郎（1901—1981）的笔下，则更凸显为一种可称为"地域性"的比较文明论的视角。作为极度宣扬战争的"日本浪漫派"的核心人物，保田与重郎曾作为新日本文化会的机关杂志《新日本》的特派员而自朝鲜抵达中国，开始了一段"为了见识和思考如今的浪漫日本的过去和未来"（保田与重郎，2000：28）的东亚之旅，并撰写了以朝鲜、伪满洲、北京、伪蒙疆为对象的考察纪行——《蒙疆》（1938）。但是，在保田的笔下，带有"浪漫与朝圣"感的伪满洲之旅，促使保田沉迷于日本依靠战争扩大疆土，进行"世界史的创造"的迷梦中。以周作人为代表的中国知名人物的颓丧，更令保田"感到了一个阴郁黑暗的世界"。尤其是带有"灰色与失望"的北京之旅更令保田"意外地感受到了幻想的破灭"（保田与重郎，2000：84、87）。这样的心理在伪蒙疆得到一种精神性的"补偿"。之所以如此，即在于他认识到"象征着日本的这一转向的萌芽，就是'蒙疆'。我对于北京彻底失望了，就这样在'蒙疆'我才第一次想到了复活"（保田与重郎，2000：91—92）。一言以蔽之，伪蒙疆就是保田与重郎觉悟所谓"真正的自我"，宣扬所谓"与时俱进"的日本精神，即"昭和精神"，阐明未来亚洲乃至世界走向之所在。

审视保田与重郎构筑起来的中国形象，我们可以认识到他是将"西方文明论"的整体概念进行压缩，突破了根深蒂固的"西方、中国、日本"的框架结构，将之细分为日本、朝鲜、伪满洲、北京、伪蒙疆等多个场域。但是同时，他进一步以一种价值判断的方式，结合二元对立结构，构筑起将"日本—朝鲜、伪满洲""朝鲜、伪满洲—北京—伪蒙疆"的既延展扩大，亦潜在对立的架构。北京文人以沉默的方式抵抗日本的政治主张，令保田陷入"失望"的情绪中。反之，一片黄沙、缺乏美感的"鄙陋之地"——"蒙疆"，保田却通过这样一个未曾形塑的场域而看到了未来的"希望"。在这样的直观感受下，保田没有采取理性的、知性的衡量标准，而是以主体性的直观感受作为绝对标准，进而想象着日本的"世界史的创造"使命，转而陷入到所谓"浪漫主义"的窠臼中。

近代日本将中国形象视为"负面的方法""反面的教材"，基本上采取的是一种解构的、否定的方式，从而赋予中国形象以一种"刻板印象"或者"碎片化"的存在形式。在这样的推演模式下，出现了所谓"在中国，无中国"的认识。日本还会创造性地生产出犹如"蒙疆"这样的新的"他者"，以此作为未来日本的"延续"。在这样的过程中，日本可谓始终抱着一个"为了日本"的目的。

结语

沟口雄三（1932—2010）曾经批判："日本人在谋划日本这一坐标的时候，有意识或者无意识地将中国作为了一个'媒介'，这样一个兴趣癖好，自明治时代以来，即便是到了现在也没有发生转移。"（沟口雄三，2004：6）在此，沟口完全采取一种谦逊的叩问，来表述近代日本的中国认识。事实上，日本在将中国作为一个"媒介"来加以把握的时候，不仅不是一种"有意识或者无意识地"进行操作的态度，反而带有审丑的判断、批判的话语，更是推导出承继西方文明论、与中国保持二元对立，将中国作为"负的方法"或者"反面教材"的逻辑架构。这样的一个过程，"即便是到了现在也没有发生转移"，也就象征着这样的逻辑架构具有了顽强的生命力，具有了持续的话语霸权。中国不是被日本人"发现"的对象，而是不断地被日本人"确认"的对象，只要"西方文明论"的核心立场保持不变。

回归本论引言中提到的希腊哲学家柏拉图提出的"惊讶"的动机问

题,或者本论尝试提出的"惊讶的表情"这一范畴。作为"日本哲学"的独创者,西田几多郎(1870—1945)曾不无感慨地提道:"哲学的动机不在于'惊讶',而必须是深刻的人生的悲哀。"(西田几多郎,1978:116)历史上,"惊讶"存留在"他者"的记忆中,呈现为日本人的"表情";"悲哀"则是既包括了沟口雄三所谓的"为了日本"的苦斗、挣扎、彷徨,也包括了战败的苦痛、死亡体验乃至陷入虚无主义的深渊,也就是不断地内化到日本人的心底,始终伴随着近代以来的日本。唯有深入到这样的面对"绝对性的他者"之际的日本人的"惊讶的表情",唯有突破到这样的作为"媒介"或者"装置"的"中国形象"的背后,我们才能认识到真正的日本、认识到真正的日本人。

参考文献

[1] 芥川龙之介. 中国游记[M]. 陈生保,张青平,译. 北京:北京十月文艺出版社,2006.

[2] 芥川龙之介. 中国游记[M]. 秦刚,译. 北京:中华书局,2007.

[3] 子安宣邦. 东亚论:日本现代思想批判[M]. 赵京华,译. 长春:吉林人民出版社,2004.

[4] 保田与重郎.蒙疆[M].保田与重郎文庫第10卷,東京:新学社,2000.

[5] 马克斯·韦伯. 新教伦理与资本主义精神[M]. 刘作宾,译. 北京:作家出版社,2017.

[6] 沟口雄三.中国という衝撃[M].東京:東京大学出版会,2004.

[7] 内藤湖南.燕山楚水[M]. 吴卫峰,译. 北京:中华书局,2007.

[8] 小林爱雄,夏目漱石. 中国印象记·满韩漫游[M]. 李炜,王成,译. 北京:中华书局,2007.

[9] 西田幾多郎.西田幾多郎全集第六卷[M].東京:岩波書店,1978.

[10] 冈千仞,张明杰整理. 观光纪游 观光续纪 观光游草[M]. 北京:中华书局,2009.

[11] 冈仓天心. 中国的美术及其他[M]. 蔡春华,译. 北京:中华书局,2009.

[12] 柏拉图. 泰阿泰德篇[M]. 詹文杰,译. 北京:商务印书馆,2018.

[13] 施晓慧. 夏目漱石的"中国认识"的构筑——以《满韩漫游》为中心

[D].厦门大学硕士学位论文,2016.

[14] 白石喜彦.日中戦争における保田与重郎：『蒙疆』を中心として[J].国語と国文学,1980（1）.

[15] 日比野辉宽,高杉晋作等.1862年上海日记[M].陶振孝等,译.北京：中华书局,2012.

[16] 吉川幸次郎.我的留学记[M].钱婉约,译.北京：中华书局,2008.

[17] 王成.夏目漱石的满洲游记（译者序）.小林爱雄,夏目漱石.中国印象记·满韩漫游[M].李炜,王成,译.北京：中华书局,2007.

[18] 周宁.用一盏灯点亮另一盏灯——启蒙运动利用中国思想的过程与方式[J].天津社会科学,2006（6）.

论日本战后派作家战争书写中的民族主义思想[*]

何建军[**]

摘要：日本战败投降后，战后派作家从不同侧面描写了日本发动的侵略战争，参与了对二战历史的建构，在战后民族身份构建和认同等方面发挥了一定作用。战后派作家在战争期间都有过从军体验，既是战争的加害者，又是战争的受害者，这使得他们战后大多从比较狭隘的民族立场书写战争，流露出浓厚的民族主义思想。主要表现为对日本战败抱有复杂情感，流露出浓厚的战败意识；淡化日本侵略罪行，追究战争指导者的战败责任；刻意表现日本的受害，回避日本的加害责任；基于利己主义立场，反对"徒劳无益"的战争；描写日军"崇高的牺牲"，怀念死去的战友。

关键词：战后派作家；战争书写；民族主义思想

On the Nationalist Ideology in the War Writings of Post-War Japanese Writers

He Jianjun

Abstract: After Japan's surrender and defeat in World War II, post-war generation writers depicts Japan's aggressive war from different perspectives, participating in the construction of the history of World War II, and playing a certain role in the construction and recognition of the national identity after the war. Post-war generation writers, having experienced military service during the

---

[*] 本文为国家社会科学基金"世界战争文学史研究"（项目编号：22&ZD290）的阶段性成果。

[**] 何建军，文学博士，湖南科技学院外国语学院教授，研究方向为日本文学。

war, are both perpetrators and victims, which leads them to write about the war from a narrow national perspective after the war, imbued with a strong nationalist ideology. This is mainly manifested in: their complex emotions towards Japan's loss in the war, revealing a strong sense of defeat; diluting Japan's aggressive crimes and holding the war leaders accountable for the defeat; deliberately emphasizing Japan's victimization and avoiding the responsibility for its aggression; opposing "futile" wars based on egoism; depicting the "noble sacrifice" of the Japanese army and reminiscing about their fallen comrades.

Keywords: post-war generation writers, war writings, nationalist ideology

引言

日本战败投降后，以野间宏、梅崎春生、大冈升平、武田泰淳、堀田善卫、岛尾敏雄等为代表的战后派作家登上文坛，他们担负起反思战争、修复民族精神创伤的历史使命，从不同侧面描写了日本发动的侵略战争，参与了对二战历史的建构，在战后民族身份构建和认同等方面发挥了一定作用。黎跃进考察了日本战后民族主义文学，指出"渴望民族重新崛起成为战败后日本民族主义情感的主要内容"，主要"表现在对侵略战争的认知态度、对日本战败的屈辱感受和右翼民族主义的复兴，其根底是日本民族优越论"（黎跃进，2009：56）。刘炳范指出："日本战后作家对战争的揭露与批判，对和平的理解与呼唤，对侵略罪责的认识与表现，对日本失败结局和受到打击的理解是站在一定的日本民族主义的立场上进行的。"（刘炳范，2012：34）但是整体而言，学界尚缺乏对战后派作家战争书写中民族主义思想的深入分析和系统研究。因此，本文将从战败意识、战败责任、受害主题、反战叙事以及对日军战死者的情感等方面，探讨战后派作家战争书写中的民族主义思想问题。

一、表达强烈的战败意识

战后派作家在二战期间都有过从军体验，他们作为侵略者的一员，首先是战争的加害者。作为普通国民，又是军国主义侵略战争的受害者。战后，他们把自己的战争体验文学化，"不约而同地把战场、败军、俘虏、监狱、殖民地、废墟、饥饿等极限状态作为舞台。……他们通过描写缺乏日常性的极限状态，得以完成既是现代文学，又是严肃小说的稀有的文学"（奥野健男，1970：197—198）。这些作品大多从民族主义立场书写战争，对日本战败抱有复杂的情感，流露出浓厚的战败意识。

山田敬三指出："从19世纪末起，日本在亚洲的军事行动，几乎毫无例外地都是在国民的压倒多数的支持下推行的。在国内，蒙受侵略战争之害的自然是被驱赶出来的普通国民。尽管如此，从日清战争[①]、日俄战争起，经第一次世界大战，直至对中国大陆的侵略，日本国民对其评价一贯是肯定的。"（山田敬三，1992：29）正因为如此，战败投降给全体日本人带来了前所未有的思想冲击，引发了日本社会的巨大变革。矶田光一把日本的战时和战后看作两个军事占领时期，指出第一次是由东条内阁实施的军事占领，第二次是由美军实施的占领。日本人一方面因战败体验到了从第一次占领中解放出来的喜悦，另一方面又感到因第二次占领失去了什么（矶田光一，1993：38—40）。因此，日本人对战败投降的感情很复杂，既有重获和平的解放感，又有国土被占领的屈辱感。在日本，"自然而然地使用'败战'这个词语是在20世纪80年代以后。在此之前，具有压倒性使用率的是'停战'（日语是'终战'）"。"从微妙的语感上讲，'停战'一语包含着'败而不服'的意蕴；更加重要的是没有考虑支撑后方的每一位国民的感受与态度。"（铃木贞美，2008：165）

野吕邦畅指出："我国战争文学最大的特色是，它是战败者的文学。""文章的字里行间有一种难以言表的悲哀。那是发现自己曾拼命守护的一个伦理价值里没有意义的人的悲哀。而且，因为有这种悲哀，体验的记述才能成为文学。"（野吕邦畅，2002：18—19）战后派作家描写了日本人得知战败消息时的欣喜、不安等复杂心情，作品的基调大多比较阴郁、悲哀。比如，梅崎春生《樱岛》（1946）的主人公"我"得知日本战败投降的消息后，"眼里突然流出两行灼痛眼睑的热泪。无论我怎么擦，泪水还

[①] 日清战争即中日甲午战争。

是不停地滴下来。风景在泪水中一边扭曲一边分裂。我咬紧牙关，抑制着涌上来的呜咽继续前行。脑海里各种各样的东西交织在一起，摸不着头脑。也不知道那是不是悲伤。只有眼泪不断地充满眼眶"（梅崎春生，1966：45）。随着日本战败投降，"我"彻底摆脱了死亡的威胁，从军队的桎梏中解放出来。但是，生还的喜悦中还包含着对未来的担忧、对前途的不安。"我"的眼泪表达了当时那种悲喜交加的复杂感情，其中更多的应该是最终得以幸存的喜悦之情。大冈升平《俘房记》（1948）的主人公"我"在日军大势已去的情况下，憎恨把日本引入令人绝望的战争的军部，不愿"充当愚蠢的战争牺牲品"，不做无谓的牺牲和抵抗。被美军俘房后，"我"不仅没有特别的耻辱感，反而体验到了"生"的喜悦。尽管如此，在战俘营听到日本战败投降的消息时，"我"和其他俘房一样流下了眼泪。岛尾敏雄《终于没有出动》（1962）和《那个夏季的现在》（1967）描写了主人公作为海军特攻队员在即将驾驶汽艇进行自杀式攻击之际，获悉日本战败的消息，他们得以幸存后，也对前途感到不安和迷茫。

二、追究日本战争指导者的战败责任

日本战败投降后，日本国内围绕战争责任问题进行了持久的讨论。柄谷行人将战争责任区分为以下几个层次：一是刑事责任，杀害他人；二是政治责任，对杀害他人负有领导或监督责任；三是道德责任，没有或没能拯救他人生命；四是形而上学责任，自己得以幸存，而他人却遇害了（柄谷行人，2002：127—131）。

近代战争的最大特点是"总体战"，从军队到全体民众都以不同形式参与战争。二战期间，日本的牺牲者大多是底层士兵和普通民众，但也是他们在支撑着战争。竹内好提到一般国民的战争责任问题，指出："'举国家之总力'而战的，不仅仅是一部分军国主义者，还有善良的绝大多数国民。认为国民只是服从了军国主义者的命令并不正确。国民为了民族共同体的命运才'举其总力'。今天，我们能够将作为象征的天皇、作为权力主体的国家和作为民族共同体的国民区别开来，这是战败的结果使然，却不能将这种区别类推到总体战争的那个阶段。"(竹内好，2005：331)江口圭一也持同样看法，指出："除了天皇等战争指导者外，日本国民也不能逃避十五年战争的责任，他们深受国家利己主义诱惑之害，除了极少数的例外，压倒性多数的国民支持了战争，有时甚至达到狂热程度。"(江口圭一，2016：234—235) 然而，战后派的战争小说对普通士兵在战争中的暴行呈现出一种集体失语和失忆，鲜能看到对个体士兵或士兵群体战争责任的追问，大多对日军杀人强奸等行为习以为常，甚或为之开脱罪责，如大冈升平《野火》(1951) 的主人公"我"在战场上杀死了一个偶遇的菲律宾女人，对此"我没有后悔。在战场上杀人不过是家常便饭。我动手杀人纯属偶然。她也死于跟那个男人一起来到我藏身的房屋这个偶然因素"(大冈升平，1982：314)。此处的"我"表现出一个侵略兵的残酷无情和对菲律宾人生命的极端漠视。值得一提的是，武田泰淳的《审判》(1947) 提出了普通士兵的战争责任问题，主人公二郎对其在中国战场屠杀无辜平民的行为表达了忏悔。日本战败投降后，他决定留在中国，以自己的方式审判自己，以获得心灵的救赎。但是，正如冯裕智所指出的那样，由于过分强调二郎作为受害者的一面，从而削弱了作品的批判力度，使得这种战争反思很不彻底(冯裕智，2012：11—14)。

另外，战后派作家追究了日本军部和天皇的战争责任，但不是批判他们发动侵略战争，而是追究其战败责任，指责他们没有在日本败局已定的情况下早点停止战争，因此导致了日本人不必要的伤亡和无意义的牺牲。如大冈升平在《莱特战记》(1967—1969) 中点评日军在各个阶段策略的得失，指出了日本陆海军指导层在莱特战役乃至太平洋战争中犯下的致命错误，归纳总结了日军战败的主要原因，他认为，"莱特决战既已失败，大本营就应该给菲律宾全境司令官投降的自由。那样就可以避免日美两军在吕宋岛、棉兰老岛、比萨扬群岛无益厮杀、大批人员在山中悲惨饿死甚或吃人肉"(大冈升平，1983a：516)。得知美军在广岛投下原子弹和苏联对日宣战的消息，《樱岛》的主人公"我"想到自身和家人在战争中的境遇，"突然一股怒火像疾风一样涌上心头。付出这么大的牺牲，日本这个国家究竟得到了什么呢？说是徒劳——假如这是徒劳的话，我该向谁发出怒吼声才好呢？"(梅崎春生，1966：33) 作品的视点都没有转向遭受日本侵略的受害者。关于天皇的战争责任，梅崎春生指出："对我来说，从天皇一家受到了很多伤害。我被拉去打仗，牺牲了青春，身心两方面都受到了伤害。或许我等算是受害较轻的，有很多人失去了生命，受到的损害无以言表。"（梅崎春生，1967：114）大冈升平也表达了对天皇和天皇制的否定态度，他在《俘虏记》中写道："我不懂天皇制的经济基础啦、人间天皇的笑颜啦之类高深的问题，但从俘虏生物学的感情推断，对于 8 月 11 日到 14 日这 4 天时间内无意义地死去的人们的灵魂，天皇的存在也是有害的。"（大冈升平，1983b：374）①

三、刻意表现日本的受害

二战期间，为了鼓动民众参战，日本宣称侵略中国和东南亚各国的战争是"大东亚解放战争"。战后，日本不仅没有对其侵略战争的罪责进行深刻反省和彻底清算，反而刻意回避、模糊战争的侵略性质，大肆渲染所谓的日本受害。在对战争的称呼上，因"占领军禁止使用'大东亚战争'一词，于是美国'太平洋战争'的说法开始流通"（铃木贞美，2008：161）。这种说法以美日之间的太平洋战争为中心，抹杀了日本侵略中国、朝鲜和东南亚各国的历史事实。针对这种情况，鹤见俊辅于 1956 年首次提出了"十五年战争"的说法。史学家江口圭一进一步解释从 1931 年到 1945 年，日本先后发动了侵略中国东北的"九一八事变"、全面侵华战争和太平洋战争等，这一连串战争不是零散、孤立的战争，彼此之间存在着密切的联系，因此可统称为"十五年战争"（江口圭一，2016：1—2）。有学者认为，把这些战事概括为"十五年战争"，既提供了一个前后一贯的解释，也承认了日本的战争责任（劳拉·赫茵，马克·塞尔登，2012：212）。

英国历史学家乔治·L. 莫塞指出战后在战败国，"用战争体验的神话

---

① 日本于 1945 年 8 月 10 日向盟国发出乞降照会，提出在保留天皇制的前提下接受《波茨坦公告》，直至 8 月 15 日天皇裕仁才发表《终战诏书》表示接受《波茨坦公告》，正式宣布投降。

来掩盖战争，想把战争的体验正当化，也就是取代了战争的现实"（高桥哲哉，2008：123—124）。在此甚至把战争回顾成有意义的、神圣的事件。日本即是如此，每年8月15日举行"全国战殁者追悼仪式"，悼念二战期间死去的日本人。同时，强调日本作为世界上"唯一被爆国"的身份，通过高调举办广岛、长崎遭受原子弹轰炸纪念活动，把自己打扮成受害者。川村凑指出："广岛、长崎（或者冲绳）的讲述者，把原子弹受害和战争受害作为故事重复讲述时，固化在只有自己才是'受害者'的妄想之中。"（川村凑，2011：86）这样从官方到民间，反复强调日本人在战争中的受害，固化了日本人集体意识中战争受害的记忆，进而把这种"受害"作为亚洲乃至全世界的共同经历，以遮蔽其侵略者和加害者的事实。

战后派作家大都从自己的战争体验出发开始文学创作，讲述自己和日本人的战争经历。他们大都认识到了日本侵略战争的性质，通过文学作品表明了以下观点："过去的战争绝不是所谓的'解放亚洲的圣战'，那是对亚洲各民族残暴的侵略战争，是日本国民的生命和生活因强行发动战争的绝对主义天皇制统治权力而付出的惨重牺牲。"（佐藤静夫，1986：73）但是，战后派作家缺乏对战争全局的把握，主要从本民族立场出发，讲述看似客观的"事实"和"体验"，缺乏与他国战争受害者的连带感。黑古一夫指出："战后的战争文学中占据主流的作品是，通过在败仗或预感到将要打败仗的战斗中，凝视自己的生命和状态的士兵——一个人的形象，追问战争的意义。"（黑古一夫，2005：108）由于缺乏宏阔的视野，战后派战争小说的战争叙事碎片化，部分作品时空背景模糊，如岛尾敏雄的《岛之尽头》（1948）以自身战争体验为素材，开篇第一句话却写道："这是很久以前全世界都在打仗时的故事。"（岛尾敏雄，1980：157）作品采用了童话故事的讲述方式，叙述也带有幻想文学特点，从而回避了故事的真实背景和战争性质。

总体而言，战后派战争小说回避了对历史真相的阐释，建构了日本受害叙事模式，对日军犯下的罪行轻描淡写，对日本人受到的伤害浓墨重彩地渲染，把对外侵略战争讲述为日本人受难的故事。作品聚焦日军濒于溃败的战场，把目光投向参战的普通士兵，强调战争的残酷性、反人类性，如大冈升平的《野火》描写了日军在菲律宾战场上处于颓势时，士兵遭受饥饿和死亡威胁的状况;梅崎春生的《樱岛》、野间宏的《真空地带》(1951)描写了日本军队机构对下层士兵的迫害;野间宏的《脸上的红月亮》(1947)、《崩溃感觉》(1948)等描写了普通士兵在战争中遭受的身心创伤。所谓真实的历史包括不能遗漏的重要历史事实。反观战后派战争小说,其共同之处是大书特书日本人的受害,却很少描写被侵略国家的军民惨遭日军屠杀和蹂躏的凄惨状况。这种刻意为之的选择性书写,不仅以偏概全,无法让读者了解真实的战争,而且会歪曲历史、误导读者。就大冈升平而言,其文学创作的目标之一是不懈追求历史的真实,其报告文学《莱特战记》被誉为日本战后"战记小说"的金字塔。该作品描写了二战末期,美日在菲律宾莱特岛及其附近海面进行的生死决战,出版后根据新发现史料进行了若干次修订。但是,大冈修订的内容大都是关于日军行动的具体时间、地点等细微事实,而未考证日军制造的"巴丹死亡行军"和马尼拉大屠杀,也没有详细考证菲律宾人的受害情况。与此同时,部分战后派作家囿于民族立场的局限,表现出与日本右翼势力鼓噪的"英美与日本同罪史观"相近的观点,如大冈升平在《莱特战记》中把太平洋战争看作日美两国争夺经济利益和殖民地的战争,指出美国在菲律宾实施的是殖民统治,片面强调美军给菲律宾带来的灾难;堀田善卫在《审判》(1960—1963)中描写了执行原子弹轰炸任务的美国飞行员 C. 伊泽尔和在中国大陆犯下罪行的日军士兵高木恭助的行为,将两人的加害责任相提并论。

四、基于利己主义立场的反战思想

关于反战,古今中外有不同的立场、层次和动机。家永三郎把反战思想划分为四类:一是"基于个人利害,可以说是从利己主义立场出发逃避战争";二是"从国家主义立场出发的反战论";三是"从人道主义立场出发的反战论";四是"从社会主义立场出发的反战论"。前两种立场"只是表面上的反战思想",后两种立场则是从根本上否定战争(家永三郎,1980:263—279)。根据家永三郎的观点,可以说战后派作家的反战主要出于个人利己主义和国家利己主义立场,带有"绝对和平主义"的色彩，即反对一切战争，尤其是反对给自身和日本带来伤害的战争。

战后派战争小说的主人公大都是在日本战败迹象日益显露的情况下入伍，一开始就对战争态度消极，带有厌战、避战心理。正因如此，"昭和20年代的文学，主要以对战争的反抗意识和逃避兵役为主题。批判战争是战后派的中心主题"（松原新一，1983：275）。战后派战争小说从个人和民族的立场出发，主要通过以下几个方面的描写表达反战思想。一是描写战争的残酷，呈现普通日本人在战争中遭受的苦难，解构"亿兆一心"的叙事，如大冈升平的《野火》描写了战场上冷酷的官兵关系、医患关系和战友关系，揭示了战友相互残杀等灭绝人性的行为，主人公通过自身在战场上的悲惨经历警示世人要真正了解战争，明确表示谁也不能强迫自己再次上战场；野间宏的《脸上的红月亮》和《崩溃感觉》描写人们因战争带来的精神创伤无法融入正常社会生活，由此表达了对战争的否定态度。二是解构英雄形象，不但描写了士兵作为普通人的情感，而且描写了一些军人贪生怕死、当逃兵的懦弱行为，颠覆了战时英雄主义叙事，如大冈升平的《俘虏记》的主人公在战场上毫无斗志，试图当逃兵，并企图自杀，最终甘心做了美军俘虏；梅崎春生的《日暮时分》（1947）的主人公宇治中尉奉命去缉拿一名擅离战场的军医，自己却决定利用这个机会逃跑以求得一线生机。三是解构战争的意义，质疑官方的宣传口径和战争逻辑，认为这场战争鲁莽、愚蠢、没有意义，如大冈升平的《俘虏记》和《野火》的主人公认为死在战场上只能是充当"愚蠢的战争的牺牲品"，因此抛弃了"与祖国同命运"的观念，积极设法求生；梅崎春生的《樱岛》的主人公因自己身处险境、哥哥生死未卜、弟弟在蒙古战死，而愤怒地追问日本让国民付出这么大牺牲究竟得到了什么。四是对和平的向往，在战争中更加深刻地领悟生命的意义，憧憬和平、宁静的生活，如梅崎春生的《幻化》（1965）描写了主人公五郎在军队遭受着监禁和压抑，战争结束时体验到了"战败的喜悦"，对未来充满了信心。

总之，战后派战争小说的反战并非出于道义，而是出于趋利避害的利己主义，缺乏对个体作为战争共谋者的反思。这种反战的不彻底性遭到了一些学者的批评。火野苇平说："我更加用怀疑的眼光看待那些以肯定或赞赏的态度描写士兵逃离战场、指挥官抛弃部下逃跑的战场小说。假如其行动中贯穿着正确的人道主义和反战思想的话,就应该更加堂堂正正的。打胜仗时洋洋得意,战斗艰苦就突然转为反战开始逃跑,这显然是动物性行为。这种机会主义无非是同近代自我的确立相去甚远的利己主义。"(大久保典夫,1965:37)这些士兵不愿做炮灰固然有其合理的一面,但其实质确实是动物性的利己主义。大久保典夫指出:"战争期间火野的'士兵三部曲'和上田广、日比野士朗的作品中,民族爱、祖国爱、爱国心等士兵的心情被推到前面,而战后的《日暮时分》、《野火》和《真空地带》中反映的不是这种连带和责任意识,相反从连带中的脱离、在集团中的孤立被当作反战情绪得到肯定的描写。"作家把战场上的逃兵"作为人道主义和反战思想的象征树立起来,与战后那种不负责任的解放氛围相一致"(大久保典夫,1965:37—38)。这些论述虽然带有强烈的民族主义色彩,但也切中要害,道破了其中所谓反战的实质。这些作品的主人公之所以想当逃兵或投降,并不是基于道义的立场、不愿做侵略战争的帮凶,而是出于明哲保身的生存本能。

五、描写日军"崇高的牺牲"

美国哲学家迈克尔·沃尔泽(Michael Walzer)提出了"战争的正义"和"战争中的正义"的概念,前者涉及战争理由,后者涉及战争手段。只有在自卫战争中,"崇高的牺牲"才是有效的,且能给人以正当的印象(高桥哲哉,2008:170—175)。吉田裕指出日本人通常"在战争责任问题上,猛烈抨击'发动战争的少数军阀',强调一般官兵没有责任。同时,对一般官兵的牺牲精神和他们对祖国的热爱予以最高的评价"(吉田裕,2003:101)。日本战败投降后,关于侵略战争中阵亡的日军,日本人不但没有否定其死亡的意义,反而赞颂其"为国尽忠"的功绩。日本前首相小泉纯一郎在2002年参拜靖国神社时,把充当日本侵略战争走卒而战死视为"崇高的牺牲",认为他们为日本的和平与繁荣奠定了基础。这种观点为其后任安倍晋三等所继承,不仅代表了部分政客的看法,也反映了包括大量战争遗族在内的日本普通民众的看法。加藤典洋在《败战后论》(1997)中指出尽管这些日本士兵死于错误的战争,但他们毕竟是自己的父辈或祖辈，因此作为日本人应该向他们表示感谢、表示深切的哀悼。高桥哲哉对此进行了批驳，指出："国家总是不断地要谈'光荣的历史'，把遗属的哀伤、哀悼的感情转换为名誉感、自豪感、幸福感、欢喜的感情，这就是'靖国'的'牺牲'逻辑。可是在'国民的逻辑上'，可以说更强调哀悼和悔悟联结起来的团结心。"（高桥哲哉，2008：109）

战后派作家一方面从战争受害者的立场出发，批判了日本军部、军队机构的冷酷，揭示了日军官兵之间的封建等级关系、士兵个性与军队专制独裁的矛盾等，如野间宏的《真空地带》揭露了旧日本军队和军国主义的本质，指出士兵在法西斯军营中完全被剥夺了人的自然本性和社会性；大冈升平的《莱特战记》指出了日军在军事思想、军事体制等方面的缺陷，批判了日本军队内部存在的隐瞒事实真相、不顾下层士兵死活等问题；梅崎春生的《樱岛》借一个中年哨兵之口，批判了军队对人性的压抑，他说日本海军士兵"没有情趣。自以为是人，其实不是人。人内心世界不可缺少的某种东西，在海军生活中完全退化，变成了像蝼蚁那样没有思想、没有感情的动物"（梅崎春生，1966：19）。另一方面，战后派作家表现出与政界一致的看法，从狭隘的民族立场出发对日军的"战功"表示赞赏，对死去的战友表示同情和怀念。同时，作为战争幸存者，表现出对战死者的负疚感、羞耻感，认为其幸存建立在死者付出的牺牲之上，从而把日军在战争中的伤亡看作"崇高的牺牲"，如大冈升平认为纵然日军的作战策略是愚蠢的，但为执行上级命令而付出牺牲的无数士兵的行为和死亡并不愚蠢。《莱特战记》着重描写的是负隅顽抗的日军，即所谓在逆境中"屡败屡战""虽败犹荣"的日军，并对日本特攻队员的自杀式攻击给予了高度评价。为了告慰战死者的灵魂，大冈升平在战败20余年后重新踏上菲律宾莱特岛和民都洛岛，走访战争遗址，祭奠死去的战友。他在《再赴民都洛岛》（1969）等作品中称战死者为"英灵"，以表达对死者的崇敬之情。这种思想愈演愈烈，最终在《漫长的旅途》（1982）中为一名乙级战犯树碑立传、歌功颂德。岛尾敏雄在战争期间曾任海军自杀式舰艇震洋队特攻队队长，战后流露出对死者深深的负疚感，他说："现在我如果没有某种羞愧感就不能回想当时的事情。我觉得在战争和军队中态度懦弱，没有经受直接的伤害。虽然属于特殊部队，却没有参加任何战

斗。"（岛尾敏雄，1982：53—54）

结语

综上所述，日本战后派作家的战争书写，一方面对日本的侵略战争进行了反思和批判，另一方面带有浓厚的民族主义色彩，反映了其战争认知的局限与不足。这与战后派作家自身的战争体验、盟军的占领政策、媒体关于战争的宣传报道、战争受害的集体记忆、和平教育的片面性等日本战后社会环境密切相关。日本作家只有超越狭隘的民族立场，把目光转向亚洲各国的战争受害者，把自身的"受害"与日本侵略亚洲的"加害"联系在一起，才能对战争有更加全面正确的认识，才能重建真正的自我。

参考文献

[1] 黎跃进. 简论日本战后民族主义文学 [J]. 日本问题研究，2009（4）.

[2] 刘炳范. 基于民族主义的矛盾性——战后日本文学战争反思主题评析 [J]. 济南大学学报（社会科学版），2012（6）.

[3] 奥野健男.日本文学史[M].東京：中央公論社，1970.

[4] 山田敬三，吕元明. 中日战争与文学——中日现代文学的比较研究 [M]. 长春：东北师范大学出版社，1992.

[5] 磯田光一.戦後史の空間[M].東京：新潮社，1993.

[6] 铃木贞美. 日本的文化民族主义 [M]. 魏大海，译. 武汉：武汉大学出版社，2008.

[7] 野呂邦暢.失われた兵士たち：戦争文学試論[M].東京：芙蓉書房，2002.

[8] 梅崎春生.梅崎春生全集（第一卷）[M].東京：新潮社，1966.

[9] 柄谷行人.倫理21[M].東京：平凡社，2002.

[10] 竹内好. 近代的超克 [M]. 李东木等，译. 北京：生活·读书·新知三联书店，2005.

[11] 江口圭一. 日本十五年侵略战争史（1931—1945）[M]. 杨栋梁，译. 南京：江苏人民出版社，2016.

[12] 大岡昇平.大岡昇平集3[M].東京：岩波書店，1982.

[13] 冯裕智. 隐秘的告白与不彻底的战争反思——论武田泰淳的《审判》[J]. 宁波工程学院学报, 2012 (3).

[14] 大岡昇平.大岡昇平集10[M].東京：岩波書店, 1983a.

[15] 梅崎春生.梅崎春生全集（第七卷）[M].東京：新潮社, 1967.

[16] 大岡昇平.大岡昇平集1[M].東京：岩波書店, 1983b.

[17] 劳拉·赫茵, 马克·塞尔登. 审查历史：日本、德国和美国的公民身份与记忆 [M]. 聂露, 译. 北京：社会科学文献出版社, 2012.

[18] 高桥哲哉. 国家与牺牲 [M]. 徐曼, 译. 北京：社会科学文献出版社, 2008.

[19] 川村湊. 原発と原爆：「核」の戦後精神史[M].東京：河出書房新社, 2011.

[20] 佐藤静夫.「戦後派文学を問う」：戦後40年という時点から[J].民主文学, 1986（6）.

[21] 黒古一夫.戦争は文学にどう描かれてきたか[M].東京：八朔社, 2005.

[22] 島尾敏雄.島尾敏雄全集（第2卷）[M].東京：晶文社, 1980.

[23] 家永三郎.日本近代思想史研究[M].東京：東京大学出版会, 1980.

[24] 松原新一等. 战后日本文学史·年表 [M]. 罗传开等, 译. 上海：上海译文出版社, 1983.

[25] 大久保典夫.戦後の戦争文学——「日の果て」から「雲の墓標」へ[J].国文学 解釈と教材の研究, 1965（11）.

[26] 吉田裕.日本人の戦争観[M].東京：岩波書店, 2003.

[27] 島尾敏雄.島尾敏雄全集（第14卷）[M].東京：晶文社, 1982.

区域国别视野

《木兰从军》在宝冢歌剧舞台的改编

——以中日间"战斗少女"形象为中心

秦刚[*]

摘要：日本全面侵华战争爆发4周年之际，宝冢歌剧剧作家兼导演白井铁造根据中国影片《木兰从军》改编、执导的音乐剧《木兰从军》被冠以"东宝国民剧"之称，在东京宝冢剧场演出30余场，这是花木兰的故事首次被搬上日本歌剧舞台。通过将这部音乐剧与中国电影《木兰从军》比较，可以深度剖析"东宝国民剧"的改写策略与话语特点，也能看到花木兰故事在跨文化旅行中的嬗变。经过改写与重塑的花木兰故事融入战时日本战争动员文化体系中，并为日本大众文化领域植入了"战斗少女"的形象类型。

关键词：《木兰从军》；花木兰；"东宝国民剧"；白井铁造；东京宝冢剧场

The Adaptation of *Mulan Joins the Army* on the Stage of Takarazuka Opera

—The Trans-boundary of the Image of "Fighting Girl" between China and Japan

Qin Gang

Abstract: On the fourth anniversary of the outbreak of Japan's full-scale

---

[*] 秦刚，文学博士，北京外国语大学日本学研究中心教授，研究方向为日本近现代文学、中日比较文学。

war of aggression against China, Shirai Tetsuzo, a playwright and director from Takarazuka Opera, adapted and directed the musical "Mulan Joins the Army" on the basis of the homonymous Chinese film. The musical was performed more than 30 times at Tokyo Takarazuka Theater under the title of "Toho National Drama". This is the first time that the China's legend of Hua Mulan was introduced to the opera stage in Japan. Via comparing the musical and the homonymous Chinese film, the rewriting strategies and discourse characteristics of "Toho National Drama" can get deeply analyzed, and the evolution can also be observed in the cross-cultural and trans-boundary process. The rewritten and reshaped legend of Hua Mulan was integrated into the cultural system of the war mobilization in Japan's wartime, implanting the image of "fighting girl" into the field of mass culture.

Keywords: *Mulan Joins the Army*, Hua Mulan, Toho National Drama, Shirai Tetsuzo, Tokyo Takarazuka Theater

引言

1941年7月间，日本全面侵华战争爆发4周年之际，由白井铁造编剧并执导的"东宝国民剧"《木兰从军》在东京宝冢剧场正式公演，这是流传于中国民间的花木兰替父从军故事首次被搬上日本戏剧舞台，一时间竟带动了"木兰从军"故事在日本多种媒介形式的越界传播。一年后的1942年7月，曾于1939年春节期间公映，并在上海引发轰动的、由中国联合影业公司华成制片厂出品的中国电影《木兰从军》正式在日本上映。中日之间不同语言、不同艺术形式的"木兰从军"故事有着极为密切的关联。同名"东宝国民剧"（以下简称"国民剧"）其实是对中国影片《木兰从军》的跨文化、跨媒介改编与移植。然而，欧阳予倩担任编剧的故事片《木兰从军》以借古喻今的方式，隐喻性地表达了中国人民的抗战意志，欧阳予倩曾指出剧本的重点就是"反抗侵略"（欧阳予倩，1962：38）。影片上映后，阿英（钱杏邨）在接受八路军上海办事处委托编辑的《文献》月刊上撰文，称赞该片为"抗战以来上海最好的影片"

（鹰隼，1939：35）。而且，日本报刊《朝日新闻》（1939年5月17日）也刊登了一篇题为"巧妙的抗日电影《木兰从军》的玄机"的报道，称"最近在全中国引起最大轰动的上海新华影业公司的《木兰从军》，表面上是一部描写圣女贞德式女英雄的古装故事影片，其本意却是一部不折不扣的抗日电影"。

为何表现忠孝报国思想、暗含抗战动员主题的中国影片会被日本改编和引进？中国旅日学者晏妮在《中日电影关系史1920—1945》中，曾对影片《木兰从军》登陆日本的问题展开过具有开拓性的考证（晏妮，2020：241—266）。继之，又以《战时上海电影的时空：〈木兰从军〉的多义性》[①] 一文，分析了该片在跨越不同政治空间后被多重解读的问题，深化了关于该片在中日间越界的讨论，还提示了"国民剧"《木兰从军》的诸多线索。日本学者鹫谷花的论文《花木兰的转生——"大东亚共荣圈"的日中文化交错》（鹫谷花，2007：137—188）对同名中国影片与"国民剧"的创编背景及相互关系进行了考论，这也是首篇正面探讨宝冢歌剧《木兰从军》的学术论文。本文旨在全方位剖析"国民剧"《木兰从军》的剧本改编，考察其公演状况，分析其背后的改写策略与话语方式，思考日本战时大众文化运用何种机制、方法及语言重述与重塑"木兰从军"故事，亦关注越界过程中的嬗变以及被植入日本战争文化后对日本战后大众文化的影响。

一

东京宝冢剧场位于日本东京都千代田区有乐町，1934年元旦落成使用，是宝冢歌剧团在东京公演的专属剧场。"东宝国民剧"是由东京宝冢剧场的社长秦丰吉策划，为实现宝冢歌剧团创始人小林一三提出的创设国民音乐剧的理想，应当局强化"总体战"，即举国战争总动员体制的要求，由曾在宝冢担任宝冢少女歌剧编导的白井铁造任总负责人，自1941

[①] 晏妮. 战时上海电影的时空：《木兰从军》的多义性 [A]. 姜进. 娱悦大众 民国上海女性文化解读 [M]. 上海：上海辞书出版社，2010.

年起编创的大众化通俗音乐剧。《东宝十年史》记载："东宝国民剧一言以蔽之，是将戏剧、音乐、舞蹈三者统一起来，以创造强大的、真正的大众化舞台剧为目标而诞生。这三者的融合使原有的大剧场演出的大众性进一步提升，让少女歌剧的魅力更为充分地发挥，这是一场为创造日本真正的音乐剧而开启的运动。"（东宝十年史，1944：2）因是男女演员共演，而与全部由少女演出的少女歌剧不同，但"国民剧"与宝冢少女歌剧血脉相连，其舞台实践也影响了战后宝冢少女歌剧。

在东京宝冢剧场的舞台上，曾数次上演中国题材的少女歌剧。1934年6月至8月，白井铁造编导的《图兰朵》曾由月组和花组分别演出。1939年5月，演出过同样由白井铁造编导，根据唐代传奇《杜子春传》改编的音乐剧《桃花春》（东宝十年史，1944：25，35）。在白井铁造编导的音乐剧中，源于中国故事的编创形成一个系列。"国民剧"第二次公演选择改编《木兰从军》的具体缘由难以查考，但应与1939年6月在南京成立的中华电影股份有限公司的协助有关。东宝电影公司是该公司的出资方之一，出任该公司专务董事的川喜多长政曾担任东宝电影公司董事。1943年12月，东宝电影公司与东京宝冢剧场合并后，改称东宝有限公司。

"东宝国民剧"从1941年3月至1943年3月的两年间，在东京宝冢剧场进行过八次公演。其中，第一次《阿健去龙宫》（1941年3月5—27日）、第二次《木兰从军》（1941年7月2—28日）、第三次《兰花扇》（1942年5月2—26日）、第七次《印度玫瑰》（1942年10月31日至11月25日）和第八次《桃太郎》（1943年3月6—30日）均由白井铁造担任编导，被认为是真正意义上的"东宝国民剧"（中野正昭，2014：162），而第三次公演的《兰花扇》则改编自中国的孟姜女传说，由李香兰主演。

1941年7月的第二次公演由三部构成。第一部是根据上田广小说改编的现代剧《建设战记》（全九场、高田保编导），第二部是"日本芭蕾"《七月花柳舞》（全四场），第三部是《木兰从军》。以现代剧、舞蹈和主打音乐剧的三部构成是"国民剧"的演出惯例，每场演出时间四小时左右。白井铁造挑选了宝冢少女歌剧团最出色的"男役"（扮演男性角色的女演员）小夜福子扮演花木兰。当时就有评论说，"白井是宝冢剧作者中的第一号行家，小夜福子是人气最旺的明星，他们两个人是少女歌剧男女代言人的代表"（中西武夫，1941：146）。该剧还邀请了日本 Victor 公司的歌星灰田胜彦、东宝电影公司演员岸井明、日本哥伦比亚公司的歌唱家牧嗣人等饰演剧中角色。该剧广告或戏单上标有"出自中国古典名作《花木兰》"的说明，但据《东宝》1941年7月号刊出的《木兰从军》剧本，可知该剧是对中国电影《木兰从军》的改写和移植。在全剧结构、故事主线、主要人物、情节、场景等方面，两者均有较高的相似度。从发表剧本的插图、剧照、广告、戏单判断，剧中主要角色的服装亦参照了影片角色的服装设计。而且，白井铁造作词、铃木静一编曲的该剧的三首歌曲《故乡之歌》《月之歌》《三人相好》由日本 Victor 公司灌制成唱片销售。这三首歌曲的场景和歌词内容均与电影《木兰从军》插曲相对应。然而，"国民剧"绝非同名中国影片的简单翻版。编创方特意选在日本全面侵华战争爆发4周年之际公演此剧，让以"从军"为核心叙事的"木兰故事"跨越中日的移植变得极为复杂。就结果而言，无疑达到了将这个中国故事在日本战争动员文化体系内进行重塑的目的。以下笔者将考察"国民剧"的具体改编问题。

二

首先，在故事叙事层面，为抑制原文本的政治性蕴涵，弱化故事的象征性意义，"国民剧"的故事叙述以"去历史化"和"浪漫化"的手法展开。其次，在人物塑造层面，修改了主人公花木兰的部分人物设定及最终结局；在语言转换及翻译层面，改编剧理所当然地运用了日本国内通用的战争动员话语，体现出明显的日本战时文化的话语特征；在舞台演出方面，则不遗余力地追求"舞台奇观"，体现出对视觉中心主义美学的热衷，这也成为白井铁造通过本剧的编创为宝冢歌剧及日本战后音乐剧留下的遗产之一。

对比故事发生的时空背景。欧阳予倩担任编剧的电影中的具体年代设定在唐代。在花木兰得胜凯旋的场景中，画面上出现一块表功碑，碑上写的是"大唐贞观四年折冲都尉花木兰平番勒石于此"。历史上的唐贞观四年，即公元630年，唐太宗派兵讨伐东突厥，活捉了颉利可汗，令东突厥汗国灭亡，一举解决了东突厥连年入侵大唐的巨大威胁，影片将花木兰故事和唐灭亡东突厥的历史相关联，将花木兰塑造为"平番"英雄。这也是借古喻今地映射现实，曲折隐晦地表达抗日主题之需。例如，1939年2月16日《申报》刊登的影片广告中可见"历史上的典型女性""伟大历史古装巨片"的定位，将"历史"作为关键词来宣传影片。

"国民剧"的改编则以"去历史化"为基础，处理方式与中国影片截然相反。编导刻意将第一场"序幕"的舞台背景设计为"白色木兰花和中国扇子"的造型。伴随"木兰花的花姿令人怀念"（白井铁造，1941：124）的歌声，舞蹈演员从"中国扇子"里走出来翩翩起舞。让"木兰花"出现在舞台上，运用了日本歌舞伎中常见的"见立"（借喻）的表现手法，为了让观众将其与"花木兰"的名字产生联想，以强调主人公的女性特质。最后一场剧终时，身着戎装的花木兰走进"中国扇子"里，成为画框里的一幅画后，全剧落幕。全部剧情被定位于"中国扇子"中虚构的叙事时空。"国民剧"故事的时间与空间均模糊不清，没有任何明确交代，反而有意处理为脱离了具体故事背景的"传说"。第二场"将军出阵"虽然表现了"皇帝"派"将军"出征的场景，却未交代具体朝代。随后的第三场为"献花节"，将花木兰的出场设定在中国传统民俗中并不存在的虚构节日"献花节"，而且臆造了未婚少女在这一天要向祖先祈求自己得到美好姻缘的习俗，反映出编创者基于殖民主义视角的中国想象。如此，该剧在虚构的时空中展开叙事，演绎出了与中国历史与现实并无交错的平行时空中的"中国故事"。

剧中塑造的花木兰的人物形象也有明显改写。其一，花木兰没有像片中那样，以其本名替父从军，而是以死去兄长"花元章"之名入伍从军；其二，片中因军中元帅中箭而亡，花木兰在军中升任为"元帅"，但"国民剧"里元帅因花木兰的保护而得救，花木兰从"队长"荣升为"上将"，并未成为军中的最高统帅；其三，在全剧结尾，花木兰让爱慕她的部下"柳长英"与前来迎接的同乡少女结伴而归，没有像片中那样迎来个人感情的圆满结局，改写了花木兰与部下成婚这一大团圆式的片尾；其四，剧尾没有表现花木兰回到家中与父母团聚，甚至也没有表现她最终回归女性身份。全剧以花木兰独自站在桃树下演唱"何日可以倾诉我的衷肠"结束，女主人公始终被置于舞台上被观看和被诠释的位置。对此，鹫谷花指出该剧"将女主角花木兰从中国儒家家族制度中的民族及传统语境中完全割裂"，对于国家和家庭的"忠孝"观念被弱化，"始终保持了'男装丽人'的特异个性"（鹫谷花，2007：176）。

"国民剧"的花木兰形象彻底脱离了历史与现实维度，成为一个奇幻世界中的"传说"般的人物。巾帼英雄替父从军、保家卫国的故事被演绎为非现实的"童话"。戏剧评论家堀川宽一评价说："我在《木兰从军》里看到了可爱的童话，而且那个童话至今仍像一场愉快的梦境留在我的脑海中。"（堀川宽一，1941：55）这正是基于殖民主义视角的"去历史化"改编的结果。在这种刻意追求异国情调的叙事方式中，"木兰故事"的原有语境被替换，原电影故事中隐含的寓意性不复存在。花木兰形象的重塑，使其承载的象征性意义淡化。剧中主要承担战争动员角色的是新加入的一个名为"天天"的少女，她由擅长演唱的宝冢歌剧团明星橘薰扮演。这一人物堪称代表了日本"总力战"体制下的典型少女形象。她极度喜欢"军人"，当听到岸井明扮演的王姓青年要入伍时，欢快地歌唱"我的小王是军人"，当听说他因身材肥胖而被军队拒收时，竟斥责说："人太胖不能去，那就到肉铺里把肉割掉好了，不论想什么办法，你要是不去当兵，咱们的缘分就到这儿了。"如果说被剧本改写的花木兰是虚幻时空中被观看的"他者"，这个新加入的角色则可谓是从现实穿越到虚幻时空中的、被日本战时体制所期待的理想少女了。

三

《木兰从军》从电影到"国民剧"是一种跨文化的语言转码和广义的翻译行为，使用语言的转换最能体现改写过程中发生的文本变异。花木兰替父从军故事属于战争题材，而在日本发动全面侵华战争的背景下，中日双方的战争话语体系迥然相异。"国民剧"的台词清晰地体现出此时日本大众媒体战争话语的语言特点。虽然剧情的叙事与现实世界并无关系，但剧中人物使用的战争话语，能将剧场中的观众与正处于战争动员时期的日本社会连接在一起，剧中多处场景都暗含着对所谓"圣战"的宣传与动员。

譬如，剧中多处使用了日语中独有的战争话语。年轻女子祈愿从军青年"武运长久"；番兵的密探保证"我们用武士生命担保会让你满意"；"为了国家""万岁万岁"等日语词语亦频频出现。此外，还能发现剧中"去打仗"（戦争に行く）一词使用频率极高，木兰的父亲说："只要去打仗，我的身体就能像原来一样"；木兰自己也坚决表示："我要替父亲去打仗"；天天对男友说："你既然有死的勇气，为什么不去打仗战死？"一位女子称赞从军青年："你要去打仗，真是了不起！"（白井铁造，1941：126—129）类似用例不胜枚举。电影《木兰从军》的台词中出现过"从军"、"投军"或"打仗"等汉语词语，却从未出现过"战争"一词，这反衬出"去打仗"是在战争话语高度发达的日语中早已定型的固定表达，也完全符合一般日本民众对战争的想象与认知。再如，"国民剧"中一位父亲对即将出征的儿子说："我反正不指望你还能活着回来，但你不要白死，死前要多杀死一些敌人啊。"其体现出的军国主义意识和对"敌人"的憎恶达到了极致。剧中运用"敌/我"这一极端的二分法，对"敌人"一词的使用达到无以复加的程度。在最后的大合唱中，更是高唱"万岁万岁大胜利，获胜归来的是我方士兵，战败逃走的是敌方士兵"（白井铁造，1941：139）。反复强化"敌我"之别。尽管剧中对"敌人"到底来自何处并未清楚地交代，但将对方以"敌人"来抽象化地概括，代表了当时日本战争话语中特色鲜明的语言策略。

回顾"国民剧"的公演，从根本上决定该剧演出成功的关键在于白井铁造不遗余力地追求大剧场演出"舞台奇观"的视觉效果。营造"舞台奇观"是白井铁造在其编导的中国题材音乐剧中一以贯之的追求，也成为他统筹负责和编导的宝冢歌剧的特色之一。宝冢歌剧团的剧作家、导演高木史朗回忆白井每次执导中国题材都会有"奇观"效果的创新，这包括《图兰朵》、《桃花春》、《木兰从军》和《虞美人》等。高木称之为"大剧场演出法"，并解释说是白井铁造"采用了奇观化的大歌剧演出法"（高木史朗，1983：215）。毫无疑问，"舞台奇观"是白井铁造打造"东宝国民剧"的一个核心目标。战争动员的需要也为奇观化的舞台演出提供了充分的合理性和足够的发挥空间。例如，根据1941年7月第二次东宝国民剧公演《木兰从军》戏单的介绍，"第十六场 凯旋"的出场演员包括4名男演员的"杂技"，两男两女演出的狮子舞，22名女演员的剑舞，另有16名女演员扮演的撒花女，21名女演员扮演的"士兵舞者"以及东宝舞蹈队和声乐队队员扮演的士兵、街女等，调动了舞蹈、曲艺、杂技等多种动作演出形式，制造出了目不暇接的视觉效果。为营造"舞台奇观"而做出的种种开拓性的尝试中，最引人注目且常被提及的是在"凯旋"一场中运用了一种前所未有的演出方法，即让主要演员骑着真马出现在舞台上。在意大利歌剧《阿依达》的《凯旋进行曲》的音乐伴奏下，小夜福子扮演的花木兰与将军、部下各自骑乘一匹高头大马出现在舞台中央。

观看过"国民剧"的山本茂曾叙述说"在舞台上使用真马，我也是第一次看到。城内群众'哇啊'地一下欢呼起来。与之相呼应，观众席也发出了'哇啊'的欢呼声"（山本茂，1942：14）。《东宝》1941年9月号的《编辑后记》中有这样一段剧评：

> 国民剧《木兰从军》让人体验到的是在怒涛般的喝彩中，全体观众沉浸在同一种喜悦中。国民剧理论虽然还要进一步讨论，但是那一晚我看到的《木兰从军》即便其本身也会成为种种议论的对象，但目睹它带给全体观众的兴奋之情，让我首先想到的就是"这才是国民剧"。《木兰从军》能给人以纯粹的、明朗的喜悦，这十分难得。被国民伸出双臂欢迎的情景本身就证明了《木兰从军》的价值。大众必定会为出色的作品拍手叫好，这确实是一个事实。正确的就必然会受到欢迎。作者应该更坚定地朝着国民剧的正道上迈进，同时也感到了要将指导性意义融入其中的重大责任。（编辑后记，1941：176）

这篇剧评展示了"舞台奇观"带来的演出效果。只要让观众获得视觉上的快感、陶醉乃至喝彩，便能证明演出本身的"正确"，就会成为真正的"国民剧"。在这一逻辑中，剧情的叙事、人物、政治性表现等都沦为次要因素。"舞台奇观"所带来的视觉满足，足以让观众失去理性的判断力，让剧场沉浸在全体主义美学氛围中，演出内容会被观众不加分辨地接受。因此，"舞台奇观"成为国策宣传与战争动员的绝好包装。而且，该剧对异国情调的着力渲染也成为"舞台奇观"的重要组成部分。

《木兰从军》公演时间为1941年7月2日至28日。卢沟桥事变4周年当天的演出被定为"东宝恤兵之集"，用讲演、"圣战四周年电影"、艺能大会等代替了该剧的演出①。而其余演出日中，按照广告宣传的平日演出一场，周六、周日演出两场计算，实际演出场次应为34场，为前期"国民剧"演出场次最多的剧目。东京宝冢剧场董事长涩泽秀雄当时给出的评价是《木兰从军》"不仅是日本第一，也是东洋第一的舞台奇观"（白井铁造，1967：159）。高木史朗亦在1983年出版的白井铁造传记中给予了极高的评价："截止到目前的日本原创音乐剧里，百老汇的音乐剧除外，我认为还没有出现能超过《木兰从军》的音乐剧。"（高木史朗，1983：245）他还这样评价白井铁造打造出的"国民剧"："'东宝国民剧'是战后的'帝剧音乐剧'、菊田一夫尝试的'东宝音乐剧'的先驱。也就是说，东宝国民剧为战后的音乐剧运动指出了方向和方法，如果没有东宝国民剧，战后的'东宝音乐剧'就不会诞生。"（高木史朗，1983：241）

作为"国民剧"全八次公演中最成功的一次演出，《木兰从军》衍生出了一系列周边文本及产品，包括发表剧本、媒体报道、明星照片、明信片、宣传品、主题曲唱片等，构成一种跨媒体式的宣传阵势，其中包括上海剧作家周贻白的话剧《花木兰》剧本以《木兰从军》译名翻译出版、②中国电影《木兰从军》的引进。"国民剧"为日本观众提供了从响应"圣战"角度理解"木兰故事"的模式。

结语

"国民剧"在日本战争文化体系中对《木兰从军》进行了重新阐释和加工，其结果之一是引入了"战斗少女"的角色形象，填充了战时日本

---

① 東京宝冢劇場「第二回東宝国民劇広告」、『読売新聞』（夕刊）、1941年7月6日。
② 周贻白『木蘭従軍』高木嵩華訳、興文社、1941年。

大众文化中此类形象的空缺。当中国影片《木兰从军》在日本上映时，太平洋战争已经爆发，这让片中"战斗少女"花木兰具备了作为"抗击英美"之亚洲女性代表去理解和定义的空间，使其形象有可能被赋予新的象征意义。笔者认为，经由"国民剧"重塑的花木兰形象对战后日本大众文化的影响，可通过两条线索观察和讨论。一条线索是关于战后宝冢少女歌剧舞台上由生角扮演的所谓"男装丽人"形象。白井铁造在其战后编导的、根据长与善郎的《项羽和刘邦》改编的少女歌剧《虞美人》中运用了他在《木兰从军》中尝试过的各种表现方法，包括让生角扮演剧中的主要角色等。《虞美人》于1951年8月在宝冢大剧场首演，也成为宝冢歌剧团首次独立演出的单本剧，连续演出3个月，实际动员观众30万人次，成为宝冢歌剧史上的"历史性杰作"。该剧让白井铁造在"国民剧"《木兰从军》中开创的演出方法得以充分运用和施展，在宝冢少女歌剧发展史上起到了承上启下的重要作用。另一条线索是手冢治虫开创性地创作了漫画《骑士公主》。该漫画在1953年1月号《少女俱乐部》上开始连载，三年后连载完毕，并经过了数次的改版和修订。这部漫画塑造了出生时兼有男性和女性两颗心脏的独特女性角色，日本第一个"战斗少女"的漫画形象就此诞生。而且，该漫画开创了"少女漫画"这一特殊的漫画形式，是日本漫画史上的里程碑之作。"国民剧"《木兰从军》与漫画《骑士公主》之间的关联值得进一步探讨。

参考文献

[1] 欧阳予倩. 电影半路出家记[M]. 北京：中国电影出版社，1962.

[2] 鹰隼. 关于《木兰从军》[J]. 文献，1939（2-6）.

[3] 晏妮. 中日电影关系史1920—1945[M]. 北京：北京大学出版社，2020.

[4] 東宝十年史[M]. 東京：東京宝冢劇場，1944.

[5] 中野正昭. 第5章 東宝国民劇の時代[A]. 神山彰. 商業演劇の光芒 近代日本演劇の記憶と文化2[M]. 東京：森話社，2014.

[6] 中西武夫. よく似た二人[J]. 東寶，1941(7).

[7] 白井鐵造. 木蘭従軍[J]. 東寶，1941(7).

[8] 鷲谷花. 花木蘭の転生：「大東亜共栄圏」をめぐる日中大衆文化の交

錯[A].池田浩士.大東亜共栄圏の文化建設[M].京都：人文書院，2007.

　　［9］堀川寛一.小夜福子とロツパ[J].演芸画報，1941(8)．

　　［10］高木史朗.レヴューの王様　白井鐵造と宝塚[M].東京：河出書房新社，1983.

　　［11］山本茂.木蘭[M].東京：国際日本協会，1942.

　　［12］編集後記[J].東寶，1941(9)．

　　［13］白井鐵造.宝塚と私[M].東京：中林出版，1967.

古琉球起源的文学叙事

——兼论源为朝的形象塑造[*]

关立丹[**]

摘要：琉球在历史上是一个独立王国。日本江户时代著名作家曲亭马琴创作了《椿说弓张月》，描写了活跃在琉球的日本武将源为朝。源为朝是日本平安时代著名武士，传说他漂流到琉球，娶妻生子，其子成为琉球国王。到了近代，仍有一些日本文学作品进行了相关创作，其中包括三岛由纪夫的歌舞伎《椿说弓张月》、平岩弓枝的长篇小说《椿说弓张月》、津本阳的长篇小说《镇西八郎为朝》等。相关创作涉及古琉球的起源，本文对此进行深入的探究。

关键词：古琉球；《椿说弓张月》；三岛由纪夫；津本阳；日琉同祖论

Narrative of the Origin of Ancient Ryukyu in Literature

—A Discussion on the Image-building of Minamoto no Tametomo

Guan Lidan

Abstract: Historically, Ryukyu was an independent kingdom. Written by the famous Japanese composer Kyokutei Bakin in the Tokugawa Period, Chinsetsu Yumiharizuki tells a story of the busho (Japanese military commander)

---

[*] 本文为国家社会科学基金项目"琉球、冲绳题材日本历史小说研究"（项目编号：16BWW020）、北京语言大学2022年校级教育教学改革项目（项目编号：JXGG202201）的阶段性成果。

[**] 关立丹，文学博士，北京语言大学外国语学部教授，研究方向为日本文学、比较文学、国别与区域。

Minamoto no Tametomo in Ryukyu. It is said that Minamoto no Tametomo, the famous samurai in the Heian period, drifted to Ryukyu, where he married his wife and had his son who became the king of Ryukyu. In modern times, there are still some Japanese literary works that have been created related to this story, including Mishima Yukio's Kabuki Chinsetsu Yumiharizuki, Hiraiwa Yumie's novel Chinsetsu Yumiharizuki, Tsumoto You's novel Minamoto no Tametomo, etc. The related literary works involve the origin of ancient Ryukyu, and this article delves into this in depth.

Keywords：ancient Ryukyu, Chinsetsu Yumiharizuki, Mishima Yukio, Tsumoto You, Nichiryudosoron

7世纪末至8世纪初，琉球在国外的史书中登场，比如中国的《隋书·流求传》、日本的《日本书纪》等。12世纪末，在这片区域陆续出现舜天王统（三代）、英祖王统（五代）、察度王统（二代），他们以浦添城为中心展开活动。14世纪中期，形成了南北三大势力，分别是中山（原浦添王统）、北山、南山。他们受到明太祖朱元璋的邀请，开始对明朝称臣纳贡。15世纪初，佐敷城城主尚巴志在首里建立了统一政权，即第一尚氏王朝。1469年原王府财政官金丸发动政变自称尚丹王，开始了第二尚氏王朝。其第三代国王尚真王确立了中央集权的古代国家，并逐渐把政权范围扩展到周边各岛。

14世纪以来，琉球不只与中国、日本、朝鲜等国，还与南海诸岛屿之间进行着广泛的贸易往来。但是，16世纪初，由于葡萄牙、中国、日本等商船的加入，琉球的南海贸易逐渐萎缩。16世纪40年代以后，海外贸易基本以与中国的进贡关系为主。1609年萨摩入侵琉球，琉球的政治、经济受到萨摩的控制与盘剥，很大程度上失去了琉球王国的主体性（新里惠二，1991：10—13）。本文把萨摩入侵之前的琉球界定为"古琉球"，古琉球的历史变迁在文学作品中有所反映，其中源为朝是一个主要人物。下面，让我们看一看相关题材的文学创作怎样塑造这一人物，反映了对琉球王国历史、文化的哪些认识。

一、近世文学作品《椿说弓张月》的创作与源为朝传说

关于古琉球的起源，日本江户（1603—1867）文学中有一部非常著名的作品《椿说弓张月》，是曲亭马琴（1767—1848）的代表作，于1807年至1811年发表完成，分为前篇、后篇、续篇、拾遗、残篇等几个部分，共计29册。对于44岁的曲亭马琴来说，读本小说是他创作初期极具代表性的作品。据说最初只是计划撰写前篇、后篇，因为深受欢迎才不断续写下来（后藤丹治，1969：7—8）。该作品以源氏武士家族的名将源为朝（1139—1177?）为主人公，描写他在海上遇到大风浪，漂流到琉球。在那里，他平定了内乱，他死去的妻子白缝也在琉球公主宁王女身上借尸还魂。后来，源为朝准备返回日本。不巧的是，起程时突然刮起大风，他只好把妻儿留在琉球。母子俩一直留在港口附近期盼着源为朝的归来。因此，该港口被称为"牧港"，其发音与"待港"一致，取久久等待之意（后藤丹治，1969：47）。

源为朝与白缝的儿子在琉球长大成人，成为琉球国王——舜天王。舜天王是琉球第一个国王的设定深深地影响着读者对琉球与冲绳历史的认知。岩波书店版本"日本古典文学大系"是古典文学研究领域极具权威性的古典文本。《椿说弓张月》的校注本作为其中一卷被出版，该校注本从1958年至1969年的11年间前后印刷了7次。这一时段与冲绳"复归运动"处于同一时期。由此可见，该作品受关注与"冲绳复归"存在较大程度的关联。江户文学作品《椿说弓张月》为什么会将日本人源为朝与琉球国联系在一起？下面将尝试对该问题加以分析。

源为朝的经历与保元之乱有着密切的关系。镰仓时代（1192—1333）中期的军记物语《保元物语》对保元之乱进行了描写，是早期具有代表性的军记物语。保元之乱发生于平安时代（794—1192）晚期的1156年，起源于皇室内部发生的皇位争夺。崇德上皇（1123—1141年在位，退位后被尊称为"上皇"）一方与后白河天皇（1155—1158年在位）一方各自集结武士展开激战。崇德上皇一方被击败，上皇被流放到今四国岛的香川县，死后成为日本三大怨灵之一。在保元之乱中，武士得以参与中央权

力争夺，此争乱成为武士进入政界的一个代表性的开端（朝尾直弘，1996：947—948）。

源为朝是平安时代末期的武将，被称为镇西八郎。13岁时，其父亲源为义（1096—1156）担心他惹事，将其遣到九州。在九州，源为朝不断扩大势力范围，引起朝廷的不满。其父源为义曾经担任过"检非违使"一职，负责治安、审判、刑罚等。但是，受到源为朝的牵连而被革职。1154年，源为朝得知父亲被解任的消息返回到父亲身边。1156年，他与父亲一起加入崇德上皇阵营，被卷入保元之乱。保元之乱失败后，源为朝被流放到伊豆大岛，由于袭击大岛以及周边小岛受到官方追捕，自杀身亡（日本史广辞典编辑委员会，2000：832）。

《保元之乱》成为曲亭马琴创作《椿说弓张月》的主要参考文献。"椿说"的"椿"在日语中与"珍"发音相同，"椿说"是"奇谈"的意思；"弓张月"指代擅长张弓射箭的源为朝。所以《椿说弓张月》是一部以源为朝为主人公的史传体文学作品。但是，与《保元物语》不同的是，该作品增设了源为朝漂流到琉球的情节。在《椿说弓张月》中，源为朝到琉球之前的经历大多参考了《保元物语》。

关于曲亭马琴为什么设定主人公源为朝到异国这个问题，有学者认为受到中国明末清初文学作品《水浒后传》的影响。《水浒后传》描写了《水浒传》中的豪杰李俊到了暹罗，平定了当地的内乱，成为国王。1802年该作品刚刚传入日本不久，曲亭马琴就接触到了它。曲亭马琴把李俊改为源为朝，把暹罗改为琉球，创作出了包含异国元素的《椿说弓张月》（后藤丹治，1969：10—11）。

中国文学对日本文学产生影响最明显的实例之一就是日本读本小说的创作。读本小说最早出现于1749年，基本采用中国作品的构架与情节发展模式。通过在细节上把人名、地名进行适当的本土化调整而成，是对中国白话小说的模仿。曲亭马琴是日本江户时代最著名的读本小说作家，其最著名的读本小说《南总里见八犬传》（1814—1842）是模仿《水浒传》加以创作的。由于受到读者的广泛欢迎，该作品由曲亭马琴连续创作了二十余年。除此之外，异国题材的创作与日本当时的锁国状态不无关系。在江户时代初期，德川幕府多次发布锁国令，内容包括禁止基督教的信奉与传播；禁止西班牙、葡萄牙船只进入日本；仅保留与中国、荷兰的贸易往来，对外贸易港口仅限于长崎港一地，国外商人必须居住于固定区域（纸屋敦之，1990：88—92）。这种状态持续了200多年，直到1853年佩里率领舰队迫使日本打开国门。锁国政策引发了日本人对外部世界强烈的好奇心，《椿说弓张月》关于琉球内容的加入恰好满足了读者的这种需求。

同时，琉球被萨摩入侵后，尚宁王与琉球王国高官成为人质被带到萨摩长达两年多。这期间，尚宁王被迫赴江户（今东京）拜见了幕府第二代将军德川秀忠（1605—1623年在任）。之后，直至1850年，琉球王国按照萨摩的要求，以庆贺使、谢恩使的形式总计派遣18次使节到江户。曲亭马琴创作《椿说弓张月》之前的1790年、1796年、1806年琉球都派使节远途到了江户（宫城荣昌，1982：11—12）。当时，萨摩要求使节一行穿戴中国服饰，演奏中国音乐，重视将琉球的中国元素展示给日本民众，凸显日本势力触及之广远。使节一行一般先到萨摩进行一段时间的休整，之后赴江户。沿途，一行人通过琉球舞蹈等艺术形式展示琉球国的文化。以上种种异国因素引起日本人对琉球的关注，《椿说弓张月》的一半内容描写了古琉球，且受到好评（后藤丹治，1969：36）。

二、源为朝传说的历史溯源

那么，关于源为朝没有被追杀而死，而是漂流到琉球，并平定了琉球内乱的说法有何依据呢？曲亭马琴在创作之前进行了最大限度的史实查阅与考证，参考了大量资料。他在作品五个部分的序跋中都对参考典籍进行了说明，甚至在正文中还时常提及。

关于源为朝的儿子成为琉球国王的说法，并不是曲亭马琴最初的设想。创作早期，曲亭马琴参考了《和汉三才图会》[①]。该百科事典认为源为朝平定琉球内乱后，被推举为琉球国王，死后被琉球人祭奉为"舜天大

[①] 《和汉三才图会》，日本江户时代的百科事典，医师寺岛良安效仿中国的《三才图会》编写而成，包括天文、人伦、禽兽、草木等80余种分类，总计105卷。卷首有1712年撰写的自序。

神宫"。因此，曲亭马琴计划设定源为朝在琉球称王（大高洋司，2000：133）。但是，在作品第二部分"后篇"中，曲亭马琴改变想法，将琉球国王舜天王设定为源为朝的儿子。在"后篇"开头部分的"备考"中，曲亭马琴提到《中山传信录》。《中山传信录》是册封使徐葆光的著述。1719年，作为册封副使，徐葆光被乾隆皇帝派往琉球，在琉球停留了8个月。回国后，为了向乾隆皇帝汇报，徐葆光撰写了《中山传信录》，对琉球的历史、风土、文化等各个方面进行了细致的描述。这是对了解琉球王国具有极高价值的一部著述。在该著述中，出现了源为朝传说。那么，源为朝传说最早出自哪里呢？

关于源为朝传说，早在1649年就有萨摩的作品《讨琉球诗序》有所提及。源为朝在琉球与当地豪族的妹妹产生了恋情，生下一个儿子。琉球史书《中山世鉴》延续了萨摩的这种说法，并把传说中的这个孩子与琉球历史人物舜天王统合为一人。由此，舜天王成为源为朝的儿子（比嘉春潮，1970：61—62）。

《中山世鉴》是琉球王国第一部正史，是在国王的命令之下，由向象贤（1617—1675）编纂而成，1650年完成，六卷本。时间距离1609年的萨摩入侵已有40年，萨摩已介入琉球的政治。可以想象，编者会顾虑到萨摩的存在，适当顺应萨摩的历史认识，其中包括萨摩一直强调的"源为朝传说"（羽地朝秀，2011：51—54）。在《中山世鉴》之前，有过几个关于源为朝的记述。例如，日本僧人袋中著述了《琉球神道记》。他于1603年抵达琉球，1606年离开，深受尚宁王的信赖（池宫正治，1990：213）。书中写到冲绳北部有一块一人高的巨石，传说这是被源为朝举起来又扔掉的大石头（新里惠二，1991：37）。另外，1649年，僧侣南浦文之的合集《南浦文集》也是一例。南浦曾在萨摩任职，负责外交文书制作。在"讨琉球诗并序"这部分内容中，他提到数千年前琉球就是萨摩的附庸国，每年进贡。因为近年琉球不听号令，而且琉球的高级执政官——三司官谢名利山赶走了被派到琉球交涉的两名萨摩使者，萨摩才不得不于1609年派兵征讨琉球。他的这一说法旨在把萨摩入侵琉球正当化（纸屋敦之，1989：60）。

《中山世鉴》作为琉球的第一部史书，写入了源为朝传说。这样，琉球的第一位国王舜天王成为日本人的后裔，琉球与萨摩拥有了共同的祖先。这一说法拉近了琉球人在心理上与萨摩的距离，便于萨摩对琉球的统治。

向象贤是羽地朝秀的汉语名，他是琉球历史上的著名人物。从1658年开始，前后三四年的时间内，他被三次派驻萨摩。1666年，他已经摄政，前后辅佐琉球国王执政7年。这段时期，琉球王国面临与萨摩协调关系的问题。同时，琉球王国在经济、政治、社会各个层面不断衰落。在萨摩的支持下，羽地朝秀制定了一系列政策并大力加以推进，奠定了琉球近世体制的基础（冲绳大百科事典刊行事务局，1983：242）。羽地朝秀之所以把源为朝传说正当化，很可能是试图以此缓和与萨摩的关系，以缓解来自萨摩在政治、经济上的压力，排除新政策执行过程中来自萨摩的阻碍。

三、日本近代文学中的琉球起源叙事

《椿说弓张月》不仅在当时受到广泛欢迎，而且给江户时代后期的文学创作带来极大影响。早在作品发表的第二年，该作品就被改写成净琉璃剧本，在大阪道顿堀上演。之后，即使到了明治时代，仍然不断有相关的戏剧创作与演出。在当时，读本小说的戏剧化是罕见的，由此可见《椿说弓张月》受欢迎的程度。另外，该作品的各种简易版同时发行（后藤丹治，1969：36—37）。《椿说弓张月》及其相关作品将"日琉同祖"论调进行了广泛传播。

进入近代，又出现了多部源为朝题材文学作品，如三岛由纪夫（1925—1970）的歌舞伎《椿说弓张月》（1969）、平岩弓枝（1932—2023）的长篇小说《椿说弓张月》（1981）、津本阳（1929—2018）的长篇小说《镇西八郎为朝》（1986年9月至1987年10月《小说现代》连载）等。以上创作如何借鉴曲亭马琴《椿说弓张月》的认知？主题是什么？

三岛由纪夫是小说家、剧作家。1969年，他发表了歌舞伎《椿说弓张月》，同年11月，该剧成为国立剧场落成3周年纪念公演剧目（织田纮二，2000：120）。歌舞伎是日本古典戏剧形式，其语言是古语风格的，对

于现代人三岛由纪夫来说，该创作无疑是一种挑战。那么，三岛由纪夫通过戏剧创作想抒发怎样的情怀呢？让我们具体看看剧本中关于琉球的描写。

该作品跳过了被流放到伊豆大岛之前的部分，直接切入到源为朝被流放后的生活。上卷描写了源为朝在伊豆大岛的生活，一直描写到他被追杀逃亡到海上。中卷描写源为朝逃到位于白峰的崇德上皇陵墓，准备在墓前剖腹自杀，以此追随崇德上皇，却被上皇的幽灵阻止。在上皇的指引下，源为朝在九州与夫人白缝、儿子舜天丸[①]得以团聚。但是，白缝为了救助源为朝，不惜跳海以身祭海神。下卷描写琉球奸臣欲拥立假王子为国王，准备将死去国王的女儿宁王女处死，源为朝及时识破奸臣的阴谋，保护了公主。宁王女道出自己是白缝还魂之身，与源为朝夫妻相认。剧本的最后一幕被设定在1180年，地点为琉球岛北部的运天港，这里是琉球距离日本最近的地方。源为朝到琉球已经7载。最初的两年，虽然人们一致拥戴源为朝做国王，但源为朝"固辞不就。二年之内，王位空悬，弓矢装入袋囊，大刀收入鞘内，万民欢乐，祸患不生，遂以其子舜天丸继承大位，尊号舜天王"（三岛由纪夫，1994：351）。8月26日是崇德上皇忌日，琉球国每年设置祭坛祭奠崇德上皇。在祭坛前，源为朝对舜天王恭恭敬敬。祭奠时，源为朝向上皇的神灵诉说："臣一生所为惟以武士职志为念，年年拜谒御陵"，现今"君父之仇人已亡"，请求上皇之灵带自己去白峰陵墓（三岛由纪夫，1994：353）。突然，一匹白马出现，把源为朝带离了琉球。

该作品的设计反映了三岛由纪夫的创作理念。整个作品跳过了保元之乱，将时间设定在崇德上皇去世之后。即便如此，不管是在日本，还是在琉球，源为朝年年不忘祭奠上皇，甚至愿殉死在上皇陵墓前。虽然一时未能如愿，但在作品结尾处，还是骑上白马追随上皇而去了。不只是源为朝，负责守护舜天丸的大将高间也被塑造成一个忠臣形象。看着舜天丸所乘船只遭巨浪冲击离散而去，不知漂向何方，他深感愧疚地说道："舜天

[①] 丸：结尾词。经常放在人名后，后常接在孩子的名字后。比如"牛若丸"是源义经的幼名。经常出现在古典戏剧形式能狂言、净琉璃、歌舞伎剧目以及御伽草子等古典文学作品中。

丸既已落水，后他而行当属不忠。生于武士之家，岂望抱痛而终，于今，无声无息溺水而死，莫如先送走我妹（爱妻）再行自刃。"（三岛由纪夫，1994：331）舜天丸既已落水，必死无疑，高间认为自己活在人世上就是对舜天丸的不忠，既然身为武士，就不应该继续活下去。于是，他问爱妻可否与他共同赴死。他先杀死了妻子，而后剖腹自杀，夫妻双双选择为舜天丸殉死。

创作该作品时，恰逢全学联[①]分裂，三岛由纪夫力图通过歌舞伎《椿说弓张月》这一古典题材来梳理对该事件的心绪。将源为朝塑造为英雄，让其不断遭遇挫折，面对生死，突破一个又一个的挑战，奔向崇德上皇处，以尽忠心（三岛由纪夫，1970：87）。可以说三岛由纪夫通过《椿说弓张月》的戏剧化创作，进行了借古抒怀的尝试。其长篇小说《丰饶之海》也是效忠天皇题材之作，三岛由纪夫对此类题材情有独钟。尽忠自江户时代开始成为武士行为规范的第一准则，三岛由纪夫对此十分热衷。1967年，他出版了《叶隐入门》一书，写出了他对《叶隐》（1716）的读解，谈到了他与《叶隐》长久以来的相处。到该书出版，《叶隐》已跟随三岛20多年，一直放在触手可及的地方。谈到从战争时期到日本战败以后一直支撑自己的著作，三岛由纪夫说那就是《叶隐》。它稳稳地支撑住了三岛的孤独和对时代的反叛。1945年日本战败后，《叶隐》成为禁书，被人们束之高阁。但是三岛认为就是在这样的暗处，《叶隐》才更加放射光芒（三岛由纪夫，1972：15—16），由此可见《叶隐》对三岛由纪夫的思想影响之大。

《叶隐》由江户时代佐贺藩武士山本常朝（1659—1721）口述而成，被公认为宣传武士道最具代表性的武士家训。在近代，《叶隐》被用来宣扬军国主义，美化战争，甚至上升为士兵必读文献。它的第一部分"闻书第一 教训"的开篇第一句话就是"所谓武士道者，不外乎死亡"（山本常

[①] 全学联：日本学生组织。1948年由145所大学的学生自治会组成，初期受到日本共产党的极大影响。但是，1955年以后，对日本共产党的批判派（新左翼）成为主流派。在20世纪60年代的安保斗争中开展了激烈的学生运动。但是全学联组织开始分裂，20世纪70年代以后不再处于学生运动的指导地位。

朝，1975：49）。在这本书里，三岛由纪夫找到了精神支撑（山崎正夫，1971：216）。

三岛由纪夫努力通过自己的行为弘扬武士道精神。为此，他建立了自己的组织"楯会"。1970年11月25日，他和"楯会"的几名成员挟持了自卫队东部方面的总监。在总监部的露台上，他给自卫队队员们做了一场演讲。自卫队队员们没有经历过战争，十分年轻，他们表示出对三岛由纪夫演讲的不理解并对他起哄，三岛由纪夫不禁质问："你们还是男人，还是武士吗？！"（亨利·斯各特·斯托克斯，1985：56）三岛由纪夫一直认为自卫队队员才是最可能体现武士道精神的人，然而看到他们失去了传统的武士精神深感惋惜。三岛由纪夫高呼了三声"天皇陛下万岁"（亨利·斯各特·斯托克斯，1985：57），回到室内做好自杀准备，又高呼了三声"天皇陛下万岁"便剖腹自杀了（亨利·斯各特·斯托克斯，1985：59）。

三岛由纪夫笔下的源为朝身在异国琉球，心里仍然记惦着上皇，充分体现了武士的忠诚。舜天丸成为琉球国之王，琉球国每年举国祭奠异国——日本天皇崇德上皇。这种做法所反映的琉球的立场、定位值得深思。在其笔下，舜天王不是源为朝与琉球女子生的儿子，而是百分之百的日本人。他成为琉球的国王，这种设置更是向读者展示了琉球的附属地位。

平岩弓枝的长篇小说《椿说弓张月》是作为《椿说弓张月》的现代语版而出版的。平岩弓枝1959年获得大众文学最高奖项——直木奖。她认为曲亭马琴选择了悲情英雄源为朝，又让他在异国琉球登场，这两大因素是促成作品受欢迎的原因。平岩的现代语版本在字数上比曲亭马琴的原作减少了很多，是一个缩写本。该作品内容基本忠实于原作，所不同的是在比例上，琉球部分稍有增加。平岩上小学之前经常请父亲讲述曲亭马琴的《八犬传》以及《椿说弓张月》。当时，平岩最喜欢听作品后半部分琉球内乱相关内容，对琉球恶人矇云国师从虮塚现身的妖魔表现出好奇心。上初中后，除了阅读原作外，平岩大量阅读了中国古典作品，探究曲亭马琴创作灵感的来源（平岩弓枝，2002：217—219）。

津本阳的长篇小说《镇西八郎为朝》也是源为朝题材作品，完成于

1987年。津本阳的创作以历史题材为主，创作风格延续了剑豪小说的形式，对源为朝的腕力、拉弓射箭的能力以及作战能力做了突出渲染，着重描写源为朝到琉球后的生活。他帮助琉球镇压了篡权者，但是拒绝做琉球国王，只是盛情难却，接替大里按司①做了一段时间的大里城主，并与其妹妹鹤羽相爱，生下儿子尊敦，过着平稳的生活。但是，源为朝记惦着大和，在琉球停留了一年零三个月后，便带着家人踏上了归途。津本阳虽然沿用了曲亭马琴的源为朝琉球漂流情节，但是并没有加入曲亭马琴式的对妖魔的描写。作品中，对源为朝的儿子"尊敦"没有进行细致的描写，也没有将其设定为琉球国王。津本阳之所以让源为朝超越史实渡海到琉球，让其在异国施展三头六臂的本领，是为了充分描写源为朝的开朗性格和超人魅力。琉球只是源为朝的途经之地，作品没有触及"日琉同祖"问题。

结语

"日琉同祖论"的历史可以追溯到羽地朝秀，由琉球王国末期的三司官宜湾朝保（1823—1876）加以具体展开。1879年琉球王国成为日本的冲绳县。"日琉同祖论"的主要观点认为冲绳人与日本人有着共同的祖先、共同的文化起源。进入近代，研究者通过人种、语言等方面的研究加以论证，并通过冲绳学者伊波普猷（1876—1947）的整合，形成了这种共识。伊波普猷被称为"冲绳学之父"，他认为琉球民族是大和民族的一个分支。

在近代，"日琉同祖论"首先是由东恩纳宽惇、伊波普猷等冲绳研究者加以推进的。为什么冲绳主动拉近与日本的距离呢？那是由于甲午战争失败，冲绳人不再对复国抱有期待，冲绳人出现了思想、文化上的危机。"日琉同祖论"让冲绳人在心理上提高了对日本的归属感，便于他们在日本这个国家生存下去。与此同时，质疑了近代以来对冲绳的偏见与歧视，体现了与日本人平等生存的精神诉求（冲绳大百科事典刊行事务局，

---

① 按司：琉球掌管地方的官僚。

1983：120）。

　　不可否认的是，"日琉同祖论"导致冲绳人顺应日本中央集权的统治，一厢情愿地效忠日本天皇。甚至在 1945 年的冲绳战中，三分之一的冲绳人为此付出了自己宝贵的生命。冲绳人的心理付出并没有得到相应的回报。不少学者对"日琉同祖论"持否定态度。著名的冲绳史学家比嘉春潮（1883—1977）指出舜天王是源为朝儿子的说法是没有任何依据的传说（比嘉春潮，1970：60）。1953 年，斯坦福大学教授葛超智（George. H. Kerr）著书，他认为很可能当时有一个与源为朝一样有才干、了不起的日本人从日本到了琉球。目前，并没有确切史料证明源为朝本人到过琉球。《中山世鉴》把舜天说成是源为朝的儿子，很可能是为了给第一代国王舜天的诞生增加一些英雄色彩（葛超智，1956：33—34）。

参考文献

[1] 新里恵二，田港朝昭，金城正篤.沖縄県の歴史[M].東京：山川出版社，1991.

[2] 後藤丹治校注.椿説弓張月上巻[M].東京：岩波書店，1969.

[3] 伊波普猷.伊波普猷全集第二卷[M].東京：平凡社，1974.

[4] 朝尾直弘，宇野俊一，田中琢.新版 日本史辞典[M].東京：角川書店，1996.

[5] 日本史広辞典編集委員会.日本史人物辞典[M].東京：山川出版社，2000.

[6] 紙屋敦之.幕藩制国家の琉球支配[M].東京：校倉書房，1990.

[7] 宮城栄昌.南島文化叢書 4 琉球使者の江戸上り[M].東京：第一書房，1982.

[8] 大高洋司.『椿説弓張月』論：構想と考証[A].板坂則子.馬琴[M].東京：若草書房，2000.

[9] 首里王府（羽地朝秀，他）.中山世鑑[M].諸見友重，訳注.宜野湾：榕樹書林，2011.

[10] 紙屋敦之.薩摩の琉球侵入[A].琉球新報社.新琉球史近世編（上）[M].那覇：琉球新報社，1989.

[11] 池宮正治.和文学の流れ[A].琉球新報社.新琉球史近世編（下）[M].

那覇：琉球新報社，1990．

［12］沖縄大百科事典刊行事務局.沖縄大百科事典［M］.那覇：沖縄タイムス社，1983．

［13］織田紘二.文楽版『椿説弓張月』について［J］.国文学.2000（9）．

［14］三島由紀夫.椿説弓張月［M］.東京：中央公論社，1970．

［15］三島由紀夫. 弓月奇谈——近代能乐·歌舞伎集［M］.申非,许金龙,译.北京：作家出版社,1994．

［16］三島由紀夫.葉隠入門：武士道は生きている［M］.東京：光文社，1972．

［17］山本常朝，田代陣基.葉隠［M］.東京：徳間書店，1975．

［18］山崎正夫.三島由紀夫における男色と天皇制［M］.東京：グラフィック社，1971．

［19］ヘンリー・スコット＝ストークス.三島由紀夫 死と真実［M］.徳岡孝夫，訳.東京：ダイヤモンド社，1985．

［20］平岩弓枝.椿説弓張月［M］.東京：学習研究社，1981．

［21］津本陽.鎮西八郎為朝［M］.東京：講談社，1995．

［22］比嘉春潮.新稿 沖縄の歴史［M］.東京：三一書房，1970．

［23］ジュージ・H・カー.琉球の歴史［M］.佐藤亮一，訳.琉球列島米国民政府，1956．

日本新派剧中的甲午战争表象

——以川上音二郎为例*

孙立春　彭希照**

摘要：明治中期，新派剧作为传播自由民权思想的手段而诞生。自由民权运动结束后，它仍然持续发展，随后与歌舞伎形成新旧对立关系，同时与新剧也有所区别，最后朝着大众化的现代戏剧发展。1894年甲午战争爆发后不久，最早将甲午战争搬上舞台的就是新派剧。本文围绕新派剧之父川上音二郎导演的两部作品进行文本分析，提炼其中构建日本民族认同的要素，展现近代民族国家意识的觉醒以及近代民族国家建构与战争文学的相互作用，推动对日本战争真相的探讨和对战争责任的思考。

关键词：新派剧；甲午战争；川上音二郎；戏剧改良；身份认同

Representation of the First Sino-Japanese War in Japanese Shinpa Theatre
—Focus on Kawakami Otojiro

Sun Lichun　Peng Xizhao

Abstract: Shinpa theatre originated in the mid-Meiji period as a means to propagate liberal thoughts during the Freedom and People's Rights Movement. Despite the decline of this movement, Shinpa theatre continued to evolve, even-

---

* 本文为国家社会科学基金后期资助项目"日本近现代文学的甲午战争书写与国民国家建构研究"（项目编号：23FWWB018）的阶段性成果。

** 孙立春，文学博士，杭州师范大学外国语学院教授，研究方向为日本文学；彭希照，文学硕士，杭州师范大学研究生，研究方向为日本文学。

tually diverging from traditional kabuki and distinguishing itself from the New Theatre (shingeki). It developed into a popular form of contemporary drama. In 1894, immediately after the outbreak of the First Sino-Japanese War, Shinpa was the first to stage plays based on this conflict. This thesis conducts a textual analysis of two war plays by Kawakami Otojiro, considered the founder of Shinpa. It extracts elements contributing to the construction of Japanese national identity, presenting an interactive dialogue between modern national consciousness, the emergence of war literature, and an exploration of the truth behind war with a reflection on wartime responsibilities.

Keywords: Shinpa Theatre, First Sino-Japanese War, Kawakami Otojiro, Theatre Reform, Identity

引言

甲午战争是明治日本最初的对外战争，对明治日本文坛产生了深远的影响，日本戏剧界也在战争的影响下，一度表现出民族主义倾向。在1894年甲午战争爆发后不久，新派剧早早地将甲午战争搬上舞台，作为战时意识形态的宣传媒介之一，对日本民族国家构建发挥了不小的作用。

一、戏剧改良与自由民权运动

明治维新后，民众意识的转变成为迫在眉睫的任务。1872年戏剧的宣传作用开始得到政府的关注，剧界改革政策陆续提出。这些政策延续了1870年"宣布大教诏"的宗旨，在1872年9月25日的"太政官第十五号令"中更是直接表达了"尊王""劝善惩恶"的宗旨。总的来说，戏剧界前期的变化呈现出三个要点。第一，抛弃了以往荒诞不经、下流的题材，提倡劝善惩恶。第二，废除了限制戏剧发展的旧令。第三，将演员纳入征税对象。在此背景下，戏剧改良便成为一个公共议题。

1886年政经界人士和文学家成立戏剧改良会，并于8月6日在《歌舞伎新报》第886号上发表《戏剧改良趣意书》，提出三个基本目标：第一，改良传统戏剧陋习，呈现优秀的戏剧；第二，使脚本创作成为一项光荣的事业；第三，完善架构，建造适合戏剧及其他音乐会、歌唱会等的剧场。戏剧改良运动由此展开。很快自上而下的改革以改良会的解散而结束。实际上，戏剧改良构想是在与更广大的社会实践相结合中逐步完成的。在戏剧改良运动引发了社会对戏剧的广泛关注后，自由民权运动便以改良戏剧的名义宣传自由民权思想。

1873年，主张征韩论的板垣退助等人失势后，便辞去了政府职务，成立了爱国公党。他们提出的《建议书》基于五条誓文中的第一条"广设议会，以决万机公论"，批评了藩阀政府的专制统治，并要求制定宪法、开设议会。此外，他们还提出了体现"自由民权"的其他要求，包括减轻地租、废除不平等条约、保障言论自由和集会自由等，收获了民意支持。在运动初期，维新后不满现状的士族力量较为突出，后来运动主流转向以富农阶层为中心的资产阶级民主主义力量。随着民权运动的扩大，政府对演讲条例进行了几番修订，这使得过往通过政治演讲进行思想宣传的手段变得困难，于是自由民权运动顺应社会潮流，与戏剧改良运动结合在一起。这一结合的最佳例子无疑是壮士剧的诞生。壮士剧的创始人角藤定宪在改良运动中得到了中江兆民等人的支持。其作品反映了下层士族的生存状况，与川上音二郎积极推进自由民权思想的作品风格不同。

川上音二郎是福冈人，1868年元月在博多对马小路出生。14岁时离开家乡前往东京。此后，他做过福泽谕吉的学仆、警视厅巡警等，经历过各种流浪生活。至1883年，他成为立宪帝政党的党员，并开始以自由党壮士的身份进行演讲活动。从那时起，他开始以"自由童子"自居，以大阪为中心开展演讲、发行报纸等活动。他激进的演讲风格赢得了大众的喜爱，但也因此被多次逮捕。1883年9月13日，他因违反集会条例而被内务省下达了为期一年的政治演讲禁令。随后，川上停止演讲活动，转而成为演员。但成为演员并不等于放弃宣传民权思想，用川上自己的话说，政治演讲的目的并没有改变。

> 我原是筑前人，曾是自由党壮士。因为侮辱官吏，违反集会条例等原因，遭受了二十多次处罚，后来被时任内务大臣的田中

大臣禁止在全国范围内的政治演讲和辩论。

于是，我想到了以戏剧代替政论演说，明治23年，我首次上演了所谓壮士剧，作为政治剧，我将板垣退助遭难之事编排成剧，台词中常常使用"即使板垣死去，自由也不会消灭"等口号，或者其他盘根错节的台词等，主要还是宣扬自由主义，也就是说，即使戴上了戏剧的面具，却仍在做着政论演讲的事。（仓田喜弘，2020：55）

1888年秋，川上作为曲艺场艺人出道。据说其处女作是同门落语家（类似单口相声演员）桂藤兵卫的《喔吥K吥》的模仿品，其中也包含了讽刺时事的要素。作为当时的流行歌，该曲与明治时代有着密切的联系，《喔吥K吥》由川上发扬光大，对明治剧坛产生了巨大的影响（永岭重敏，2018：16）。此外，川上他们在中村座演出时，该曲也在东京市井流行开来。该曲不仅跨越了落语和新派剧，还出现在当时的各种媒体上。从它的影响力也可以窥见川上受欢迎的程度。

角藤定宪先于川上演出壮士剧，在大阪地区公演后，赢得了一定的名气。川上受壮士剧启发创作了书生剧。1891年6月，川上如愿在浅草鸟越的中村座举办了书生剧的首演并取得了成功。

二、《快哉壮哉日清战争》

1894年8月31日，川上剧团在浅草座首演了甲午战争剧《快哉壮哉日清战争》（以下简称《日清战争》）。随后，战争剧迅速席卷戏剧界，其他新派剧团也纷纷上演战争剧，竞相效仿。《日清战争》从以下三个方面描写了甲午战争。

首先，利用当时史料，可以考察文本中存在虚构与真实的部分，这些情节与内容设置无一不是当时日本民众中国观的真实写照。开头场景描绘了士兵的日常，将观众一下子代入战场。面对缴获的武器，陆军少将植岛讽刺说："当今虽然已经能造村田步枪等武器，可即便如此，没有会用武器的人也没用。"（日置贵之，2021：314）随后，植岛在和部下山内的对话中，讨论了海军和陆军的情况以及日本军队的连胜。这些对话反映了战争剧的时局性，但由于并未目睹实际战场，加之军事外交新闻的管制，因此剧中存在许多虚构部分。下面引用是关于开头场景"黄河口日军群营"的介绍。

> 舞台上的油画展示了黑龙江。上部设有张起的帐篷，其后有数重帐篷的阵地。下部是中国风的白色围墙和巨大的椰子树等。（日置贵之，2021：313）

剧中存在多处黄河和黑龙江被混淆的情况，不仅开头部分将黑龙江误写为黄河，同时在现存剧本中也有多处用红笔更正的地名。舞台背景出现了椰子树，显示出日本民众对中国地理的模糊认知。

其次，战时意识形态最具代表性的便是"文野之战"。甲午战争爆发后，福泽谕吉于1894年7月29日发表社论《日清战争是文野之战》。"文野之战"的舆论基调开始形成。这里的"文野"是指"文明"和"野蛮"。甲午战争被鼓噪为"文明"国家日本教导"野蛮"国家清国的"正义之战"，这一观点在日本国内得到了广泛认可，并在《日清战争》的文本中得到反映。在"李将军面前记者之痛论"的场景中，川上扮演的记者比良田在李鸿章面前论述了记者的中立立场，并谴责了清国的"野蛮"行为。这个场景讨论了"文明"这一议题，从中不难看出福泽谕吉的思想。但从"新闻记者"（川上等人在自由民权运动期间的身份）这一切入方式看，自由民权运动的"文明观"依然深刻地影响着川上。

> 我作为新闻记者，不论是国内还是国外，东方还是西方，都应该全面报道发生的事件，根据事实进行报道，这旨在推动社会进步，促进交流便利，其他对国家有利的一面更不必列举了。因此，在有交往的国家，即便发生任何事情，都不应无故干涉新闻记者的工作，应该尊重有中立资格的人。（日置贵之，2021：339）

关于新闻记者与自由民权运动的联系，要从明治初期新闻业开始在日本扎根时讲起，那时新闻界不仅成为收容边缘化士族们的行业，也是一些人成为官员或政治家的跳板。特别是后者，在明治初期支持自由民权运动的言论家，后来成为官员并晋升为高官的案例并不少。川上如此解释记者的作用和立场，可能源于其参与自由民权运动的经历。

川上戏剧所描绘的文明的受害者，给人留下了深刻的印象。通过"文明遭难"这一叙述方式，也能看出自由党壮士时期川上的经历。当时作为壮士的川上一直从报纸上阅读板垣退助反抗政府及其几欲被刺杀的消息，深刻体会到了"文明与野蛮"的对立，于是才有了《板垣君遭难实记》这部作品，笔者认为《日清战争》在"文明与野蛮"的创作思路上有沿用《板垣君遭难实记》的可能性。

在"北京城内军狱比良田水泽之慷慨"一幕中，记者水泽在被捕前受伤，在牢狱中遭受连日的断食后死去。这段情节反复使用"日本男子""神州男子"等表述，并注入了民族主义情感，将观众的情绪推向了高潮。从观众的角度看，作为"日本男子"，水泽应该拥有坚强的品质，并应以清白的死来结束生命，当水泽因"卑劣手段"而被杀害时，必然感到愤慨不已。对于自认为是文明宠儿的日本人而言，遭受"野蛮"的悲剧特征格外鲜明，"文明遭难"被塑造成一种特殊的悲剧形式。在战争期间，川上将民族主义融入"文明遭难"，既凸显了日本人的"文明"意识，又强调了民族主义情感，共同构建了战时意识形态，显现出民族身份认同和民族主义的双重面貌。"文野之战"作为甲午战争表象的一部分，起到了美化侵略战争、迷惑日本民众的作用。侵略者主张自己是文明的一方，并用"文明"的武力清除"野蛮"。

再次，日本的民族身份认同贯彻全剧，可以说是战争剧的主旨。其中，有一个狱卒刘昌和便是一个特殊的存在。他实际上是日本人秋山桂藏，流落清国，并在当地组建了家庭，在比良田等人被监禁期间，曾试图送食物给他们。后来，他趁机救出日本俘虏，并抛弃妻子随日本军队返回日本。在"日本军大进击秋山桂藏之节义"中，秋山桂藏带着俘虏逃离战场时，遇到了日本军队，开始表明自己的身份。

我熟练使用中文，可能让你心生疑惑。二十年前，我本是大日本相州小田原出生，因故流落到清国。父母后来病逝，我没有回国的路费，只能做些日结的工作。这次因战争被雇进城，成了军狱的狱卒……果然我到底是日本人，如今心生懊悔，因此我也想做些力所能及的事，算是对日本的补偿，我想请你们带我回国，所以我才过来。（日置贵之，2021：343）

从秋山桂藏的经历看，构成日本身份认同需要达成两个条件。第一个条件是日本人的身份，秋山是日本人，他自始至终都没有告诉任何人他与清国人的婚姻，甚至在向日本军队透露身份时也没有提及。在与妻子杨巴分别时，秋山的态度相当冷淡。日本人身份认同意识觉醒后，秋山贯彻了日本人的形象和立场。考虑到与清国人的婚姻可能影响日本人的身份认同，所以他毅然决然地断绝了与杨巴的关系。第二个条件是对日本价值观的认同。秋山仍然身处清国一方时，就对监狱内俘虏的待遇问题表达了不满。此时的"刘昌和"依然属于清国立场，但同胞情动摇了他的立场。他一面对清国价值观予以否定，一面引出日本更加"文明"的价值观。价值观差异使身份认同问题变成道德原则的抉择，使差异更为尖锐，价值观与民族认同得以绑定。下文是秋山和妻子杨巴分别时的台词。

（刘）真是蠢话。我对日本能有什么情呢？
（杨）那你拿着这些饭是要送到哪里去？
（刘）唉，这还不是上头的人太乱来了。
（杨）又是这样。上头怎么个乱来了？
（刘）那些个间谍还没坦白呢。如果因为没吃的死了，岂不是不适合，这样就不知道敌人的阴谋了。
（杨）行吧。
（刘）再说，不给食物这种处罚实在不合适。我国自古以来多有贤人君子。这种处罚哪里是贤国的做法。因此，我既忠于我国，替罪人辩护，这有什么奇怪的呢？（日置贵之，2021：332）

清国的价值观与身份认同之间的矛盾,将秋山陷于二选一的困境。这是典型的夹缝中人的视角,对重视"义理人情"的日本观众而言,这样的表现颇受欢迎。以至于在《威海卫陷落》中也有类似设定。日本继承了"贤国"的名号,暗示了当时日本渴望取代中国成为区域中心的野心。

三、《威海卫陷落》

将 1895 年 5 月上演的《威海卫陷落》与之前的作品相比,战场描写已不再是故事的卖点,《威海卫陷落》的故事完成度更高,更加注重情节。例如,《日清战争》的主要卖点是日本军队的行军场面,而《威海卫陷落》更加侧重情节的戏剧性。

上卷和中卷讲述了颜美庆——一个在日本建立家庭的清国人,因恩人牛将军的邀请回到清国,却在战场上被怀疑是间谍而被囚禁。加入军队的儿子米田庆三在战场上与父亲相遇,面临着亲情与国家的抉择。

在上卷"横滨止波场"的场景中,颜美庆的妻子阿浅在洗衣时听到邻居们的交谈。邻居们讲述了一个清国人和日本人婚姻导致的悲剧。虽然不安,但阿浅仍然相信丈夫是一个诚实的人。颜美庆并非无情之人,他离家时只带走了旅费,其余东西全都留给了妻子。上卷结束时,父子分别,颜美庆站在紧闭的门扉前流下了眼泪。观众可能会对这位清国人颜美庆产生同情,为下文情节埋下了伏笔。

在"凤林集街道"的场景中,颜美庆父子再会。牛将军知道颜美庆会说日语,要求他在军队中担任翻译。抵达军营的颜美庆被命令调查日军,在执行任务时被日军抓获。在军营中,庆三目睹父亲遭到拷问,并多次为父亲辩解。最终,庆三决定揭露自己的身份,正如岛崎藤村的《破戒》般,周围人的态度急转直下。

庆三被描绘成顺从、勇敢的军人,他的出生和身份引发了个体与身份认同之间的矛盾,使其陷入内心的挣扎。他在战场上取得战功,赢得了他人对其日本人身份的认可。战斗场面一直延续到下卷的"威海卫占领"场景,至此就是《威海卫陷落》的主要情节。

川上凭借战争剧迅速走红,但新派剧团的表演水平还没有达到观众的要求。作为在当时最高标准的歌舞伎座上演的作品，《威海卫陷落》承受着来自戏剧界的压力。可以推测为了再次获得观众和业界的好感，川上改变了以往纪实剧般的方式，加入了歌舞伎"义理人情"的要素。脚本作者岩崎蕣花虽属于新派，但也受过歌舞伎剧作家第三代河竹新七的指导。作为川上的最后一部战争剧，它标志着甲午战争热潮在剧坛的落幕。

《日清战争》和《威海卫陷落》都涉及日本人和清国人的婚姻案例。剧中人物感到身份认同矛盾后，为了获得新的身份认同，甚至会做出牺牲家庭的行为。秋山的日本人身份意识觉醒后，选择离开妻子回国。米田庆三最初也说自己没有清国人父亲。为何失去身份认同会使人不安？从米田庆三的遭遇可以略知一二。

米田庆三为了保护父亲而表白身份。随后，他受到其他士兵的嘲笑和语言攻击，被指控为间谍，又被称作混血，被疏远，同时父母也遭受了语言暴力。米田庆三证明自己是日本人，与秋山桂藏表明身份以消除怀疑的桥段类似，都反复强调了他们各自的日本人身份以及对日本价值观的认可。此外，令人意外的是，米田庆三和秋山桂藏的日语发音相同，这可能是导演有意为之。

《日清战争》已经涉及俘虏待遇问题，但作为证明价值观的条件之一，在该剧中也得到了运用。秋山桂藏和米田庆三从不同立场提出了对俘虏的处置问题，可见认同"文明"的俘虏处置方针是二人具有日本人身份认同的证明。将俘虏待遇法视为文明价值观的表现是战争剧文脉拓展所致，起到了提升本国形象的作用。与《日清战争》相比，《威海卫陷落》中外国人角色赞美日本的场景格外突出。外国人对甲午战争的评价最初由报纸报道，从国际化的第三方视角对日本在战争中的表现进行评价。不同角度带来的新鲜感引发日本民众关注相关话题。川上更是将其融入戏剧中，以展示他国民众对甲午战争的看法。剧中的外国人角色站在日本一边称赞日本，可以说是非常明显的战争宣传，与此前的宣传互为表里。《威海卫陷落》中卷出现的美国记者"金头发"与其他日本记者一起讨论战争时，称赞了日本的"先进"之处。其激进且充满民族主义色彩的口吻在一个局外人身上显得格外突兀。当时的报纸上也存在"金头发"的原型——随同日军前往威海卫战场采访的外国记者。在川上的战争剧中，

"金头发"等外国人角色称赞日本,这种表现手法旨在迎合日本观众,进一步煽动日本民族主义,其本质是战争宣传。

结语

随着明治时代的军事扩张和审查制度的实施,忠君爱国思想得以普及,川上的战争剧则加速了这一趋势。甲午战争剧揭示了战争对当时日本戏剧界的影响,并通过对比日本和清国形象的鲜明差异制造所谓"文明与野蛮"的对立,进一步增强了日本人的身份认同意识。本文通过战争剧展现甲午战争表象,不仅可以清晰地反映出文艺作品在日本民族国家构建中的具体作用,还能从中挖掘出日本民族主义意识形态,使人们对甲午战争有更加清晰的认知,激发对战争真相的探求和对日本战争责任的思考。

参考文献

[1] 倉田喜弘.川上音二郎欧米公演記録[M].東京:ゆまに書房,2020.

[2] 永嶺重敏.オッペケペー節と明治[M].東京:文芸春秋,2018.

[3] 日置貴之.明治期戦争劇集成[M].東京:科学研究費助成事業成果(私家版),2021.

[4] 石婉舜.帝国制作:川上音二郎的《奥瑟罗》与中国台湾[J].艺术评论,2008(01).

[5] 岡安儀之.「新聞記者」の誕生:福地源一郎の自己認識を中心に[J].東北大学大学院文学研究科紀要,2012(44).

[6] 中日新聞社.都新聞 復刻版[N].東京:柏書房,1994.

[7] 明治ニュース事典編纂委員会.明治ニュース事典[N].東京:毎日コミュニケーションズ,1986.

安部公房的《红茧》与第一次阿以战争

张忠锋*

摘要：安部公房的成名作短篇小说《红茧》创作于1950年，并于次年获得第二届日本战后文学奖。小说描写了一个无家可归者变成红茧的奇幻故事。安部公房运用丰富的想象空间，用"变形"的手法，描述了现代人所面临的存在困境，个体的无力感和孤独感充斥着整个作品。当然，从人对现实生活的认知角度看，这种观点无可辩驳。然而，《红茧》发表于1950年，此前一年，即1949年第一次阿以战争刚刚结束。深受纳粹迫害的犹太人和当初接受他们的巴勒斯坦阿拉伯人之间的这场战争在全世界备受关注。作为日共党员，有着鲜明政治立场的安部公房不会对此次阿以战争置若罔闻。事实上，小说《红茧》中亦出现了诸如"犹太人"的字样。拙论拟从小说的创作背景出发，探讨《红茧》与第一次阿以战争之间的关系，以加深对该作品乃至安部文学的理解。

关键词：安部公房；红茧；第一次阿以战争

Kobo Abe's "Red Cocoon" and the First Arab-Israeli War

Zhang Zhongfeng

Abstract：Kobo Abe's short story "Red Cocoon" was written in 1950 and won The Second Session Japanese Literary Award of the following year. The novel is a fantasy story about a homeless man who turns into a red cocoon. With his

---

* 张忠锋，日本大谷大学博士研究生，西安外国语大学日本文化经济学院教授，研究方向为日本文学。

rich imaginations and superior techniques of "transformation", the writer describes the existential predicament faced by modern people, and an overwhelming sense of individual's powerlessness and loneliness are prevalent through the whole work. Of course, this view is irrefutable from the perspectives of a modern man's cognition of his reality. However, it is noteworthy that "Red Cocoon" was published in 1950, a year after the end of the first Arab-lsraeli war in 1949. The war between the persecuted Jews by the Nazis and the Palestinian Arabs who once accepted them had attracted worldwide attention. Consequently, countless clashes between supporters and opponents around the world emerged. As a member of the Japanese Communist Party, Abe, who holds a clear communist's political stance, naturally will not turn a deaf ear to the war, and we find the word "Jews" appeared in the Novel "Red Cocoon". Starting from the creation background of the novel, this thesis probes into the relationship between Red Cocoon and the First Arab-Israeli War for better understanding this story and all his literary works.

Keywords：Kobo Abe, Red Cocoon, the First Arab-Israeli War

引言

安部公房的短篇小说《红茧》发表于 1950 年（昭和二十五年）12 月发行的杂志《人间》，翌年 4 月获得第二届日本战后文学奖，同年 5 月被作品集《壁》收录。《红茧》作为安部公房的成名作之一，深受读者喜爱，长期以来作为日本高三学生国语教材收录于日本国语课本中，其影响力可想而知。小说以超现实主义的象征手法，描写了无家可归的"我"变成红茧的故事。小说篇幅虽短，区区数页，但情节跌宕起伏，引人入胜。安部公房利用寓言的想象空间，畅游于梦境与现实之间，将"我"面临的存在困境刻画得相当真切。关于《红茧》的研究，中日学者的讨论焦点主要集中在《红茧》的创作手法和主题两个方面。但《红茧》的专论甚少，多是作为作家研究的一部分被提及，即《红茧》虽为脍炙人口的名作，但其研究成果并不丰富。究其原因，笔者认为有以下两点：其一，篇幅过短，难以展开；其二，寓意深刻，晦涩难懂。换言之，只有将《红茧》置于作家论研究这一大框架中，方能洞悉《红茧》的诸多寓意之谜。

一

田中裕之视主人公"我"为"丧失了家园的人"，认为"《红茧》是一部接近共产主义，却还没有成为共产主义者的安部公房在加入共产党前，回顾自己迄今为止的发展历程，重新认识到以前里尔克式的蛰伏姿态对于自己获得社会自由并不具任何有效性的作品"（田中裕之，1989：25）。高桥龙夫认为当年《红茧》之所以能够获得战后文学奖，而后又被当作国语教材编入高中课本，其主要原因是"安部公房运用前卫创作手法创作的《红茧》发表时，日本正处于 GHQ 占领下，这其实是《红茧》成功的决定性因素"（高桥龙夫，2004：40）。具体而言，《红茧》的创作与当时以麦克阿瑟为司令的盟军占领下的日本社会所呈现出的种种社会问题，即战后民主主义与资本主义的结构性问题，同时，与身处其中的安部公房本人的"内心挣扎"有着密不可分的关系。关于《红茧》作为国语教材收录至课本，高桥龙夫认为："追溯《红茧》的形成，《红茧》以前卫的方式，表现了生活在被占领下的非共同体的个人抵抗和作为艺术活动的社会抵抗，在没有任何保障能够传递给下一代的情况下，基于主体放弃这一点，主题和文体具有不可分割性，与状况不即不离，可以说承担着批判文学的作用。不能否定将文本交给读者解读的自由，但同时也不能忽视从文本生成的起源开始照射的必要性。"（高桥龙夫，2004：55）可以说，与之前"无家可归的无产者的悲哀"（花田清辉，1960：281）的观点相比，田中裕之和高桥龙夫的观点，因为考察范围更广，且分析得更具体，因此更具有说服力。

关于《红茧》的创作背景，除了田中裕之从"内"、高桥龙夫从"外"所涉及的个人经历和日本国内形势外，笔者认为还有一点值得思考，即安部公房创作《红茧》时，其所面临的复杂的国际环境，文中

"流浪的犹太人"的出现让人联想到，在刚刚结束的第二次世界大战期间深受纳粹迫害的犹太人为了在巴勒斯坦地区建立犹太人国家而与世代居住在该地区的阿拉伯人之间的纷争。作为一位前卫作家，安部公房在创作《红茧》的过程中，有意无意地会关注并受到当时变幻莫测的国际形势的影响，特别是第一次阿以战争。这次战争对改变整个世界格局产生过重大的影响，之后数次阿以战争也一直成为国际社会关注的焦点，亦使国际形势变得异常复杂。所以，笔者认为，安部公房将主人公"我"喻为"流浪的犹太人"，而不是同样为流浪民族的吉普赛人，必然有其深刻的含义。

二

关于主人公"我"与"流浪的犹太人"之间的关系，李贞熙指出："犹太人根据神命之罪，注定流离失所，而'我'因为是'外人'受到'法律'的恫吓，'我的存在'只能徘徊在边界上，不能进城。这大概就是《红茧》创作的母胎。"（李贞熙，1995：127）李贞熙认为，主人公"我"之所以突然意识到自己是"流浪的犹太人"，就是因为主人公"我"的生存状况与两千多年前被迫离开"故乡"，过着颠沛流离生活的"流浪的犹太人"相似。李贞熙将焦点置于"流浪的犹太人"，围绕着"流浪"一词，紧扣"生存困境"这一主题，为《红茧》研究提供了新思路。

"流浪的犹太人"在文中只出现过一次。主人公"我"在街区找不到"家"，便产生去街区公共设施抢占一席之地的想法。他先去了"施工现场和材料堆置场的水泥管道"，但那里早已被人"占领"，成了他人的"家"。后来又想占有"公园的长椅"，却被"手持棍棒的他"无情地赶走。"手持棍棒的他"说："喂，起来！长椅是大家的，不属于某一个人。更不属于你。赶紧离开。不情愿的话，那就上法院，走地下室去坐牢吧。只要你呆在一个地方不走，不管哪儿，都是违法的。"

主人公"我"的脑海中瞬间便出现了"所谓流浪的犹太人，说的就是我自己吧"的疑问，此处联想到了"流浪的犹太人"。虽然"流浪的犹太人"在文中仅出现一次，但"犹太人"的出现为读者了解《红茧》的寓意提供了重要的线索。众所周知，"犹太人"古称"希伯来人"，作为一个独立族群，是古老民族之一。"犹太人"信仰的"犹太教"作为世界三大神教之一，一直影响着"犹太人"生活的方方面面。确切地说，"犹太教"就是"犹太人"的民族宗教。然而，也正是因为犹太民族信仰的排他性和特殊性，才使得"犹太人"在历史上厄运不断。

关于犹太人的历史，《旧约圣经》和《古兰经》中都有详尽的记述。简单而言，在原始血缘上，最早的犹太人和阿拉伯人相近，实属同父异母的亲兄弟。公元前13世纪，犹太人和阿拉伯人的共同祖先亚伯拉罕居住在幼发拉底河流域的草原，公元前12世纪中叶迁移到迦南，即现在的巴勒斯坦地区。亚伯拉罕有两个儿子，嫡幼子以撒，与妻撒拉所生，为犹太人的祖先；庶长子以实玛利，与侍女夏甲所生，为阿拉伯人的祖先。

以撒的儿子雅各，又名以色列，即第一代犹太人。据传雅各生有12个儿子，他们迁移到埃及，受到当时统治埃及的西克索斯人的优待，居住在尼罗河下游，变为农业民族。西克索斯人被努比亚人暴动赶出埃及后，犹太人的地位急剧下降，沦为埃及人的奴隶，他们在摩西的带领下逃出埃及，逃回巴勒斯坦定居。后来，居住在巴勒斯坦的雅各的12个儿子的后代联合起来建立了"以色列国"，并于公元前960年建造了圣殿。之后"以色列国"先后被亚述人和巴比伦帝国攻占，圣殿被毁，犹太人被掳到巴比伦成为奴隶。波斯帝国消灭巴比伦后，犹太人被允许返回犹太区，并于公元前516年，重建圣殿。后来，犹太人又相继沦为希腊和罗马帝国的属民。公元前64年，犹太人建造的圣殿再次被罗马人拆毁，公元135年犹太人亡国，被迫流落到世界各地，开启了命运多舛的流浪生活。由此，两千多年来，犹太人一直背负着"流浪民族"之名，过着颠沛流离的生活。虽然经过长期的交往，他们中的很多人融入不同国家的不同族群，但他们的生活习惯和信仰始终保持着自己民族的独立性，与其他民族之间存在差异。所以，在外部看来，犹太人就是一个特殊的排他性群体。

纵观历史，虽然阿拉伯人和犹太人之间，出于种种原因，历来矛盾重重，但二战后，世界人民对犹太人的遭遇充满同情，巴勒斯坦的阿拉伯人也不例外，他们接纳了前来定居的犹太人，表现出了应有的善良，起初彼此间相处得比较和谐。但是，因为当时巴勒斯坦地区是英国殖民地，巴勒斯坦地区的实际控制者是英国人。英国人允许并帮助了犹太人，让犹太人移民巴勒斯坦地区。但后来随着犹太人的大量涌入，英国人开始担心犹太人的大量迁入会影响到他们的利益，便开始采取各种行动，包括封锁地中海等，以阻止犹太人持续流入巴勒斯坦地区。然而，英国人的这一做法引起了犹太复国主义组织的强烈不满，他们认为英国人是背叛者，阻碍了他们的复国计划，于是犹太人开始在巴勒斯坦地区有计划地实施各种恐怖活动，双方剑拔弩张，局势一发不可收拾。同时，原本就对犹太人有戒备心的阿拉伯人与犹太人之间的矛盾日益突出，对犹太复国主义者的恐怖行为极为不满。然而，1947年11月底在美苏两国，特别是在美国政府的主导下，联合国大会通过181（Ⅱ）号决议，支持犹太人建立以色列国，使得以色列国的成立获得了法律基础。为此，犹太复国主义者如愿以偿，并于1948年5月14日在巴勒斯坦地区建立了以色列国。但是，以色列国的建立，遭到了当地阿拉伯人的强烈反对。为保卫胜利果实，以色列政府开始大规模镇压阿拉伯人的反抗，当年接纳了犹太人的阿拉伯人，被迫逃离巴勒斯坦地区，流离失所。1948年5月15日，也就是以色列建国第二天，以埃及、约旦、伊拉克、叙利亚、黎巴嫩、沙特阿拉伯等阿拉伯国家为首的阿拉伯联合军发动了大规模的对以色列战争，拉开了阿以战争的序幕。历史上把这次战争称为"第一次阿以战争"，时间持续到1949年3月10日。战争以阿拉伯国家的失败告终。但由此以来，犹太人和阿拉伯人之间的战争持续不断，之后又相继爆发了第二次、第三次、第四次阿以战争。四次战争都以阿拉伯国家的失败而告终。虽然现在阿拉伯人也在该地区建立了自己的"巴勒斯坦国"，但二者之间的矛盾从未化解，冲突不断。巴勒斯坦地区成了世界的火药桶，阿以冲突成为世人关注的热点。可以说，巴勒斯坦地区稍有风吹草动，就会牵系世界的神经。

三

如前所述，《红茧》发表于1950年12月发行的杂志《人间》，1951年4月获得第二届日本战后文学奖。也就是说，《红茧》是第一次阿以战争结束1年零9个月后发表的作品。当时无论是日本国内环境，还是外部国际环境，都处于一个极为敏感复杂的时期。日本国内，在GHQ占领下，美国为推进民主化和非军事化的对日占领政策，与日本政府一起，针对冷战深化后出现的国内政治反动现象，转向了严厉的镇压政策。1949年4月公布了团体等规正令，加强了对日本共产党和左派势力的监视，以安部公房为中心的"世纪之会"亦成为清除对象。在国际上，随着第二次世界大战的结束，分别以美苏两国为首的东西方两大阵营开始明争暗斗，犹太人归属问题成为世界关注的焦点之一，特别是第一次阿以战争的开战，更让重新恢复平静的世界乱作一团。身为左翼作家的安部公房置身于当时复杂的国内外形势中，以其敏锐的洞察力，发表了《"革命的艺术"应该是"艺术的革命"》一文，认为"一切的创造都以压抑为动机，艺术也一样，真正的艺术，即'革命的艺术'只能在被压抑的阶级中诞生，因为它体现了现实中各种矛盾和对立的真实面貌，这就是'艺术的革命'所谈论的"（安部公房，1997：268）。

事实上，《红茧》本身就凝聚了安部公房对艺术的思考，他用象征主义手法，凭借丰富的想象力，在短短几页内，伴随着被压抑的个人经历，将对世界的认知浓缩其中，"我"与"流浪的犹太人"的完美重叠，一部短小精悍，寓意深刻，脍炙人口的"巨著"应运而生。《红茧》的主人公"我"是这样登场的："夜幕即将来临，人们都加快脚步急着回家，而我却无家可归。我慢悠悠地走在房舍与房舍之间狭窄的过道上，脑海中不停地闪现出一个疑问，街上这么多的房屋，怎么就没有我的藏身之处呢？一间都没有，为什么？"

"我"以一个无家可归者的角色登场，行走在城市的街道上，带着疑问，寻找着"我的家"。"我"思索着自己没有家的理由，突然间"我"意识到我并不是没有家，只是忘记了拥有家的事实：

> 幸运的是，透过半开的窗户，看到一位和蔼可亲的妇人的面孔。……我也微笑着，如绅士般点头致意，问道："打扰一下，请问这里是我的家吗？"
>
> 女人的脸突然僵化了，问道："呀！您是哪位？"
>
> "总之，如果你认为这里不是我的家，你得证明才是。"
>
> "这个……"女人露出惊恐的神情，这下我有点不耐烦了。

"如果你拿不出证据的话，可以说这儿就是我家了。"

"可是，这儿是我家啊。"

"那又如何？是你的家，不见得就不是我的家，对吧？"

此刻，女人未作任何回答，板着的脸，犹如一道墙，一下子关上了窗户。（安部公房，小岛信夫，1987：164）

"我"想到"施工现场"和"材料堆置场"的"水泥管道"。之后，又来到"公园的长椅"，但又被拿着棍棒的"他"驱赶。被驱赶的"我"，意识到自己就是"流浪的犹太人"。至此，"我"与"流浪的犹太人"完美重叠，小说的寓意趋向明朗，一时间让人联想到"犹太人"的生存困境。"我"即"犹太人"，"犹太人"即"我"。"我"所处的困境，即"犹太人"所处的困境。"我"要面对的即"犹太人"要面对的。正如李贞熙所说，"流浪的生存命运"将二者联系在一起。此外，《红茧》的构思和情节与二战后犹太人从欧洲各地回归巴勒斯坦时的情景有着惊人的相似之处。具体而言，如果主人公"我"是"流浪的犹太人"，那么沿着这一思路探寻"拥有众多'家'的城市"便是"巴勒斯坦地区"，而"手拿棍棒的他"自然就是限制犹太移民的"英国人"。

如前所述，公元135年犹太人亡国后，流落于世界各地。之后在近两千年的时间里，巴勒斯坦地区的主要居民是阿拉伯人，其祖祖辈辈在这里繁衍生息，并修建了著名的耶路撒冷金顶清真寺，成为伊斯兰教的圣地之一，巴勒斯坦地区自然成为阿拉伯人现实生活和精神生活的家园。然而在近代史上，虽然阿拉伯世界建立了许多国家，包括埃及、叙利亚、伊拉克、约旦等都是独立的主权国，但巴勒斯坦地区却没有建立国家，一直是英国殖民地，即当年巴勒斯坦并非主权国家。所以，犹太人来到巴勒斯坦后，便理直气壮地要从阿拉伯人手中夺回2000多年前属于他们的土地。可以说，"我"和"亲切的女主人"之间的对话再现了彼时犹太人和阿拉伯人之间争夺土地时的情景。

《红茧》的后半部分依然沿着这一思路展开。由于"我"的无理，"女主人"的笑脸顿时化作一堵墙，把"我"拒之门外，"我"只好悻悻离去。日暮时分，"我"不停地往前走，脑海里仍然思索着为什么我就没有家。想着想着，突然感到地轴歪了，腿变短了，浑身上下开了线，渐渐地被丝线裹住，"我"消失了，变成了一个茧，一个"红色的茧"。而这个茧又被"他"看到，捡起后放进了兜里，最后被扔进"玩具箱"。

"我"变成红茧的意义何在？这里似乎看不出小说情节与阿以纷争之间的关系。但这部分正是安部公房象征主义寓意手法最为典型的体现。事实上，按照文本的思路，这茧便是犹太人建立的"以色列国"，而"他"指的就是"美国"。虽然犹太人在巴勒斯坦地区成功建国，但环顾四周，可谓四面楚歌，被阿拉伯国家包围着，以色列国就像坐落在阿拉伯世界中的一座孤岛。对于犹太人而言，自己的国家时刻都面临着被消灭的危险。所以，他们的危机意识可想而知。事实上，在以色列建国的第二天，就爆发了大规模的阿拉伯人对"犹太人"的第一次阿以战争。虽然以色列取得了胜利，但犹太人所处环境的危险系数却在不断加大。所以，犹太人只有做好自我保护，加强防御，把自己与周围的阿拉伯人割裂开来，才能确保国家的安全。主人公"我"变成茧，实际上是在蜕变过程中的一种自我保护手法。安部公房通过这种象征性手法，形象地描写了当年刚建国不久的以色列国的处境，暗示了这个国家所面临的巨大困境。至于将茧描绘成红茧，文中是这样描写的：

> 茧内，时光被牢牢地锁定在了那一刻，外面漆黑一片，而茧内黄昏永住。赤红色的晚霞，从里向外，闪烁着的明亮的光芒。
> （安部公房，小岛信夫，1987：166）

对于即将成为日本共产党员的安部公房而言，"赤红色"意味着什么？以色列建国是通过联合国决议的，第一次阿以战争是由阿拉伯国家挑起的。"外面漆黑一片"指以色列国的外部环境。"赤红色的晚霞，从里向外，闪烁着的明亮的光芒"则体现了安部公房对犹太人建国的同情。事实上，以色列能立足于阿拉伯世界，四面临敌，却越战越勇，这与美国的支持分不开。但以色列周围的阿拉伯国家是世界能源的主要供应地，其石油源源不断地输往世界各地。美国为了确保其在中东的主导地位，又必须获得阿拉伯国家的支持。所以，以色列虽然是美国在中东的心腹，但美国不得不在以色列和其他阿拉伯国家之间寻找平衡点。说到底，无论是以色列还是其他阿拉伯国家都在美国的掌控之中，都是美国人手中的"玩具"。

> 这个显眼的特征，没逃过他的双眼，他在火车的岔道口与铁轨之间发现了变成茧的我。起初他很生气，可没过多久便感觉捡到宝贝似的，放进兜里。我在里面翻滚了片刻之后，便被放到他孩子的玩具箱里。（安部公房，小岛信夫，1987：166）

这是小说的结尾部分，安部公房以敏锐的洞察力，将"他"即"美国"在中东扮演的角色刻画得淋漓尽致。

结语

笔者之所以称《红茧》是一部短小精悍的"巨著"，是因为它带给读者的思考和震撼是巨大的。迄今为止的研究成果大多围绕着"存在困境"这一主题，从不同角度对《红茧》进行解读，且每一种解读都有其合理性。事实上，《红茧》受到喜爱，发表不久便获得第二届日本战后文学奖，之后又长期作为国语教材收录于日本高中教材，亦说明了其独特性和深刻的寓意。安部公房运用象征主义手法，以探讨"存在困境"为主题，将充满疑惑的个人经历和对外部世界的认知，包括对 GHQ 占领下日本社会生存环境的担忧以及对犹太人命运的思考巧妙地融为一体，用短短几页纸揭示了人类生存所面临的诸多困境。笔者认为，在日共党员出身的安部公房的身上可见一个优秀作家与生俱来的洞察力。对于日本国内外所发生的重大政治事件，他不可能视而不见，听而不闻，这是名作诞生的秘密之一。

参考文献

[1] 田中裕之.安部公房『赤い繭』論：占領下における実存の方法[J].近代文学試論,1989（12）.

[2] 高橋龍夫.安部公房『赤い繭』論：占領下における実存の方法[J].専

修国文,2004（9）.

　　［3］花田清輝.新鋭文学叢書2 安部公房集［M］.東京：筑摩書房，1960.

　　［4］李貞熙.<おれ>のユダヤ性にみる実存的状況：安部公房『赤い繭』論［J］.稿本近代文学,1995（11）.

　　［5］安部公房.「革命の芸術」は「芸術の革命」でなけれなばらぬ［A］.安部公房全集.東京：新潮社,1997.

　　［6］安部公房，小島信夫.安部公房 小島信夫集 筑摩現代文学大系77［M］.東京：筑摩書房,1987.

押川春浪的"世界秩序"想象

——以《海底军舰》为中心

莫嘉茵[*]

摘要：押川春浪是日本明治时期大众文学代表作家之一，亦是日本科幻文学、冒险小说、少年儿童文学等领域的先驱作家。关于其作品受到热捧的原因，先行研究已从多角度作了探讨，拙论关注其在长时段、深层次上对日本产生的影响，以其代表作《海底军舰》为例，从空间书写切入，指出押川小说叙事贯穿着东西方展开地缘政治对抗、日本领导东方取胜的"世界秩序"想象引发日本读者的兴奋与持续关注。这一想象与其"海洋日本论"密切相关，从中可见美化日本殖民历史以及推行霸权主义的本质。

关键词：押川春浪；现代日本；大众文学；世界秩序；海洋日本论

Oshikawa Shunro's Imagination of the "World Order"
—Based on *Submarine Warship*

Mo Jiayin

Abstract: Oshikawa Shunro is one of the representative writers of popular literature in the Meiji period of Japan. He is also regarded as a pioneer writer in Japanese science fiction, adventure novels, children's literature and other fields. As for the reasons why his works were so popular after they came out, previous studies have revealed them from many angles. Based on its long-term and deep-

---

[*] 莫嘉茵，文学博士，暨南大学外国语学院讲师，研究方向为日本文学、海洋文学文化。

seated impact on modern Japan, this paper takes his representative work Submarine Warship as an example and restudies it by spacial theories.Shunro's imagination that the East and the West launch geopolitical confrontation and Japan leads the East to win,arouses the excitement and continuous attention of Japanese readers.The imagination is based on the theory of a maritime Japan,which beautifies Japan's colonial history and hegemonism.

Keywords:Oshikawa Shunro, modern Japan, popular literature, world order, theory of maritime Japan

引言

押川春浪（1876—1914）是日本明治时期大众文学代表作家之一，以科幻小说和冒险小说见长。自出道以来，其作品便受到日本读者热烈追捧，如成名作兼代表作《海底军舰》（1900）不仅多次再版，更是屡出续篇，与《武侠日本》（1902）、《新造军舰》（1904）、《武侠舰队》（1904）、《新日本岛》（1906）、《东洋武侠团》（1907）等五部小说构成系列丛书。除此之外，押川春浪还著有《塔中之怪》（1901）、《千年后之世界》（1903）、《空中飞艇》（1907）等多部通俗小说。这些作品一度被大量译介到中国，与柯南道尔、哈葛德、凡尔纳以及大仲马等域外作家的作品共居晚清"畅销书"排行榜前列（陈平原，2014：368）。大正年间，大仓书店推出了四卷本《春浪快著集》（1916—1918）。第二次世界大战爆发后，石书房出版了《春浪选集》（1944—1945），印数多达一万部。日本战败投降后，这一热潮有所减退，但余热尚存。1963年东宝映画公司将《海底军舰》改编为电影，1978年这部作品又被纳入日本儿童文学馆名著复刻系列，此外还多次被收入日本童话名作选、少年文学名作全集。无论是作为现代日本大众文学中的流行作品，抑或是在特定时代越出国境的"世界文学"，押川春浪的创作都是一道不可小觑的文学景观。

受"纯文学"观念制约，现今通行的日本文学史一般对大众文学评价不高，但明治时期处于文学观与文学形态的转型时期，当时的日本大众文学往往兼具趣味性与严肃性，押川春浪的作品亦不例外（孟庆枢，

2009：210）。管窥所及，目前国内外研究界关于押川春浪及其作品的专门研究数量不多。中国学界多聚焦晚清时期的译介热潮，考察押川春浪作品被译介的历史文化土壤。陈爱阳以押川春浪代表作之一《塔中之怪》为例，指出押川小说中近代的、科学的要素适应了当时"开启民智"和输入科学知识的潮流（陈爱阳，2011：111）。李艳丽将押川春浪的小说视为域外冒险小说的一个分支，认为小说具有突出的"科学性及武勇特质"，并带有浓厚的军事色彩，符合当时中国知识分子"文学救国"的政治诉求（李艳丽，2013：185—187）。蔡鸣雁将中日两国同时代作品进行主题思想比较，指出"科幻想象与家国思想"紧密融合是押川春浪小说被译介的主要原因（蔡鸣雁，2021：128）。亦有研究者将押川春浪的作品归入武侠小说系谱，认为其大和民族主义武侠观对中国作家有过促进作用，但押川小说中的武士道内核与日本军国主义同时形成，带有杀伐气息，在接受过程中已被加以改造、摒弃（韩云波，2011：34）。日本学界近年亦逐渐对押川春浪有所关注，开始探讨其在日本赢得大众认同的原因，如武田悠希认为出版业界是不可忽视的重要因素之一（武田悠希，2018：3），松本高明指出日本探险家兼军人矢岛保治郎的活动对押川春浪创作亦产生过重要影响（松本高明，2019：75）。整体看来，这些研究大多立足于押川春浪作品在同时代产生的广泛影响，尚未注意到其在长时段内对日本产生的深层影响。事实上，押川最初以"冒险小说"出道，并以"冒险小说家"的身份为日本读者熟知。一般而言，冒险小说以各种不寻常的事件为中心线索，主人公往往有不平凡的经历、遭遇和挫折，具有情节紧张、冲突尖锐、场面惊险、内容离奇等特点。但从作品的整体构成看，叙事空间亦对形塑小说发挥着重要作用，其中的秩序安排既是一种地理和空间规划，又是一种"历史规划"，将对读者的行为方式和世界观产生深刻的影响（菲利普·韦格纳，2006：216）。拙论以押川春浪的成名作《海底军舰》为中心，从小说的叙事空间"海洋"切入，还原押川春浪意图建构的"世界秩序"，侧重考察其对读者潜意识层面的长期渗透，为理解其文学创作提供新视角。

一、"海国日本"崛起的表与里

　　押川春浪的小说有一个突出特点，就是以海洋为主要叙事空间，具有强烈的"海洋日本论"色彩，以海洋文化及其相关理论来理解日本历史、文化的形成发展及其同他国和区域的关系。《海底军舰》中的冒险活动几乎都发生在海上。故事与叙述者柳川龙太郎的归国之旅一同开始。龙太郎乘"弦月号"客轮从意大利那不勒斯港出发，行至印度洋时，不幸遭海盗袭击，客轮沉没，龙太郎与同伴日出雄落入海中，后流落孤岛，险遭野兽袭击，此时在岛上秘密建造海底战舰的樱木海军大佐及时出现，将二人救下。受樱木大佐感召，龙太郎积极协助制造"自动冒险铁车"，开拓荒岛，以便早日在岛上建成"大日本帝国新领地朝日岛"纪念塔。三年后，海底战舰完成，却遭遇海上风暴，导致作为战舰动力的药液被冲毁，急需到科伦坡调取。于是，龙太郎与武村下士乘热气球前往，途中又遭怪鸟袭击。落入大海后，两人被"日出号"巡洋舰救下并顺利买到动力药液，不料在与樱木大佐会合途中再次遭遇海盗袭击，此时樱木大佐驾驶"电光艇"前来救援，将海盗团伙一网打尽，"日出号"巡洋舰和"电光艇"护送一行人顺利回国，日本民众夹道欢迎。可以说，小说的冒险活动始于海上，亦在海上落下帷幕。以樱木大佐为代表的主人公亦通过制造战舰等一系列海上冒险活动，获得了日本民众的认可。

　　从表面上看，海洋书写不过是制造"偶然"的道具，海上航行的诸多不确定性使这些"偶然"事件显得既在意料之外，又在情理之中，但作者的谋篇布局具有明晰的海权意识。纵观整部小说，潜艇最终发挥惊人威力并制伏海盗，除了新锐的军事科技，亦受惠于日本不断扩大的海权。购买动力药液途中危机四伏，但得益于"日出号"巡洋舰的救援，一行人最终顺利完成任务。值得注意的是，这艘巡洋舰系由大商人滨岛武文捐助建成。此人长期在意大利那不勒斯经商，坐拥众多分店，在城中最繁华的商业街建有商会，在滨岛的资助下，柳川龙太郎甚至得以在"弦月号"上享受一等舱待遇。可见，在《海底军舰》的文学想象中，日本将以"海洋国家"身份重建世界秩序。正如小说封面"海国大日本"字样所显示的，作者在小说中凸显的，不是日本在科技、商业资本、军事三者中的某一环节的优势，而是各环节相互增益所形成的海权优势。作者在作品序言中写道：

> 日本浮于太平洋波涛之上，有如船只，然如今绝非我国国民沉醉于富士山明丽风景的时刻。荣光的桂冠、财富与权力的优胜大旗已经远离陆地，转移至海上。戴上此桂冠、握住这面优胜之旗的是谁？正是海上的勇者，海上的勇者即为世界的勇者。（押川春浪，1900：1）

在这段序言中，押川春浪提出了"海上勇者"这一形象，敦促日本民众积极参与海权争夺。由于具有自觉明晰的海权意识，押川在日本海洋文学史上亦占有重要的地位。明治文学研究者柳田泉认为虽然这些小说对海洋本身的描写较少，但其一方面大都以海洋为舞台描述日本人，尤其是海军将士以海洋为中心大显身手，活跃于海上；另一方面向读者强调了海洋对日本的重要性，因此可以将押川春浪的海底军舰系列丛书称为"海洋小说"（柳田泉，1942：62）。押川春浪的海洋书写也受到了日本读者的欢迎，可谓代表现代日本海洋观念的典型作品："在这样的时代，长期为人们意识到的'海洋文学'，是像明治时期押川春浪的冒险小说那样的作品，带有国家主义启蒙思想的投影，鼓舞青少年以'雄飞于海'为志向。"（小岛敦夫，2001：52）尽管如此，很少有人指出押川春浪的"先见之明"从何而来。事实上，押川春浪本人体弱多病，并未有过真正的远航经历，是书斋中的冒险小说家。《海底军舰》正文前的另一篇序言或可为此疑问提供一些线索：

> 今世界各疆国，竞汲汲于整饬海军，求海事之日进而日上，诚欲握制驭之权，张国家之威服也。我帝国本世上独一无二之海国，将以宣扬国威，增进国利，必先收海上之权力，以盛运输，翼商政，扩充富疆之业。而达兹目的，则无亟于奖励国民之海事思想者。是书本科学之进步，创海军之秘制，命意奇兀，结构瑰

雄，使读者若研究精神教科书，自苾然含其海事思想，而炽人为国之热心。(押川春浪，1900：7)

这篇序言为海军军人吉井幸藏所写。吉井幸藏曾于 38 岁时参加甲午战争黄海海战，担任第一游击队海军防护巡洋舰分队长，退役后积极推广"海国政治"，可见甲午战争对日本海权意识发展、日本海军崛起具有重要的刺激作用。值得注意的是，这段序言将"海国"身份视为日本发展海权的原点，《海底军舰》俨然是讲述"海国"崛起历史的教科书，全然未提及甲午战争中的所感和见闻。日本文学理论家柄谷行人曾在《日本现代文学的起源》中指出，"风景一旦确立之后，其起源就被忘却了"（柄谷行人，2013：20），启示读者注意形构审美意识形态的历史起源和制度安排。甲午战争是日本走上军国主义道路后第一次大规模对外侵略战争，也是近代日本侵略中国之始。利用战争获得的巨额赔款和领土，日本的海外市场和原料来源地迅速扩张，资本主义迅速发展，并开始向帝国主义转型。战争结束后不久，论证日本人是海洋民族的著作纷纷问世，民友社的《海的日本人》（1895）、评论家竹越与三郎的《二千五百年史》（1896）等，无不称日本人生来就是勇猛刚毅、气势逼人的"海国"人种。在此语境下，作家幸田露伴亦撰文写道："如今我国不再如往昔般愚昧，偷安于狭窄的山间平地，锁国封海的陋习亦已废除，有胆量、勇气的国人不堪安居于岛内，与海相亲的时日已久。"（幸田露伴，1979：365）由此可知押川春浪的眼界和胆识从何而来。与此语境相呼应，押川春浪将海洋设定为作品的主要舞台，将日本在甲午战争后的发展变化叙述为"海洋国家"的天性使然，尤其是对勇猛、奋进等海洋文化特质的讴歌，使日本的对外扩张行径转化为其本民族自觉奋进、开疆拓土的发展史，极大地激发了日本读者的民族自信心。正是经由海洋日本论的粉饰美化，日本军国主义的领土野心和殖民意图被正当化。但如此写作策略无疑阻断了日本读者回归历史原点以反省战争的侵略本质。正如内村鉴三指出的："战争结束了，我国处于战胜国的地位，却置举足轻重的邻邦的独立而不顾，而以新领土的开发，新市场的扩张来转移全国人民的注意力，并且贪得无厌地汲汲于获取战胜国的利益。"（松本三之介，2005：144）

二、对未来世界秩序的想象

从作品的空间结构看，《海底军舰》中嵌有更深广的民族与政治主题。首先，由时间线索追问这一系列事件的发端，最多溯源至柳川"偶然"乘上"弦月号"，意大利亦不过是其世界环游旅程兴尽而至的终点。但从空间线索看，"弦月号"行驶在"欧洲与东洋之间这一全世界最长航路"（押川春浪，1900：62）上，航程始自"西洋"，止于"东洋"。其次，"弦月号"为"意大利东方汽船公司"（押川春浪，1900：25）所有的一艘巨型客轮，在小说中，"弦月号"遭海盗船袭击沉没，滨岛武文捐赠的军舰"日出号"载着柳川一行回国，无疑有"月落日出"之意，暗指"西洋"势力衰落，"东洋"日趋兴旺。最后，樱木大佐筹建潜水艇的朝日岛、与海盗船激战的位置均位于印度洋上，相当于"西洋"与"东洋"间的过渡地带。虽然作者借柳川之口感叹"人间万事模样莫不如天意使然"（押川春浪，1900：343），但实际上，其安排的种种偶然都导向某种必然——这是一场在"西洋"与"东洋"间展开、并以日本代表"东洋"击败"西洋"为结局。后续五部小说的情节亦维持并强化了东西对战的空间结构："日出号"和"电光艇"在回国途中遭遇沙俄水雷艇袭击，"日出号"沉没，樱木大佐发誓要向沙俄复仇，但因担心事情公开会使日本陷入窘境，于是又重返地下，不久后与柳川龙太郎的胞兄一条文武、菲律宾独立运动领导人阿奎纳多将军结为盟友，组建了"武侠舰队"与"东洋武侠团"，以朝日岛为据点开展诸多军事活动，粉碎了西方国家的阴谋。这一空间结构贯穿冒险活动始终，预示世界秩序即将发生剧变，也使读者跟随作品持续追问东西方对立的缘由、形势与结局、东方崛起并战胜西方的路径等，为日本读者提供了新世界秩序的一个文学范例。押川春浪的想象因此被认为"富于预言性"（黄伊，1981：204），提前预演了数年后的日俄战争。

但《海底军舰》与日俄战争存在显著差异，即小说并未停留于表面的武力角逐，亦在精神文明层面进行了思考与展望。日本的伦理道德优势亦是驱使世界秩序更迭的内在动力。借叙述者少年柳川之眼，押川春浪对西方物质文明拜金、腐朽的一面予以嘲讽和批判，如"站在桥楼上，大腹便便，好似啤酒桶，正搓捻着红色胡须傲然斜视四方"的弦月号船长、"用发油将胡子固定成剑的形状的法兰西绅士""因过量饮酒而鼻子变红的德国陆军军官""可以称为美女之标本的意大利女演员""肤色黝黑的印度大富豪"等，此外还有"放荡无赖"的海盗团伙，他们与西方列强相互勾结，长期从事海上劫掠活动（押川春浪，1900：31—32、346）。相比之下，代表日本的樱木大佐则为制造军舰卧薪尝胆，并帮助少年们歼灭海盗，似乎人品不俗。从"忠勇义烈"等评价以及对日本旧幕臣山冈铁舟①诗句的引用可以看出，作者对武士道精神大加推崇，试图以此克服西方物质文明弱点（押川春浪，1900：314、197）。但实际上，所谓武士道精神具有被建构的属性，其本质上是一种以战斗为目的的军队精神，借助"武士"的外壳，融合"忠君""轻生死"等思想，在阳明心学的指引下，倡导知行合一，以推动日本现代化进程，因此日本武士道中的道德伦理关怀极为有限，正如戴季陶在其《日本论》中指出的，它以儒家道德粉饰日本武士集团的食禄报恩主义、种族本能，使之看似具有精微高远的理想（戴季陶，2011：15—31）。

　　押川春浪之所以能意识到东方伦理道德对西方物质文明的纠偏作用，有其特定的时代背景。如前所述，押川春浪笔下的冒险叙事不仅意在唤起猎奇快感，亦以反抗西方强权暴政的新世界秩序想象引起日本读者更大的、持续的兴奋。自 15 世纪的"地理大发现"开始，西方扩张势力不断向东方渗透，19 世纪中叶是显著的分界线。1840 年的鸦片战争和 1853 年的佩里叩关，标志着中日两国大门被相继敲开。这既是一次严重的族群生存危机，亦是向既有文明模式发起的巨大冲击。在地缘政治实力对抗开始时，由文明等级决定、关乎人心的地缘政治对抗亦同时开始，两者并行不悖，且相互影响。在此变局中，日本选择走上脱亚入欧之路，决意全面拥抱西方文明，但在文化传统方面，日本必须面对中国这一"巨大的他者"。在全球史视野下，甲午战争后日本世界认识的变化亦是押川春浪积

---

① 山冈铁舟（1836—1888），日本旧幕臣、武士道的鼓吹者之一，称武士道为"日本国体的精华"。

极采用海洋元素构建故事舞台的重要原因之一。这场战争打破了传统的华夷秩序，是日本对华观从"仰慕"转向"俯视"的标志性事件。战争结束后，"东亚盟主论"在日本各界甚嚣尘上，认为中国的区域大国地位已被日本取代，与此同时，日本试图以"东方文明担纲者"的身份，与西方文明抗衡（李永晶，2014：155）。正因如此，在《海底军舰》中，押川春浪对海洋冒险涉及的地域范围作了显著拓展，使之呈现为涵括东西两极的广阔空间，与小说开篇提及的环球旅行相互呼应，折射出将全世界尽收眼底的野心。法国哲学家加斯东·巴什拉指出，内心空间的"广阔性"实为意识扩大的产物，它与"存在的膨胀"密切相关。（加斯东·巴什拉，2018：237）在此意义上，押川春浪的海洋书写亦与甲午战后日本意欲取欧洲全球霸权而代之，在新世界秩序中占据主导地位的野心互为表里。凭借这种"世界霸主"的自我定位，押川春浪得以充分发挥想象力，积极凸显东西文明差异，构想未来战争，将横跨海陆的帝国主义战争预演为戏剧性的海上激战。

三、日本殖民亚洲的海洋霸权策略

在《海底军舰》的续篇《武侠之日本》中，押川春浪将日本命名为"武侠帝国"，称扶助弱者是武侠的精神和使命所在，日本与亚洲各国的关系亦被"武侠精神"的温情纽带加以包装："'武侠'是为维护自由、独立和人权而彻底对抗压制的精神，也是除掉横霸之徒而保护弱者的精神。为自己的利欲侵犯他国和别人的权利，这就是'武侠'的大敌。"（押川春浪，1902：136）在"保护"的名义下，押川春浪将日本对中国、菲律宾主权的干涉叙写为正义之举。《海底军舰》虽未对"武侠精神"予以明示，但随处可见相关事例，为日本的"武侠帝国"形象奠定了基础。少年滨岛日出雄便是用以凸显樱木大佐"武侠精神"的关键形象之一。由于少不更事，在大多数时间里，日出雄并不说话，只是在一旁与狗玩耍。然而，当听到樱木大佐要为之报仇雪恨，将海盗团伙杀个片甲不留时，日出雄欢呼雀跃，当樱木大佐介绍宣告开拓朝日岛的铁车计划时，他在一旁静静聆听，对该计划心驰神往，主动问樱木大佐自己能否参与其中。此后樱木大佐提出亲自培养日出雄，三年后，日出雄俨然已是一名少年军官，举止沉着，威风凛凛。因此，正如故事叙述者"我"所赞叹的，在日出雄眼中，樱木大佐是一位"既严格又慈祥"（押川春浪，1900：230）的长者，与军人在一般人眼中冷酷无情、血腥暴力的负面形象截然不同。在故事的结尾，亦是整部小说的高潮部分，樱木大佐信守诺言，驾驶"电光艇"剿灭了海盗团伙，彰显出其侠义的精神，履行了"保护"弱者的使命。较之一般的战地报道、小说及从军日志，押川春浪并不将写作重心置于战斗实况，而是不时地从日出雄的个人视角出发，对日本帝国军人形象加以美化。正是通过这样的温情笔触，押川春浪小说令日本读者，尤其是日本青少年读者与其本国军人产生强烈共鸣，共同汇入日本的军国主义热潮之中。

饶有意味的是樱木大佐与日出雄少年相遇的方式。这一安排体现出日本急欲以海洋霸权国地位重塑亚洲区域秩序的构想。"弦月号"驶向亚洲海域途中，由于遭海盗船突袭，客船沉没，日出雄被迫跳海，在风暴中漂流至樱木大佐筹建潜水艇的荒岛，后为樱木大佐所救。以冒险小说特色论之，海上航行的不确定性造就了离奇曲折的情节，两人相遇是天意使然。但实际上，樱木大佐在此蛰居已久，其间在制造军舰的名目下极尽殖民主义之能事，拓殖荒岛、与周边岛屿建立贸易往来、建立军事基地并铸造纪念碑，且其海上战斗力足以与具有西方列强扶持的海盗团伙抗衡，可见樱木大佐在一定程度上控制了日出雄途经的海域。在此意义上，日出雄被救是一种必然而非偶然。进而言之，海域强者肩负"保护"海域弱者的使命与义务，在"保护"的名义下，日本的殖民扩张被赋予了道德上的"合法性"。

此外，《海底军舰》塑造中国形象的手法亦值得注意。作品仅有两处叙写中国人的片段，一处为"下等船舱中的一名中国人"，此人离岸不久后便患病身亡，船长与英国传教士带领众船员埋葬了他的遗体；另一处为意大利马戏团驯兽师的老虎意外从笼子里逃出，船上一片哗然，可以看到"怒不可遏的水手，大声叫嚷的中国人，被吓得头晕目眩的妇女"（押川春浪，1900：61、69—70）。两处均为少年们的见闻，使读者误以为中国人体质羸弱，难以适应远洋航海，从中可以一窥押川春浪以海洋秩序将中国推向亚洲的边缘、贬抑中国在亚洲的存在感的企图。与此同时，在《武侠之日本》等续篇中，押川春浪将菲律宾纳入视野，还同时创作了支持菲律宾独立运动的小说《奇人之旅行》（1901），批判了美国对独立运动的态度。由于这种明晰的时政意识，押川春浪亦被视为明治政治小说的继承者，且作品中内含"南进"意识，如柳田泉就指出押川春浪《海底军舰》系列小说是"明治初期政治小说中的南进论，即必须向南洋扩张这一意识形态的集大成之作"（柳田泉，1942：62）。会津信吾亦持相同观点，认为押川小说生成的土壤有二，一为凡尔纳的科幻小说，二为"南进论小说"（会津信吾，1997：339—408）。在此意义上，可以说《海底军舰》中樱木大佐的"朝日岛"与须藤南翠在《旭日旗》（1887）中塑造的"日之出"岛、矢野龙溪在《浮城物语》中构想的"海王岛"形象一脉相承，意在为明治日本"南进"扩张战略提示有利据点，达到借海权之便称霸亚洲海域的目的。事实上，押川春浪创作这些小说时，恰为日本夺取中国台湾作为"南进"前哨阵地后不久。由此观之，押川春浪的未来想象并非所谓"文明国"科学理性指引下的产物，而与日本对海权的争夺意识密切相关。就其对日本青少年读者的影响力而言，押川春浪冒险小说中的海域空间规划很可能是日本"南进"意识再生产的一个重要契机，其中的"南进论、科幻想象、爱国、冒险、军事诸要素融为一体，为下一世代所继承"（相川惠美子，2016：289）。

　　从《海底军舰》的线性叙事层面看，海上冒险经历往往事出突然，"武侠日本"采取的诸多行动基于个人情义，不具有功利色彩。但从空间叙事层面看，亚洲原本海陆兼备，相互连通，以海洋为主要舞台的空间设定，意味着亚洲大陆的存在被人为掩盖与压抑，从中可以看出作者试图以海洋霸权重整亚洲区域秩序的策略。亚洲由此被改写为由海上军事和交易网络联结起来的区域，欧洲用于拓展全球霸权的"军商复合体"模式被移植到关于亚洲的未来想象中，体现了日本争当亚洲霸主的野心。在海洋化的亚洲中，个人的自由联合行动实际上受到权力关系的限制，押川春浪所谓的"武侠精神"不过是其殖民主义的外包装而已。

结语

押川春浪是日本明治时期大众文学的代表作家之一，其作品将严肃性与趣味性融为一体，在日本科幻文学、冒险小说、少年儿童文学等领域均占有先驱性的地位，被誉为"日本科幻小说之父"。迄今为止，国内外研究对押川春浪作品的特色作了初步考察，包括浓厚的军事色彩、人物的勇武气质以及主题思想中强烈的海权意识等。总体看来，这些研究多聚焦押川春浪作品在同时代产生的影响，关于押川春浪文学对日本产生的长期性、深层次的影响则关注不足。拙论以押川春浪的代表作《海底军舰》为例，从小说叙事空间切入，考察了小说中的"世界秩序"想象，为探明押川春浪文学特质提供了新的视角。甲午战争后，日本的势力范围不断扩大，其对外扩张的野心受到极大刺激，海权意识亦日益膨胀。正是在此时代背景下，海洋成为押川春浪多部作品的主要叙事空间。这些作品以日本军人的海上冒险活动为主要情节，讴歌主人公勇猛、豪放、斗争、进取的优秀品质，将日本塑造为自由开放的"海洋国家"，展现出鲜明的海洋史观。经由海洋史观的美化，与甲午战争相关的侵略史被粉饰为日本民族奋发崛起、开疆拓土的进步史，使日本读者的民族自信心受到极大的刺激，使日本的领土野心和殖民意图得以正当化。

海洋想象使押川春浪作品与近代西方武力政治文明原理价值产生内在结合。相对于此前的日本海洋冒险小说，《海底军舰》中的海洋想象横跨东西方，形成"东西对峙"的地缘政治格局，构想日本领导东方国家击败西方列强、逆势崛起，唤起日本读者的持续兴奋。可以说，押川春浪的海洋视野亦与甲午战争后日本意欲称霸世界的野心互为表里。与此"世界霸主"意识相呼应，押川春浪将日本想象为"武侠帝国"，兼具西方武力政治优势与东方伦理道德优势，因此在线性时间叙事层面，作品中的诸多冒险活动往往被视为日本在亚洲海域开展的"侠义"行动。但实际上，押川春浪在创作时持有明晰的海权意识，企图以海洋霸权重整亚洲区域秩序，亚洲海陆兼备的全貌被掩盖，仅被片面地塑造为由军事和资本主义交易网络联结而成的霸权地带，个人的自由行动受到这一空间结构的严格限制，押川春浪所谓的"武侠精神"仅仅是其殖民主义的外包装而已。由此可以窥见，押川春浪作品中的世界秩序想象具有美化日本殖民史及推行霸权主义的本质。

参考文献

［1］陈平原. 中国散文小说史［M］. 上海：上海人民出版社，2014.

［2］孟庆枢. 二十世纪日本文学批评［M］. 长春：吉林人民出版社，2009.

［3］陈爱阳. 晚清翻译通俗小说中的科学话语——押川春浪『塔中の怪』翻译的文本分析［J］. 日语学习与研究，2011（6）.

［4］李艳丽. 东西交汇下的晚清冒险小说与世界秩序［J］. 社会科学，2013（3）.

［5］蔡鸣雁. 晚清科幻政治小说与押川春浪科幻小说的主题比较研究［J］. 首都师范大学学报（社会科学版），2021（5）.

［6］韩云波. 平江不肖生与现代中国武侠小说的内在纠结［J］. 西南大学学报（社会科学版），2011（6）.

［7］武田悠希. 世紀転換期の出版文化と押川春浪：冒険小説の生成と受容［D］. 京都：立命馆大学，2018.

［8］松本高明. 20世紀初頭の「世界無銭旅行」考：矢島保治郎の第1次入藏と押川春浪の武俠世界［J］. 神田外語大学日本研究所紀要，2019（11）.

［9］菲利普·韦格纳. 空间批评：批评的地理、空间、场所与文本性［A］. 阎嘉，编. 文学理论精粹读本［C］. 北京：中国人民大学出版社，2006.

［10］押川春浪. 海底冒險奇譚 海底軍艦［M］. 東京：文武堂，1900.

［11］柳田泉. 海洋文学と南進思想［M］. 東京：日本放送出版協会，1942.

［12］小島敦夫. 世界の海洋文学、日本の海洋文学［J］. 外交フォーラム，2001（5）.

［13］柄谷行人. 日本现代文学的起源［M］. 赵京华，译. 北京：中央编译出版社，2013.

［14］幸田露伴. 海と日本文学と［A］. 蝸牛会，编. 露伴全集 第24卷［M］. 東京：岩波書店，1979.

［15］松本三之介. 国权与民权的变奏［M］. 李冬君，译. 北京：东方出版社，2005.

[16] 黄伊. 论科学幻想小说［M］. 北京：科学普及出版社，1981.

[17] 戴季陶. 日本论［M］. 北京：光明日报出版社，2011.

[18] 李永晶. 甲午战争与日本的世界认识［J］. 学术月刊，2014（7）.

[19] 加斯东·巴什拉. 空间的诗学［M］. 张逸婧，译. 上海：上海译文出版社，2018.

[20] 押川春浪. 武侠の日本 英雄小説［M］. 東京：博文館、東京堂，1902.

[21] 会津信吾. 科学冒険時代［A］. 西英生，编. 少年小説大系 別巻第5巻 少年小説研究［C］. 東京：三一書房，1997.

[22] 相川惠美子. 日本の少年小説「少国民のゆくえ」［M］. 東京：インパクト出版，2016.

冲绳文学中的萨摩入侵书写研究*

许圆圆**

摘要：1609 年 3 月，日本萨摩藩将领桦山久高、平田增宗率士兵入侵琉球。同年 5 月 17 日，萨摩军将琉球国王尚宁王等一百余人作为人质带往萨摩藩。萨摩入侵是相关史学界研究的焦点问题，至今众说纷纭。萨摩入侵亦是冲绳作家重点书写的历史事件。本文分析了不同时期作家的萨摩入侵书写。冲绳作家从多角度书写了琉球的抵抗与战争创伤，竭力修正着琉球的历史叙事。

关键词：冲绳文学；萨摩入侵；抵抗；战争创伤；疗愈

A Study on the Depiction of the Satsuma's Invasion of Ryukyu in Okinawan Literature

Xu Yuanyuan

Abstract: In March 1609, General Kabayama Hisataka and Vice General Hirata Masumune of Japan's Satsuma Domain led soldiers to invade Ryukyu. Eventually, Ryukyu surrendered. On May 17 of the same year, over one hundred people, including King Sho Nei, were taken to Kagoshima as hostages. The Satsuma's Invasion of Ryukyu has been a focal point of historical research, with nu-

---

* 本文为国家社会科学基金一般项目"琉球、冲绳题材日本历史小说研究"（项目编号：16BWW020）、湖北省教育厅哲学社会科学研究项目"冲绳人的古琉球历史文化记忆书写"（项目编号：22Q198）的阶段性成果。

** 许圆圆，文学博士，黄冈师范学院外国语学院讲师，研究方向为日本文学、冲绳文学。

merous differing accounts and descriptions.This paper analyzes how writers from different periods depict the Satsuma's Invasion of Ryukyu. Okinawan writers describe the resistance of Ryukyu and the wounds of war in different ways. They reshaped the orthodox official history of Ryukyu by writing about the wounds of war.

Keywords：Okinawan literature, the Satsuma's invasion of Ryukyu, resistance, the Wounds of war, healing

引言

1609年萨摩入侵琉球，这是划分古琉球与近世琉球的重要事件。萨摩入侵亦是冲绳作家的历史书写主题之一。冲绳作家创作的萨摩入侵题材作品主要有1931年东恩纳宽敷（1900—1950）的戏剧剧本《萨摩入侵》、1992年大城立裕（1925—2020）的历史读本《琉球英杰传》、2004年平美朝绪（1917—？）的小说《虹》、2011年大城立裕的传统戏剧剧本《真北风吹》。作家们着力于描写萨摩军队暴力入侵琉球的过程，展现了琉球民众的抵抗，弥补了历史书写中战争创伤书写的缺位。

一、琉球的抵抗

1931年4月20日至5月9日，东恩纳宽敷创作的戏剧《萨摩入侵——谢名亲方与浦添真山户》在《琉球新报》上连载，后收录于浦添市教育委员会编写的《浦添戏曲物语集》（1982）以及《冲绳文学全集第10卷戏剧》（1995）。该剧为在那霸旭剧场的公演而创作，但目前无法获知最终是否在剧场上演。剧本将故事时间设定为1609年3月至4月初，突出展现了萨摩军队登陆琉球后，以谢名亲方（1549—1611）为代表的琉球抵抗势力与萨摩之间的较量。所谓"亲方"是琉球国士族中的最高位阶，一般授予执掌国政要职的人物，称为"某某亲方"。

从剧本的命名到剧中人物和情节的设置，均贯穿了"抵抗"这一重要主题。剧中主要人物谢名亲方、蔡坚、浦添真山户是抵抗萨摩军入侵的代表人物，其对立角色为萨摩军将领桦山久高、副将平田太郎，主张投降求和的城间亲方、西来院菊隐长老等。在三方势力的较量中，人物性格以及矛盾得以充分展现，人物形象更加立体。作者还设计了在琉球抵抗萨摩的越前（今日本福井县）人山崎休二、琉球士兵以及农民等众多次要人物。一方面推进剧情发展，烘托主要人物；另一方面得以从普通士兵和民众的视角思考萨摩入侵事件。

（1）作品名称与作者的抵抗意识

剧本后记中记述了《萨摩入侵》（『薩摩入り』）的命名问题。日本的几位琉球史学家曾对剧本的命名提出不同意见。琉球史学家建议作者改用"进入冲绳（沖縄入り）"或者"进入琉球（琉球入り）"，因为这两个词语较为常用。

关于事件的名称，日本本土及冲绳地区有所不同。日本本土多用"进入琉球""征伐琉球""征绳役""庆长之役"等称呼。但就现代日语而言，"进入冲绳"和"进入琉球"已不再具有指代萨摩入侵事件的意义。除了"萨摩入侵"的使用外，"萨摩进入琉球（薩摩の琉球入り）"和"岛津进入琉球（島津の琉球入り）"等模糊表述亦占一定比例。

而在冲绳史料《中山世鉴》[①]中，该事件被称为"己酉之乱"。现代冲绳使用的中学历史教科书和历史材料中，一般使用"萨摩（岛津）出兵""入侵""占领"等词语。例如，2010年出版的《冲绳县史第三卷 古琉球》中使用"岛津入侵"和"岛津军的讨伐平定"（冲绳县文化振兴会公文书管理部史料编辑室，2010：320）。然而，对于萨摩入侵事件，书中并没有设立章节论述，仅在第二部分"琉球国的展开"第八章"尚宁政权的登场"中，在针对谢名亲方的评述中有两段文字涉及，萨摩入侵事件被一笔带过。

冲绳历史学家高良仓吉批判了"进入琉球"一词的使用。他认为萨摩军并不是作为友好使节进入琉球，而以侵略琉球国为目的，入侵后挟持了琉球国王及大臣。萨摩军的行为明显是侵略行为。对于萨摩方面而言，

[①]《中山世鉴》：琉球国第一部正史，1650年羽地朝秀（向象贤）奉王命编撰，共六卷，全文中、日、琉文混书，卷首为中文，正卷多为日文书写。从创世神话写至1555年尚清王时期。

或许只是"出兵琉球",但对于琉球国而言,无疑是入侵、侵略。使用"入琉球"展现出的是一种暧昧的态度或毫无紧张感的状态,缺乏面对琉球国的基本态度(高良仓吉,1987:234)。

东恩纳宽敷称最初纠结过剧名用词,最终还是坚持使用"萨摩入侵",并在后记中写明"即便会被误解使用该词的意义,那就按照误解的意义理解"(冲绳文学全集编辑委员会,1995:299)。所谓"误解的意义"是指由于坚持使用"萨摩入侵"作为剧名,作者可能会被误解为借古写今,通过书写琉球抵抗,表达对当时日本政府的不满。作者东恩纳宽敷曾一度投身社会主义运动,因此容易引发这种联想。从作者对剧本命名问题的记述,可以窥见在1930年代的日本,萨摩入侵书写颇为敏感,需要谨慎表述。作者对剧名用词的坚持,显示了作者自身对当时日本政府的冲绳同化政策的不满。

(2) 谢名亲方的抵抗

谢名亲方是作者在戏剧中塑造的抵抗势力的代表人物。谢名亲方的汉名为郑迵,日本名为谢名利山,1549年出生于久米村,有中国血统。1565年成为官生,官生即琉球国官方选派到中国国子监读书学习的人。在南京国子监学习7年后,他回到琉球担任通事。所谓通事即翻译官,主要是久米村从事与中国往来的士族的官阶。1606年成为尚宁王政权的三司官[①],是1609年萨摩入侵时主张军事抵抗的代表性人物。战败后,他与尚宁王一同被押往萨摩,后向明朝送密信,被萨摩发现后处死。

历史古籍中的谢名亲方是如何被书写的呢?《球阳》记述萨摩入侵琉球是由于谢名亲方谏言与萨摩断交,为此遭到岛津家久的进攻,因寡不敌众而败北,琉球王尚宁也被桦山久高、平田增宗等武将带到萨摩(目黑将史,2017:29—37)。日本琉球研究者上原兼善批评历史古籍中的谢名亲方叙述不客观。他被塑造成对岛津氏持续采取强势姿态和政策,从而为萨摩制造了入侵琉球的借口(冲绳县文化振兴会公文书管理部史料编辑室,2010:320)。

---

① 三司官:琉球国朝廷的最高行政机构,共设三司官三人,琉球士族中最高的官阶,称为"某某亲方"。

这种叙述模式将战争发起的责任归咎于谢名亲方。据米庆余分析，1609年萨摩入侵琉球，实际上蓄谋已久。其直接原因，似因1591年琉球拒绝如数提供给日本侵朝军需物资，并将情报通知中国。琉球没有完全依照日本幕府和萨摩的要求行事，从而"得罪"了日本。而中琉之间的朝贡贸易，更使日本幕府及萨摩统治者觊觎不已。前者可谓"欲加之罪，何患无辞"，而后者则是追求实际物质利益之所在（米庆余，1989：70）。

　　那么，文学作品中谢名亲方的人物形象是如何被塑造的呢？大城立裕创作的历史读本《琉球英杰传》第十章"谢名利山——抵抗萨摩侵略"中，评论谢名亲方是悲剧命运的政治家，他一人无论如何努力，时代发展趋势不会让他达成所愿（大城立裕，2002：382—384）。《喜安日记》[①] 记录谢名利山坚称琉球国附属中国（大城立裕，2002：388），所以不回应萨摩提出的协调明朝与日本恢复通商的请求，并拒绝向德川幕府致聘[②]，主张抵抗萨摩入侵。大城立裕否定喜安的观点，认为谢名亲方洞察了日本侵吞琉球的阴谋，所以坚持抵抗。但他个人的抵抗无法改变琉球被入侵的命运。

　　东恩纳宽敷在《萨摩入侵》开场戏中，设计了谢名亲方与士兵之间展开的对话：

　　乙：谢名亲方是球阳古今无双的伟人。别犯迷糊了。
　　丙：萨摩和海贼没什么两样。
　　谢名：（对着丙）是啊。和平的民众总是被大海贼锁定为目标。
　　乙：法司大人，尽管如此，他们那些家伙终究无法入侵。
　　谢名：年轻人，不是这样的。琉球全是大海。我们不松懈防备。但是，河水不知从内部何处就会顺势流入大海。
　　乙：这样啊。我们决心一定誓死抵御外敌。

---

　　① 《喜安日记》是日本僧侣喜安记录的萨摩入侵琉球之前至尚宁王从日本回到琉球国之间约两年半时间的日记。
　　② "致聘"指萨摩要求琉球向德川幕府臣服纳贡。

谢名：加油。我们加油。年轻人啊，就是把我这具六十余岁的老骨头变作柴火，为诸君的热火添柴加薪也在所不惜。（冲绳文学全集编辑委员会，1995：276—277）

以上对话为剧情的发展提供了线索，亦为主要角色定下了基调，并推动他们在剧中的命运走向。东恩纳宽敷在开场部分通过士兵对话为谢名亲方的角色定位，给出了"古今无双的伟人"这样的评价。过去盛行的观点认为谢名亲方出生于久米村，有中国血统，所以反抗萨摩。然而，东恩纳宽敷笔下的谢名亲方是基于琉球民众抵抗萨摩的热情，为了琉球的年轻人，亦为了琉球的未来，而成为抵抗萨摩势力的领头人。河水流入大海，暗喻琉球国政权内部求和投降派将萨摩军引入首里城侵占琉球。

剧本最后一幕，尚宁王被劝降，并将作为人质被萨摩军控制。谢名亲方为了保证尚宁王的安全，决定向萨摩军投降，并出面劝说聚集在天妃宫内准备与萨摩交战的民众。

平田：谢名亲方，您的觉悟真好。不愧是我们萨摩人都耳闻的球阳大豪杰。我们英雄相惜。我平田增宗会好好斡旋，请您安心。
谢名：不用了。这就是我的本愿。给我套上绳索吧。
年轻人：等等，谢名亲方大人。我们胜利了，我们把他们绑了处刑吧。
其他人：我们那霸人为了战争不惜生命。萨摩人何所惧？
谢名：请大家安静下来，和平地解放这座城吧。如果大家再稍有暴动，就会给我们的国家带来非常不利的麻烦。（冲绳文学全集编辑委员会，1995：298—299）

至此剧终时刻，琉球的抵抗势力和萨摩的侵略势力之间形成激烈的冲突。琉球国内部投降派与主战派的对立同时达到高潮。关键时刻，谢名亲方最终为了确保琉球王和琉球年轻人的生命安全，亦为了琉球国的未来，决定独自承担起萨摩入侵的责任。东恩纳宽敷将谢名亲方塑造成忠君爱民，坚韧刚强，深谋远虑，能伸能屈，不畏牺牲的英雄豪杰。

历史叙事中对于萨摩入侵后琉球方面的反应，多为琉球溃不成军，避而不战，毫无抵抗萨摩的军事力量。而在东恩纳宽敷的剧中，琉球王国的年轻人不愿琉球投降，仍然坚持武装抵抗萨摩军，并取得了局部胜利，有决心继续抵御萨摩军。上原兼善指出依据《入琉球记》《琉球渡海日日记》《喜安日记》等史料记载的内容，在那霸、识名、冲永良部等地，萨摩军与琉球军以及民众发生过较为激烈的对抗（上原兼善，2010：17—31）。

在后记中，东恩纳宽敷写明自己在创作时参考了《古琉球》（1911）、《冲绳一千年史》（1923）、《冲绳女性史》（1919）、《球阳》（1745）、《喜安日记》（1820）、《中山国大岛诸岛责取日记》（1609）、《蔡氏家谱》、《郑氏家谱》等资料。从参考资料看，东恩纳宽敷不仅参考了正史《球阳》，还注重家谱及历史人物日记以及伊波普猷（1876—1947）的冲绳史相关研究资料。谢名亲方临终前与尚宁王的对话部分则参考了蔡氏家谱。可以说，该剧是基于历史事实的英雄题材剧。

（3）民众的抵抗

东恩纳宽敷将开场戏设定为那霸防守坚固、萨摩军进攻不利撤退之后。防守那霸的琉球士兵甲乙丙丁一边守城，一边畅谈当时如何英勇击退萨摩军的战绩。谢名亲方站在舞台一侧观测天象，由此拉开序幕。

> 炮兵：萨摩别以为攻下了奄美大岛，就能轻易攻取琉球国。那样想就大错特错了。
>
> 甲：但是说到奄美大岛，它做出了很好的抵抗。我很感动呢。听说在烧内原三千多人战死了？
>
> 乙：我觉得那是必然的。据说他们煮了栗子粥，以此为诱饵吸引萨摩上钩。
>
> 丙：那不是除恶魔仪式，而是打算火烧萨摩军。他们尽力了，但是没能起作用。
>
> 甲：别开玩笑了。奄美大岛不是我们的兄弟吗？我觉得奄

美大岛被攻下的原因是缺乏像我们这样的防备。

石弓兵：是啊，我们还得感谢为我们修建城堡的祖先。（冲绳文学全集编辑委员会，1995：275—276）

那霸士兵的对话展现出他们抵抗萨摩军、守卫琉球的决心和信心。作者通过士兵们的谈论，导出奄美大岛①遭到萨摩军入侵这一信息。为此，奄美大岛进行了抵抗，死伤高达 3000 余人。在萨摩入侵的相关历史书写中，关于奄美大岛的记述并不详细。关于入侵奄美大岛的过程，学界存在争议。一般认为 1609 年 3 月 4 日，萨摩军派遣 3000 人、80 余艘船从山川港②出发，3 月 7 日登陆奄美大岛后，奄美大岛沦陷。萨摩军于 3 月 12 日离开奄美赴琉球。部分史料及历史叙述倾向于奄美大岛由于长期受日本文化影响，没有进行军事抵抗就沦陷了。但亦有史料记载奄美大岛进行了抵抗。大城立裕在《琉球英杰传》中描写了奄美大岛组织 3000 余名岛民展开防卫战，最终被萨摩军的大炮击败（大城立裕，2002：389）。

东恩纳宽敷在剧本后记中，特别强调奄美民众煮栗子粥设陷阱的传说并非虚构，而是根据文献记载而创作。据传萨摩军登陆奄美大岛后，奄美民众为了设埋伏打击萨摩军，用栗子粥引诱萨摩军。作者利用文本虚构的优势，让那些沉默的记忆透过剧本中的小人物发出声音，从而构成了一种"反记忆"，挑战了惯性的记忆范式，质疑了由社会确立的记忆和忘却之间的边界。

东恩纳宽敷的戏剧《萨摩入侵》中，设置了驻守那霸的琉球士兵感慨祖先修建的城堡在抵御外敌入侵方面发挥了作用。在小说《虹》中，同样设置了类似情节。萨摩士兵与琉球民众的抵抗势力交锋后，登上今归仁城，惊叹城堡的雄壮。"城堡"（gusuku）成为冲绳作家笔下抵御外敌的重要意象，具有象征意义。城堡多建造于 12 世纪至 15 世纪，一般建在山顶。在城堡遗址考古发现了武器及珍贵的舶来品等。城堡形态各异，大小

---

① 奄美大岛是位于日本九州岛南面奄美群岛中的主要岛屿。琉球王国时期，奄美大岛属于琉球王国领土。

② 山川港：位于现鹿儿岛县指宿市，是鹿儿岛县的重要港口之一。

不一。原始部落由于农耕的发展，逐渐产生争斗，为了保护部落，从而修建城堡（大城立裕，2002：319）。关于城堡的功能，学者们观点不一，一般具有祖先墓葬、圣域、防卫等一种或多种功能。

在历史叙述中，尚真王时期开始提倡不尚武，放弃武装，百余年间没有经历过战争的琉球，武器装备落后，战斗力不足。萨摩军使用火枪，而大部分琉球军民使用石头和弓箭，毫无抵抗萨摩军侵略的军事能力，这成为战败的重要因素。在这种情况下，祖先修建的城堡成为琉球民众抵抗外敌入侵的心灵支撑，亦是承载抵抗外敌入侵的历史记忆的重要载体。

第一幕中，作者展现了琉球军在谢名亲方率领下誓死抗敌的决心。第二幕萨摩军将领桦山残杀琉球农民血祭战场，以暴力震慑琉球，逼迫琉球尽快投降。萨摩军与琉球民众激烈冲突，剧情趋向紧张。第三幕至第五幕，摩文仁亲方、城间亲方等人物力劝尚宁王放弃抵抗，向萨摩求和。谢名亲方舌战群臣，坚持抵抗。琉球政权内部主战派与求和派之间的矛盾凸显。最终尚宁王决定："我不想再让百姓受苦，决定立刻缔结两国和睦之约。"（冲绳文学全集编辑委员会，1995：285）然而，抵抗仍未结束。第六幕中，东恩纳宽敷安排历史中的边缘人物山崎休二登场。据《球阳》附卷记载，山崎休二来自日本越前，是尚宁王的典医。萨摩入侵时，他率军在首里城高台上击退了萨摩军队。这一幕开场，萨摩将领桦山、副将平田以及萨摩藩士一起审问山崎休二，将他绑在柱子上，要求他供出谁指使他抵抗萨摩军。山崎休二答复："琉球人民没有一个人不是从心底怨恨萨摩。"（冲绳文学全集编辑委员会，1995：293）平田质问："我们都是倭国同伴，为什么你要和琉球并肩作战？真是愚蠢！"山崎休二回复："我是琉球人。我所住的地方就是我的故乡。"（冲绳文学全集编辑委员会，1995：295）作者通过山崎休二，描写当时虽然琉球王放弃了抵抗，但是民众与萨摩之间的对立并未消除，民众没有放弃对萨摩军的抵抗。抵抗萨摩的中坚力量是民众。

据冲绳县史记载，第一次世界大战结束后，日本经济萧条导致工人运动兴起，且受1917年俄国十月社会主义革命的影响，冲绳工人及学生开始参与工人运动及社会主义运动。1926年，东恩纳宽敷与日本无产阶级联盟大阪府委员长松本三益（1904—1998）等人组建冲绳青年同盟。由此，冲绳各地建立起工会，为工人争取提高工资，改善工作环境，缩短劳动时间，工人运动盛行。同时，1928 年以小学教师和师范学校学生为主要成员，组织起以学习和普及马克思主义理论为目的的社会科学研究会。1929 年，为了募集资金拯救被拘禁的共产主义者，社会科学研究会成员被日本政府拘捕。该事件被称为第一次社会科学研究会事件。日本政府的思想管控愈发严厉（冲绳县文化振兴会公文书管理部史料编辑室，2011：525—526）。在此社会背景下，1931 年东恩纳宽敷选择萨摩入侵题材创作戏剧，这亦是对日本政府思想管控行径的抵抗。"抵抗"是贯穿《萨摩入侵》整部戏剧的主题。东恩纳宽敷通过戏剧创作，将被边缘化的历史记忆整合起来，对正史确立的萨摩入侵相关记忆提出了质疑。

二、战争创伤

关于 1609 年萨摩入侵琉球的经过，琉球正史对战争场面的记述仅寥寥数笔。但冲绳作家发挥想象和文学的虚构功能，在《萨摩入侵》、《虹》及《真北风吹》等作品中，从女性及施暴者等诸多角度书写了萨摩军的残暴和战争创伤。《虹》从入侵者萨摩士兵的视角，展开对萨摩军的残暴虐杀及性暴力的记叙，不仅书写了琉球民众的战争创伤，亦讨论了施暴者的战争创伤问题。

2004 年平美朝绪的小说《虹》出版。平美朝绪原名仲宗根朝美绪，曾于 1948 年担任冲绳先驱者报社记者，1952 年就职于琉球岛美国民政府信息教育部广播局。《虹》讲述了 1609 年 3 月，年仅二十岁的萨摩士兵桦山玄一郎，跟随伯父桦山玄右卫门入侵琉球的战争经历。桦山玄一郎被战争暴力带来的罪恶感所困扰，将战场上捡到的琉球女婴带回萨摩抚养。作品中的战争暴力书写笔触锐利，从名护村受害村民及施暴者萨摩士兵的双重视角，描述了萨摩军对女性的强暴与虐杀。

平美朝绪将时间设定为 1609 年 3 月 28 日，即萨摩入侵前夕，地点为名护村海岸。这一天，大群海豚上岸，黑压压一片，全村骚动起来。等待海豚在岸上死去后，村长长田捉请来神女举行丰收感恩仪式，女人们头顶桶和盆来到海边等待分割海豚肉，配合仪式，愉悦地跳起舞蹈。村中男女聚在海岸将海豚解体，支起炉灶一边喝酒，一边分食海豚肉。第二天，男人们醉醺醺地躺在海岸上，女人们将海豚肉腌制储存后，在名叫幸地川的河中沐浴。这时萨摩军来袭。幸地川顿时变成萨摩军强暴残杀妇女的修罗场。村长长田掟奋力掩护村民逃离村庄，当他再次回到幸地川时，目睹了这一切。

作者通过男性受害者村长长田掟的视角，描写了萨摩入侵后村中妇女被强暴的场景。长田掟成为这场侵略战争的见证者。将女人比作滞留在岸上的海豚，表现了女性在战争中任人宰割的现实。平美朝绪描写了海岸与幸地川从承载着村民丰收喜悦的场域向暴力场域的转变。这种对立的时空设计，深化了战争的暴力性与毁灭性，给读者带来强烈的画面冲击。作者通过受害者视角，刻画出没有武器装备的琉球百姓在面对萨摩军突袭时的战争创伤。长田掟目睹现场后逃离村子的情节设计，展现了战争暴力对于施暴者而言的作用，即达到了驱逐敌对方离开其居住地的目的。萨摩入侵琉球的侵略性被凸显。

平美朝绪在展现琉球民众无力抵抗的同时，采用了施暴者萨摩军士兵的视角书写琉球和战争。萨摩武士桦山玄一郎是小说的主人公，20岁时第一次参加战争就到了琉球战场。在他的眼中，琉球是碧海蓝天的"世外桃源乡"（平美朝绪，2004：39），但是战争把琉球变成了"地狱般修罗场"（平美朝绪，2004：15）。看到战争中士兵们烧杀抢掠的暴行，他在感到震惊的同时，不自觉地模仿其他士兵做了同样的事。"他亲身体验到战场上的男人容易变成野兽。"（平美朝绪，2004：15）

作者不仅描写了受害者的战争创伤，同时也描写了战争施暴者所遭受的战争创伤。为了补偿杀害众多无辜琉球百姓的罪恶，桦山玄一郎将琉球战场上捡到的女婴带回萨摩抚养，取名"琉"，并发誓让她幸福。6年后，当桦山玄一郎带着琉回到琉球，回忆起自己在战争中的暴行，战场杀戮的阴影再次袭来。"那不是人。是鬼。我是鬼吗？不，我是人。"（平美朝绪，2004：94）回忆令桦山玄一郎的战争创伤袭来，遭受到了强烈的精神震荡。他偶然遇见琉的亲哥哥长田与一郎。长田与一郎作为战争受害者，向战争加害者、当时的敌对方武士桦山玄一郎讲述自己家破人亡的惨痛经历，使战争加害者亦体验了战争创伤。这种情节设置具有反讽的意味。作者展现了战争给加害者及受害者双方同时带来的伤害与阴影。

三、战争创伤的疗愈

《真北风吹》是大城立裕用琉球语创作的传统戏剧。这部戏剧关注女性在萨摩入侵后受到的创伤以及创伤疗愈。《真北风吹》中，从尚宁王妃、谢名亲方的妻子以及名护亲方的女儿等女性视角，叙述萨摩入侵给妇女们造成的创伤和悲剧。尚宁王及谢名亲方、名护亲方等大臣作为人质随萨摩军前往萨摩后，以尚宁王妃为首的女眷们在琉球焦急地等待亲人们归来。这些女眷如何疗愈国难带来的伤痛呢？

《真北风吹》第二幕剧末时间设置在1610年，尚宁王妃与名护亲方的女儿玛纳比以及谢名亲方夫人观看来自大和的街头艺人表演。这些街头艺人多来自京都和江户，四处行走卖艺，对大和消息很灵通。所以她们想在看表演时，向街头艺人打听随萨摩军前往日本的尚宁王及谢名亲方等的消息。然而，街头艺人带来的是让人悲伤的消息，谢名亲方在萨摩已被处死。听到街头艺人传来的噩耗，尚宁王妃创作了琉球歌谣《真北风吹》，期待夫君归来，通过琉球传统文艺释放内心伤痛。在随笔《悲运的国王与古典美》中，大城立裕指出国难当下，以琉球古典文化形式表达情思本身就是一种象征（大城立裕，2011：280）。

在这个极为悲伤的戏剧叙事中，插入街头艺人幽默的歌舞表演，将欣赏这样的文艺娱乐和悲伤并置设计，看起来似乎不太协调，却达到了对主题的深化效果。这类并置和对比的情节设置是西方戏剧中片段式结构设置的技法之一（埃德温·威尔森，2019：165），大城立裕在创作琉球传统戏剧剧本时，亦融入了西方戏剧的创作技法。

名护亲方的女儿玛纳比是大城立裕笔下遭遇家破人亡悲剧的典型人物。玛纳比在第二幕中剃发披着袈裟登场，自述未婚夫战死，母亲被萨摩军杀害。父亲战败后跟随尚宁王被带往萨摩后音信全无。为此，玛纳比遁入佛门，通过修行以求安泰。

大城立裕之所以设计玛纳比通过佛教修行疗愈战争创伤，可能与他自身经历过战争，并通过诵读佛经平静内心的经历有关。大城立裕在《最后的般若心经》中叙述，他自幼受父亲习佛影响，接触到佛教。他的父亲由于一生坎坷，被佛教解脱烦恼的思想所吸引而习佛。大城立裕被佛教吸引始于1945年冲绳战败。过去的一切被否定，他难以接受这个事实，丧失了人生目标。这时，前辈推荐他阅读新井石禅的《般若心经讲义》。大城立裕称《般若心经》将他从战败后的挫败感中拯救出来（松原泰道、大城立裕，1987：114—118）。大城立裕将自己的疗愈方式通过戏剧人物玛纳比传递给读者与观众。

平美朝绪亦不仅书写创伤，同时也寻找疗愈创伤的途径。这一点在小说《虹》中，通过描写桦山玄一郎抚养从琉球带回的女婴"琉"的过程展现出来。琉6岁时，看到琉球乐童子①的琉球舞表演，深受吸引，决心要当乐童子。但只有身份尊贵的士族琉球男子才能成为乐童子。为了帮助女儿实现愿望，桦山玄一郎让她女扮男装，改名"琉太郎"。两年后，桦山玄一郎拜托伯父桦山玄右卫门收养了8岁的琉太郎，以此抬高琉太郎的身份地位。桦山玄右卫门念及桦山玄一郎当初征战琉球有功，以及理解其赎罪心理，答应了其请求。正巧琉球的川平亲云上②来到桦山玄右卫门的府邸，见到一心想学习琉球舞、成为乐童子的琉太郎，随即请求桦山玄右卫门将琉太郎交给他作为养子带回琉球，培养琉太郎成为乐童子。于是，桦山琉太郎从萨摩桦山玄右卫门的养子变成了琉球川平亲云上的养子。"琉"的身份转变隐喻着琉球人左右摇摆的身份认同困境，而琉球歌谣、舞蹈等传统文化吸引着徘徊在外的琉球人。与大城立裕在《真北风吹》中设计尚宁王妃通过琉球歌谣抒发悲情的情节类似，同样表达了传统文化抚慰琉球人创伤的作用。

结语

综上所述，战争创伤是思考古琉球历史的重要切入点。冲绳作家们创

---

① 乐童子：江户时期，幕府将军政权交替以及琉球国新国王即位时，琉球国派遣使节团到江户。琉球使节团中由15—18岁的琉球士族男子负责乐器和舞蹈表演，他们被称为乐童子。
② 亲云上：琉球古代的官位品级之一。一般由领辖的地区名称加上"亲云上"构成全称。品级较为复杂，最高位可以到正三品，根据功勋可以晋升至亲方。

作的萨摩入侵题材作品，用文字还原了战争的残酷，描写了琉球民众的抵抗，亦关注到战争给个体与集体带去的创伤。不仅书写了战争中家破人亡的个体受害体验，同时从战争施暴者角度出发，刻画出施暴者被战争暴力反噬产生的战争创伤。作者们在书写战争历史的同时，亦给予了创伤疗愈的途径和希望，并弥补了历史书写中缺位的女性创伤。

参考文献

［1］沖縄文学全集編集委員会編.沖縄文学全集 10 巻 劇曲［M］.東京：国書刊行会，1995.

［2］沖縄県文化振興会公文書管理部史料編集室編.沖縄県史各論編第三巻（古琉球）［M］.那覇：沖縄県教育委員会，2010.

［3］高良倉吉.琉球王国の構造［M］.東京：吉川公文館，1987.

［4］大城立裕.大城立裕全集 第 11 巻［M］.東京：勉誠出版，2002.

［5］目黒将史."萨琉军记"描述的侵略琉球——解读与异国交战的历史叙述［J］.霍君，译.日语学习与研究，2017（3）.

［6］米庆余.琉球历史研究［M］.天津：天津人民出版社，1998.

［7］上原兼善.島津氏の琉球侵略：その原因・経緯・影響［J］.史苑,2010（2）.

［8］沖縄県文化振興会公文書管理部史料編集室編.沖縄県史各論編第五巻（近代）［M］.那覇：沖縄県教育委員会，2011.

［9］平みさを.虹［M］.東京：東京図書出版会,2004.

［10］大城立裕.真北風が吹けば：琉球組踊続十番［M］.東京：K＆Kプレス,2011.

［11］埃德温・威尔森.认识戏剧［M］.朱拙尔，李伟峰，孙菲，译.成都：四川人民出版社，2019.

［12］松原泰道，大城立裕.最後の般若心経［M］.東京：徳間書店,1987.

"保护伞"下的文化抗争

——论《华文大阪每日》欧美文学译介中的"亲共抗日"性[*]

母丹[**]

摘要：抗日战争期间，大阪每日新闻社与东京日日新闻社联合创办的中文杂志《华文大阪每日》，作为日方"思想战"的重要媒介，在日本编印，在中国沦陷区广泛倾销。但从内容上看，该刊含有"异色"，其欧美文学译介专栏的作品选择、译文改写及副文本（作者介绍、译后记等），明显体现出"亲共抗日"的政治倾向。这是隐藏在多重"保护伞"下的文化抗争，而形成"保护伞"的因素则有日本当局的信任、该刊宣称的"自由立场"以及实际管理杂志的中国编辑的精心策划等。在这种"天时地利人和"之下，《华文大阪每日》的文学版面竟成了宣传抗日思想的媒介之一，对激发沦陷区民众的抗日民族意识发挥了作用。

关键词：抗日战争；《华文大阪每日》；翻译文学；抗日民族意识；文化抗争

Cultural Resistance under the "Protective Umbrella"
—On the "Pro-communist and Counter-Japanese" Character in the Translation of European and American Literature in *Kabun Ōsaka Mainichi*

Mu Dan

Abstract：During the Chinese People's War of Resistance Against Japanese

---

[*] 本文为中央高校基本科研业务专项资金《华文大阪每日》杂志研究——以翻译文学选辑为中心（项目编号：63232118）的阶段性成果。

[**] 母丹，文学博士，天津外国语大学日语学院讲师，研究方向为日本近代文学、近代杂志、翻译理论。

Aggression, the Chinese magazine *Kabun Ōsaka Mainichi* jointly founded by Osaka Mainichi Shimbun and Tokyo Mainichi Shimbun served as an important medium for Japan's "ideological war". It was compiled and printed in Japan and widely dumped in occupied areas of China. But from the content point of view, the journal contains something different. The selection of works, rewriting of translations, and paratexts (author introduction, translation postscript, etc.) in the European and American literature translation column of this journal clearly reflect the political tendency of "pro-Communism and counter-Japanese". This is a cultural resistance hidden under multiple "protective umbrellas". The factors that form the "protective umbrella" are the full trust of the Japanese authorities, the "free stance" policy declared by the magazine, and the meticulous arrangement by the Chinese editors who actually manage the magazine. Under such "the right time, right place and right people", the literary page of *Huawen Daban Meiri* actually became one of the media to promote anti-Japanese ideas, playing an important role in stimulating the anti-Japanese national consciousness of the people in the occupied areas.

Keywords: the Chinese People's War of Resistance Against Japanese Aggression, *Kabun Ōsaka Mainichi*, translated literature, Counter-Japanese national consciousness, cultural resistance

引言

1937年7月7日，日本发动全面侵华战争。不仅在军事上大肆侵略我国领土，在文化层面也推行"思想战"，企图对我国进行全方位控制，建设以日本军国主义为中心的"大东亚共荣圈"。具体表现为向出版业进行直接渗透，采取颁布出版法规、扶植日伪出版物、检查原有出版物、查封进步出版机构等多种干预方式，肃清并整顿沦陷区的抗日民族意识。然而，即便在如此严苛的思想统制下，沦陷区的爱国文人们依然进行着秘而不宣的隐性反抗，而期刊则是爱国文人发声的重要媒介之一。在沦陷区期刊中，有的回避政治只谈文艺，有的表面具有日伪背景，实则尽量保持

"中立"姿态，甚至在日伪这层"保护伞"的遮蔽下，进行合法隐蔽的反抗。如《杂志》主编哲非曾发表多篇提倡战时文化建设的文章，号召文化人勇于发声，并对日伪官方势力所提出的文艺论述进行了批判。日本学者藤井省三指出，哲非发表的批评文章"已达到在日本占领区中可能达到的言论极限"（藤井省三，1991：217）。但藤井省三的论述并不完全准确，实际上，出于"灯下黑"效应，在拥有更浓厚的日伪背景及更大"保护伞"遮蔽的期刊里，还隐含着更有力的反抗之声，《华文大阪每日》（以下简称"《华每》"）便是如此。

《华每》由大阪每日新闻社与东京日日新闻社联合创办，创刊于1938年11月，终刊于1945年5月，在沦陷区广泛倾销，堪称日伪出版物之代表。该刊创刊词中喊出"亲日防共""建设东亚"等口号，时政栏目中也充斥着为日本军国主义摇旗呐喊的文字。但1939年2月，中国编辑柳龙光入职该刊编辑部，此后《华每》版面发生了很大变化，文艺栏目篇幅增多，外国文学译介也有序展开。柳龙光虽于两年后离职，但他给《华每》带来的影响依然存续。此外，创刊一周年之际，杂志方开始担心中国民众"对于在敌国的日本发行的本刊，采取憎恶态度"，为维持杂志运营，主编平川清风特地提出声明，表示《华每》"既不是日本政府的御用杂志，也不是日本军部的机关杂志。我们燃烧着这种信念：我们是东亚民族的一员，站在自由的立场上，互相理解，互相携手，脱离战争状态，一扫东亚的暗云，真正的招致和气霭霭的东亚和平，而愿意向图谋那可夸耀于世界的中日文化携手的大目的，拼命努力前进"（平川清风，1939：2）。此后《华每》的言论自由度进一步提升。而在以柳龙光为首的中国编辑们[①]的精心策划下，在日本官办期刊这一身份以及"自由的立场"这一宣言的遮蔽下，《华每》文艺栏一步步发展成了爱国文人宣扬民族意识和反战、反压迫精神的绝佳阵地。特别是在外国文学译介相关栏目里，执笔者借欧美作家之口发出的反抗之声尤为大胆直接，成为考察沦陷区文学

---

① 《华文大阪每日》编辑长为三池亥作夫，主编为平川清风。实际编者以中国人为主，如洪光洲、郑吾山、李景新（雪莹）、陈溺堃（鲁风）、柳龙光、袁天任、张蕾等。参见张泉《抗战时期的华北文学》，贵州教育出版社2005年版。

时不容忽视的文坛现象之一。然而，在中日两国，对含抗日倾向的沦陷区文学作品的考察还留有很大缺口，先行研究多做概括性论述，很少深入文本进行细读。本文将回归文学文本，重现战时爱国文人最为鲜活的反抗之声。

一、海外文学选辑

《华每》上最系统、最具规模的欧美文学译介是刊载于第5卷的"海外文学选辑"①。选辑分为6期，分别介绍了纪德、海塞等6位欧美作家。各期具体信息如表1所示。

表1　　　　　　　　　　"海外文学选辑"

刊载日期	卷-号	介绍作家	具体文章及执笔者
1940.7.15	5-2	[法] 纪德	作者介绍《A. 纪德和他的作品》（雪莹） 作品翻译《艺术的界限》（白桦） 作品翻译《一九一四年大战日记》（鲁风）
1940.8.15	5-4	[德] 海塞	作者介绍《诗人海塞底灵魂》（红笔） 作品翻译《诗人》（鲁风） 作品翻译《奇妙的故事》（梅娘）
1940.9.15	5-6	[美] 杰克·伦敦	作者介绍《生活的探求——关于J. 伦敦》（红笔） 作品翻译《地狱人群·序》（雪莹） 作品翻译《地狱人群》（鲁风） 作品翻译《白牙》（张蕾）
1940.10.15	5-8	[俄] 莱蒙托夫	作者介绍《早死的莱蒙托夫》（雪莹） 作品翻译《搭玛尼》（白桦） 作品翻译《抒情诗抄》（糸已）

---

① 《华文大阪每日》为半月刊，每月1日与15日发行，每12月为1卷。"海外文学选辑"6期均刊载于15日号上。

续表

刊载日期	卷-号	介绍作家	具体文章及执笔者
1940.11.15	5-10	［英］拜伦	作者介绍《拜伦的一生》（梅娘） 作品翻译《Childe Harold 的巡礼》（白桦） 作品翻译《抒情诗抄》（白桦）
1940.12.15	5-12	［意］皮蓝代罗	作者介绍《L.皮蓝代罗》（鲁风） 作品翻译《密友》（萧然） 作品翻译《最好再想一遍》（刘针）

"海外文学选辑"的译文与作者介绍中，显示出了与《华每》所倡导的"亲日防共"完全相反的意识形态色彩，这在第1回纪德、第3回杰克·伦敦、第5回拜伦的译介专辑中尤为突出。纪德特辑的作者介绍《A.纪德和他的作品》由雪萤执笔，其中提及"自一九三一年他转向了共产主义。这个转向，可以说是他的个人主义理论追求必然的结果，但是同时亦是一九二五年旅行非洲的比克地方眼见被压迫的民族的穷状而动心的基因"。此种表述一方面肯定了共产主义，另一方面又用非洲隐喻中国，隐晦表达出对"压迫"这一侵略者行为的谴责。作品翻译则是《艺术的界限》与《一九一四年大战日记》，其中记录一战的《一九一四年大战日记》由鲁风翻译，文章中充斥着对战争之残酷及破坏性的描写。另据日本学者羽田朝子考证，鲁风的中译本乃是由新庄嘉章的日译本《大战日记》转译而来（羽田朝子，2012：84）。而鲁风对新庄译本末尾的一节进行了明显改写，具体如下。

　　今度の戰爭は今までの戰爭とは全然違つてゐる。土地を守るとか、財産を守るとか、傳統を守るとか、そんなことはてんで問題ではない。<u>さうだ！巨大な未來が生まれようとしてゐるのだ。足を血まみれにしつつ身を振りほどかうとしてゐるのだ</u>。（新庄嘉章，1939：120）

鲁风对该小节前半部分进行了忠实的翻译："这次战争与以往的战争

全然不同。守着土地，守着财产，守着传统，这种事情丝毫不成问题。"然而，画线部分的日语原意为"是啊！巨大的未来正要诞生。它正脚涂鲜血，振动着身躯"，然而鲁风却将其译为"是呵！为着要生出那巨大的未来，脚涂着血，振起身子来干"。显然，在鲁风译文的文脉中，"巨大的未来"指击败日本侵略者后的光明未来，"脚涂着血，振起身子来干"则是对抗争的强烈呼吁。此外，鲁风版的《译后记》同样是以新庄的《后记》为底本，但鲁风另附了日期，并且是以"一九四〇法降德意之日译"这种特殊形式。在二战中，纪德与中国人民同样面临着祖国被侵略的悲惨命运。鲁风通过特殊的日期标记强调了这点，了解此背景的读者更容易与纪德共情，用他的作品激励民众抗争，也可以起到更好的效果。

杰克·伦敦的作家介绍《生活的探求——关于 J. 伦敦》由红笔负责，文章提及他"以美国左翼文学的先驱者而知名"，"在他的作品里，充斥着一个社会主义者对现社会制度的批判和一个艺术家对被虐待的人们的同情"，对其左翼文学家及社会主义者的立场表示了充分认可。作品翻译选择了《白牙》《地狱人群》两篇，后者以贫民的饥饿为主题，具有明显的无产阶级文学特质。

拜伦的特辑里，梅娘在《拜伦的一生》中称他为"自由主义者""革命的先驱者"，并表明他曾投身希腊独立运动，此描述中无疑隐藏着梅娘对自由独立的呼吁以及对残酷专权的批判。作品翻译是《Childe Harold 的巡礼（抄译）》与《抒情诗抄》，前者是拜伦的成名作，以对自由的热爱及对抗争的呼吁为主题。其中的一小节《Albania 人的歌》写道："永不饶恕朋友过失的凯马瑞的子孙，怎能放松敌人的性命？照准无误的炮火岂能把复仇抛弃？还有什么标的，胜过敌人的胸臆？"通过"复仇"这一核心思想表达了手刃敌人的决心。译者显然是在借拜伦之口，表达对日本侵略者的仇恨以及反抗意志。

整体来看，体现在"海外文学选辑"中、与"亲日防共"完全相反的政治倾向，可以总结为"亲共抗日"四个字。这的确是《华每》这本日本官办杂志极为异样的色彩。然而，《华每》上的异样色彩并不限于此。如参与了"海外文学选辑"第 6 回皮蓝代罗译介专辑的刘针也留下了许多具有"亲共抗日"倾向的译作。

二、译者刘针的译作

刘针是《华每》最为活跃的译者之一，其发表的译作多达9篇，具体信息如表2所示。

表2　　　　　　　　　刘针在《华每》的译作

刊载日期	卷-号	作品名	原作者	所属栏目
1940.5.1—1940.5.15	4-9—4-10	《红旗》	[俄] Vsevolod M. Garshin	翻译文艺
1940.7.1	5-1	《父亲》	[挪威] Bjornstjerne Bjorson	翻译文艺
1940.8.1	5-3	《家之归来》	[印度] 太戈尔	翻译文艺
1940.11.1	5-9	《浪子》	[意] G. 巴比尼	翻译文艺
1940.12.15	5-12	《最好再想一遍》	[意] 皮蓝代罗	海外文学选辑
1941.8.1	7-3	《马套·法尔强那》	[法] 梅里美	翻译文艺之卷
1941.8.1	7-3	《火夫的爪牙》	[瑞典] Gosta Larson	翻译文艺之卷
1942.2.15	8-4	《初耘》	[爱] O'Flaherty	翻译文艺
1942.9.15	9-6	《无耻的考拉》	[美] L. 修士	翻译文艺

以上9篇译作中，有半数以上都带有无产阶级或反战文学色彩。《红旗》《家之归来》《马套·法尔强那》《火夫的爪牙》《无耻的考拉》这5篇译作的译文及副文本中都体现了明显的反战反压迫倾向。

《红旗》讲述了两个铁路巡查员的故事。年长的西米杨曾因伺候军官出入过战场，战争结束后落下一身病，也失去了自己的父亲和儿子，与妻子相依为命。他在熟人介绍下得到铁路巡查员的工作后充满感激，虽然事事都要禀报监工，让他感到憋屈，但也默默忍受了。他的邻居维兹利却完全相反，年轻气盛，并意识到监工的过度控制以及上层对自己的压榨。为争取权利，维兹利起初试图向更上级控诉，却遭到了无视甚至殴打。满腔怨恨的他选择毁坏铁轨作为报复。西米杨发现此事后，拼命阻止，甚至不惜用自己的鲜血染红旗帜以警示火车司机。当他因失血过多倒下时，维兹利接过了那面旗，成功地让火车停下，保全了一车人的性命，随后维兹利自首。译文后附加了由编者撰写的作者迦尔洵的个人简介，具体内容如下。

  Vsevolod Mikhailovitch Garshin（迦尔洵，1855—1888），俄十九世纪末的短篇小说家，其作品在七十年代和八十年代之前半是极反映着在俄皇亚历山大三世政府压迫下的小布尔乔亚，知识阶级的气分。(关心民众，极端地感到社会黑暗，想获得胜利的希望而无条件地牺牲自己，他是在这种绝望下的悲观主义者) 他多数作品均取材于战争之残酷，无意义，英雄的自己牺牲以及几多的社会问题。悯人厌世，三十三岁时，终致神经错乱坠楼自杀。

  《红旗》呼吁了向善之心以及抗争精神，同时也反映了沙皇治下民众受压榨的无奈现实，并对此进行了批判，这些是译者想向读者传达的主题。而在此基础上，编者附加的作者简介则进一步强调了原作者的反战思想。不难看出，译者与编者试图通过讲述俄国民众被战争折磨、受统治者压迫、社会陷入极度黑暗等与沦陷区中国相通的苦难现实，来引导中国读者共情，并激发他们的反抗意识。

  另外，值得一提的是，《红旗》俄语原名为 Сигнал，直译应为《信号》①。这部《信号》虽诞生于沙俄时代，但 1917 年十月革命后，苏维埃红色政权取代了此前的资产阶级俄国临时政府，红旗也正是共产主义红色政权的象征。刘针对作品名的改译显然表明了自己对共产主义的支持态度。

  《家之归来》原作者是泰戈尔，作品本身描写一个简单的家庭伦理故事，而由编者撰写的作者介绍却别有深意，其末尾写道："最近关于中日事变，曾与日本诗人野口米次郎论战。"泰戈尔是极负盛名的文学家，同时也是一位声援中国抗战的国际友人。他自抗战开始便以电报、信件、讲话和诗歌等方式，表达对日本的谴责及对中国的同情，还从经济上给予中国援助。1938 年 7 月，与他有旧交的日本诗人野口米次郎写来一封信，信

---

  ① 中译本作品名确为《信号》(弗·迦尔洵著，载《迦尔洵短篇小说集》，高文风译，黑龙江人民出版社 1981 年版)。

中声称日本在中国的杀人行为是为建立亚洲新世界不可避免的途径，是"亚洲为亚洲"的战争。泰戈尔阅后满腔怒火，在复信中对这一言论作了有力的驳斥（李奎，2012：175—177）。这便是战时引起较大风波的两人之间的论战，编者将其写进作者介绍中，堪称对"大东亚共荣圈"进行了直接的谴责。

《马套·法尔强那》（"Mateo Falcone"）是法国作家梅里美的代表作之一。小说主人公马套·法尔强那是一位神枪手，也是一名豪侠之士。有一天他与妻子外出，留下独子佛求呐多看家。此时一名被官兵追捕的强盗逃来，以银币做交换，请求佛求呐多藏匿自己，于是佛求呐多将其藏在干草堆里。然而，官兵随后到来，用更值钱的银表成功引诱佛求呐多出卖了这名强盗。回家的马套·法尔强那得知此事，异常愤怒，亲手枪决了自己的独子。显然，被父亲处决的佛求呐多象征着叛徒，而在抗日战争这一历史背景下，叛徒则明确指代汉奸。刘针在抗战时期的日本官办杂志上译介这篇小说的目的显而易见，即对汉奸发出警告。

《火夫的爪牙》的主人公是一艘货船上的火夫与他的"爪牙"——小煤炭工。两人在地狱般的炉舱里工作，每日遭受高温的炙烤与蒸汽的闷热，汗流浃背，饥渴难耐，却只能喝生锈铁桶里发臭的水。为了让自己好受些，近四个晚上，火夫都派煤炭工去偷船长的纯净水。然而第五个晚上，水箱的盖子却怎么也打不开了——原来是货船的二副用铁螺栓拧紧了盖子，向煤炭工开了一个无声而冷漠的玩笑。作者拉生名气不大，但从附加的个人简介中可对其背景略知一二。

> 拉生（Gosta Larson），瑞典现代作家，生于瑞典，落户于纽约。瑞典实业学院毕业。曾漂游各国，当过机器师、码头脚夫、伶人、扫雷夫及绕世界半周运货船上的火夫等。在瑞典某杂志上写过少数政治论文。处女长篇《我们每日的面包》于一九三四年在纽约出版，已有瑞典文译文（他向来是用英文写文的）。《火夫的爪牙》为其第二篇短篇，一九三五年发表于 *Esquire* 杂志十一月号上，处女短篇以圣诞节作故事背景，发表于《美国·瑞典》月刊上。此外尚有诗集出版。

笔者进一步调查得知作者姓名的正确拼写为 Gösta Larsson，生卒年为 1898—1955 年。其处女作英文原名为 *Our Daily Bread*，售书网站形容它是一篇"非常稀缺的无产阶级小说"①。《火夫的爪牙》也具有明显的无产阶级文学色彩。小说中无产阶级劳工的工作环境极其恶劣，连喝水这一基本生存需求也得不到满足。与此相对，船长、副手、二副等上位者则享受着悠然自得的生活，同时对劳工进行残酷的压迫。抗战期间，日本侵略者压迫中国民众的例子也比比皆是，此篇译作可视为对侵略者的影射与批判。

《无耻的考拉》主人公名叫考拉·任金丝，是美国中西部农村小镇的一名黑人妇女，在史求德闻德——一个上流白人家里做保姆。雇主轻贱她，把她当狗一样地使唤。她年轻时曾与白人男性相恋并未婚先孕，产下一女却早夭。雇主家正好有个和她女儿年龄相仿的孩子名叫洁茜，于是她对洁茜倾注了无限的爱意与温情。洁茜从家人的冷漠与教条中感受不到温暖与快乐，反而觉得在考拉身边才是轻松自由的。后来洁茜也未婚先孕，母亲得知后逼她打掉孩子，导致洁茜最终绝食身亡。在洁茜的葬礼上，考拉撕开雇主一家华美而虚伪的面纱，咒骂并揭露她们逼死洁茜的事实。而后，考拉默默收拾东西，从此离开了雇主家。后来和自己的黑人父母生活在一起，日子虽然辛苦，却也依旧坚韧地活着。作品由美国黑人作家兼诗人 L. 修士（Langston Hughes）创作，刘针在"译后"中对作者进行了介绍，其中最值得留意的是修士曾在苏联居住一年，1933 年到访中国，并受到上海文人招待这一信息。进一步调查可知，修士是一名与共产党关系紧密的进步作家，尤其在 20 世纪 30 年代后，他开始创作大量革命诗歌，歌颂反抗与斗争。1933 年访华时，他与中国左翼文学团体有过短暂而友好的交往，此后也一直关注彼时受帝国主义压迫的中国。全面抗战爆发后的 1937 年 9 月，修士发表了诗歌《咆哮吧，中国！》，谴责晚清以来帝国主义侵略者的种种罪行，并以激昂的节奏鼓动中国奋起反抗（季剑青，2021：40—43），现摘抄如下：

---

① Between the Covers：LARSSON, Gosta/Our Daily Bread, https://www.betweenthecovers.com/pages/books/540163/gosta-larsson-our-daily-bread, 2023-09-28.

于是他们开着炮舰来了/建立租界/势力范围/国际公共租界/教堂/银行/和种族歧视的基督教青年会/他们用马六甲手杖打你/除非在砍头时/你才敢抬起你的头/连黄种人也来/夺取白种人还没有夺取的东西/黄种人在闸北扔下炸弹。

　　总统，国王，天皇/认为你真的是条狗/他们每天欺负你/用无线电话，海底电报/用在她的港口停泊的炮舰/用马六甲手杖。

　　苦力男孩/挣断东方的锁链！/赤色将军/挣断东方的锁链！/工厂的童工/挣断东方的锁链！（兰斯顿·休斯，2018：142—145）

　　诗中的"黄种人""天皇""东方的锁链"显然指日本侵略者，而作者修士也和前述泰戈尔一样，是一名反帝、反战、反日人士，是声援中国抗战的异邦友人。《华每》刊载他的作品，同样堪称是对日本侵略者的谴责，甚至是挑衅。

　　在《无耻的考拉》中，修士以反讽的方式书写上流白人的虚伪、卑劣以及黑人的热忱、善良。而考拉的坚韧以及最后的反抗也是作品的重要主题之一。此外，考拉曾经的恋人还是"世界工人联合会"的成员，这一身份也具有鲜明的无产阶级色彩。1928年7月至9月，在莫斯科召开的第六次共产国际代表大会上，美国黑人为争取自身权益而反抗白人的斗争，被提升到殖民地和被压迫民族反抗帝国主义民族解放运动的高度加以认识（季剑青，2021：35—36）。《无耻的考拉》同样可上升到反帝、反殖民、反压迫的角度解读，想必这也是刘针翻译该作品的意图之一。

　　显然，刘针也是一位通过译作表达爱国心的文人。然而，他在历史上几乎没有留下痕迹，据笔者目前收集到的信息仅可推断出，他是民国时期小有名气的翻译家，熟知外国文学，并曾经参与由公孙嬿引发的关于色情文学的讨论。此外，从上述梳理不难看出，《华每》编者在加强刘针译作"亲共抗日"性的过程中，也扮演了重要角色。实际上，作为《华每》内容的实际负责人,中国编辑们不仅许可"亲共抗日"内容的刊登,还会加强作品的抗争性,甚至会直接参与撰写富有抗争性的翻译作品,第二节论述的"海外文学选辑"的执笔者中有一半是《华每》的编辑。

三、"亲共抗日"文章背后的中国编辑

"海外文学选辑"执笔者共八人,分别为红笔/系己(均为柳龙光笔名)、鲁风、雪萤、张蕾、梅娘、白桦、萧然、刘针。其中,柳龙光、鲁风、雪萤、张蕾四人曾在《华每》做过编辑与记者,梅娘是柳龙光之妻,也是民国时期的著名女作家。柳龙光在《华每》任职期间,梅娘也随其一同赴日。二人彼时与《华每》同僚们共同居住在大阪,并成立了自发学习的小团体。据梅娘回忆,成员们彼时在异国他乡像吞食食粮一样地猎食着《国家与革命》等红色书籍,如饥似渴地寻觅着救国之路,互相辩论什么样的政权才能打败侵略者。她和丈夫柳龙光还想方设法向抗日前线运送磺胺制剂等稀缺药品(陈晓帆,2002:235—237)。梅娘本人的回忆虽无其他旁证,但由本文第二节可知,团体成员撰写的"海外文学选辑"里有多处提及共产主义、社会主义,并给予了正面评价。此外,鲁风曾于1944年前后被传"通共"(张元卿,2014:158),柳龙光也于抗战胜利前后与共产党有过联系(张泉,2005:235)。因此,成员们也许并未成为坚定的共产主义者,但一定接触过红色书籍并认同共产主义思想。

从政治立场的角度看,《华每》编辑们彼时处于灰色地带,在战局不明朗的情况下,为在日伪统治下生存,他们不得不撰写一些迎合"中日提携""大东亚共荣圈"等口号的文章。但这些文章的宣传效果微乎其微,同时代的文章《六年文艺话北平》曾言及,"这个刊物价格的低贱,也拥有华北大量的读者,而所读这个刊物的多半只读下半本文艺栏"(穆穆,1943:1938),可见时政宣传类文章几乎无人问津。但从另一个角度来说,编辑们写作的这些应付日伪的文章也起到了"保护伞"的作用,它们不仅保护着编辑及其家人们的人身安全,还保护了多篇"亲共抗日"文章的顺利刊登。身处特殊环境的《华每》中国编辑们传递反抗之声的方式的确相当隐晦曲折,但他们借外国作家之口发出的呐喊却是强有力的。

结语

《华每》上出现"亲共抗日"作品这一颇具戏剧性的现象，是多重"保护伞"共同作用的结果。此"保护伞"可具体拆分为"天时""地利""人和"三重。"天时"是由于《华每》原本的定位是日本"思想战"的重要武器，其性质得到了日伪官方的信任；"地利"是由于《华每》为吸引更多中国读者，喊出了"自由立场"口号，使得该刊的言论空间更加宽松；"人和"则是由于杂志的中国编辑们都撰写了迎合"大东亚共荣圈"的文章，因而平川清风等日本编辑不会对中国编辑们的具体工作产生怀疑。在这三重"保护伞"的遮蔽下，"灯下黑"效应产生了，《华每》未受到严格检阅，中国编辑们也利用杂志宽松的言论空间以及自身负责相关栏目的权力，使一篇篇具有抗日元素的作品呈现在了读者的面前。

本文主要着眼于在"保护伞"遮蔽下刊登出的"亲共抗日"翻译文学，并分析了译者及编者为打造"亲共抗日"性而采取的策略。译者们首先有倾向性地选择反战、反压迫、呼吁抗争、批判现实、惩戒汉奸等主题的作品进行翻译，有时还会在此基础上对译文巧施改动，以进一步加强抗争性或共产主义色彩，即本文所强调的"亲共抗日"性。被选中的原作者们也多具有共产主义、无产阶级文学背景，或持有反战思想，这些特质多通过编者的补充，进一步增添了译文的"亲共抗日"性。在《华每》这份宣扬"亲日防共"思想的日本杂志中，就这样机缘巧合地涌现了许多富有抗争性的文学作品。此外，由于《华每》倾销范围遍布沦陷区，且发行量巨大（平川清风，1939：3），从激发沦陷区民众抗日意识这一角度看，它起到了无法忽视的重要作用。进入 21 世纪后，《华每》受到了研究者的关注，但目前相关研究还处于初步阶段，研究者们指出了该刊上"具有抵抗意义的作品"（张泉，2017：261）的存在，但并未深入探讨这些作品出现的前因后果，以及文本内部存在的策略与运作机制等。本文从"保护伞"角度阐明了"亲共抗日"作品得以刊载的原因，并总结了其意义，在此基础上深入翻译文学文本及副文本，分析了译者改写与编者补充的策略以及最终达成的强有力的"亲共抗日"性，为《华每》研究开辟了新局面。笔者今后将继续剖析《华每》文艺栏中蕴含的办刊策略、机制、角力关系等，用更加全面的成果为《华每》研究奠定新的基石。

参考文献

［1］藤井省三.浪漫都市物語上海・香港'40s［M］.東京：JICC 出版局，1991.

［2］平川清风. 创刊一周年感言［J］. 华文大阪每日，1939，3（9）.

［3］羽田朝子.梅娘ら『華文大阪毎日』同人たちの「読書会」：満洲国時期東北作家の日本における翻訳活動［J］.研究年報現代中国，2012.

［4］新庄嘉章訳.大戦日記［J］.改造，1939，21（11）.

［5］李奎. 泰戈尔［M］. 北京：中国社会出版社，2012.

［6］季剑青."休斯在中国"与 1930 年代的左翼国际主义及其限度［J］. 文艺理论与批评，2021（1）.

［7］兰斯顿・休斯. 兰斯顿・休斯诗选［M］. 邹仲之，译. 上海：上海译文出版社，2018.

［8］陈晓帆. 又见梅娘［M］. 北京：人民文学出版社，2002.

［9］张元卿. 关于《夜合花开》与梅娘的通信［J］. 新文学史料，2014（2）.

［10］张泉. 抗战时期的华北文学［M］. 贵阳：贵州教育出版社，2005.

［11］穆穆. 六年文艺话北平［J］. 太平洋周报，1943，1（87）.

比较与跨文化视野

谁制造了"悲剧"?

——古希腊悲剧效果"卡塔西斯"的中译和日译情况辨析

唐卉[*]

摘要：古希腊医学术语"卡塔西斯"（Katharsis）经由亚里士多德《诗学》中对"悲剧"（tragedy）的定义，成为一种文艺效果和创作手段，后世学者尝试从医学、宗教、伦理、艺术等不同视角对其作出"疏导""净化""宣泄""陶冶"等解释。明治维新后，日本大量引进西方文献进行"知识再生产"，通过片假名音译Katharsis的方式，在语焉不详间悄然误导着集体心理"宣泄"的大众文艺走向；20世纪初一些留日学人将"悲剧"概念引入中国，试图通过"卡塔西斯"之"悲"救亡图存。鲁迅却敏锐地察觉到"卡塔西斯"蕴含着负面情绪过度释放的危险，认为西方这一套理论对于中国当时的文学境况并不适用，因为中国根本不具备滋生悲剧效果的土壤。本文借由"卡塔西斯"这一希腊词语的日译和汉译情况，考察20世纪中国和日本在接受西方"悲剧"理念和思想方面的差异。

关键词：卡塔西斯；希腊；中国；日本；悲剧

Who produced the "tragedy"?
—Analysis of the Chinese translation and Japanese translation about the Greek tragic effect of "Katharsis"

Tang Hui

Abstract：Ancient Greek medical term Katharsis through the definition of

---

[*] 唐卉，文学博士，中国社会科学院外国文学研究所研究员，研究方向为日本文学、古希腊神话。

tragedy in Aristotle's Poetics became a kind of literary effect and creative means. Later scholars tried from medicine, religion, ethics, art and other different perspectives to make an explain like "persuation", "purification", "abreaction", "edification", etc. After Meiji Restoration, Japan introduced a large number of western literature for "knowledge reproduction", through the katakana transliteration Katharsis, quietly misled the collective psychology "catharsis"; in the early 20th century, some elite individuals who study abroad in Japan introduced the concept of "tragedy" into China, trying to save the nation through the "sad" of Katharsis. Lu Xun, however, was keenly aware that Katharsis contained the danger of excessive release of negative emotions, and believed that this set of traditional western theory did not apply to the situation of Chinese literature at that time, because China did not have the soil for tragic effect. This paper examines the differences between China and Japan in the last century in accepting western "tragedy" through the Japanese and Chinese translation of the Greek word Katharsis.

Keywords: Katharsis, Greek, China, Japan, tragedy

引言

19世纪60年代伊始，如饥似渴"求智识于世界"（《五条誓文》1868.3.14）的日本将许多水土不服的西方文艺理论一股脑儿地丢进明治维新垒起的"大熔炉"中，夜以继日地冶炼加工，进行"知识再生产"，以期脱亚入欧、求新求变求发展。其中就有一个起源于古希腊、颇有争议的西方文艺词语——Katharsis[①]。彼时的日本了解到古希腊是西方文明源头，如若追随西方，就必须将目光投向古老的希腊文明。在这片土地上诞生的"悲剧"（tragedy），比起其他任何艺术门类都更加涉及人类的根本道德和社会政治问题，甚至成为"一个丈量人类终极价值的尺度"（Ea-

---

① 这是希腊语的拉丁文字表记。希腊原文 κάθαρσις，英文作 catharsis, cleansing, purification。

gleton，2020：Ⅷ），而 Katharsis 则是悲剧中的核心要素，不仅与美学艺术、文学创作相关，而且和道德伦理、知识教育等诸多问题相连，既是功能，也是目的，是解锁希腊思想的密钥。

为了积极向西方文明始祖靠拢，没有"悲剧"的日本绞尽脑汁地开始制造"悲剧"，在原本不含"悲情"之意的古希腊戏剧之上加重感性元素，结合本土的"物哀"理念，渲染悲情，通过片假名"カタルシス"音译 Katharsis 的方式，在语焉不详间悄然引领着"宣泄"的大众文艺效应，而无节制地对"悲剧"狂欢的追逐和集体无意识的情感释放，反而忽略了古希腊剧原初 Katharsis 的导向——通过怜悯和恐惧，对人生、命运产生的敬畏，仅仅停留在悲戚、悲惨、悲哀的层面，在"情"和"理"之间摇摆，最终酿成日本的"悲剧"。

一、悲剧：从无"悲"到"悲"情

"悲剧"译名来源于日本使用汉字对英文 tragedy 的翻译。实际上 tragedy 的古希腊词源 τράγῳδία 并无"悲"意。古希腊语 τράγῳδία 可拆分为 τράγῳ（山羊的）和 ῳδή（歌）两部分，字面意思为"山羊之歌"（ἡ ἐπίτράγῳδή，goat-song），后来"山羊之歌"成为这一类剧种的代名词。关于这个名称的由来，通常有三种解释：第一，当时的演员披着羊皮、扮作山羊进行演出；第二，得胜者的奖品是一只羊；第三，作为祭品的山羊被摆放在舞台上，歌队围绕着山羊进行说唱（Pickard，1962：123）。柏拉图认为"山羊之歌"的创作（τράγῳδιῶν ποιηταί）顾名思义就是模仿，即模仿羊的模样、声音、故事对人进行说教（柏拉图，2003：359）。在此基础上，亚里士多德将其定义为"是对一个严肃、完整、有一定长度的行为的摹仿"（亚里士多德，1996：63），强调了这一剧种的特征之一"严肃"。但是，明治时期的日本思想启蒙家和文艺理论家却从日本人的心理接受层面研究西方古典文明，在 tragedy 上冠以"愁""叹""悲壮""悲惨""悲哀"等情感色彩偏重的字眼来表达他们对"山羊之歌"的理解，最终将这一剧种冠名为"悲剧"。

"悲剧"概念的生成轨迹从一个侧面展现出日本近代吸收西方观念和

思想史的大致脉络。"黑船事件"发生两年后,《和兰字典》(1855—1858)便以"引发哀怜的戏剧"来解释荷兰词语 treuspel（treur"悲伤"+ spel"戏剧"）(广田荣太郎,1969:139)。随后明治时代的启蒙思想家西周(1829—1897)于1874年发表《知识论》,他用片假名加上汉字的方式"タラジジー（愁歎場）"对译英文 tradegy（西周,1960:451—467）。"愁歎場"一词来自延元四年（1339）后醍醐天皇驾崩时的讣告:"天下之重事,言语道断之次第也,公家之衰微不能左右,愁叹之外无他事,诸道再兴,偏在彼御代,贤才卓烁于往昔,众人不可不悲叹者欤。"（大日本史料,1968:661—662）在选择译词时,西周注重的是"愁叹"的历史语境,以便于日本人理解和接受。1885年坪内逍遥的《小说神髓》译作"悲壮体（トラゼヒー）",前面是汉字,后面加上用片假名标注的读音;1886年末松谦澄在《演剧改良意见》中解释为"严正悲哀";同年,中村善平编《剧场改良法》沿用西周译法,认为 tragedy 的风格是"愁叹","悲剧就是愁叹式"（荒川惣兵卫,1967:844）。直到1888年 F. W. 伊斯特莱克与日本学者棚桥一郎共同编译出版《韦伯斯特氏新刊大辞书和译字汇》,才将 tragedy 正式译为"悲剧":"以人生的不幸、悲惨事件为题材的演剧。以破灭、败北和苦恼等悲哀的结局告终的剧。"（F. W. 伊斯特莱克,棚桥一郎,1888:1171）从"哀"到"愁"再到"悲",日本近代学界足足用了33年时间,找到了一个由两个汉字组成的词语对应希腊的传统戏剧名称（陈奇佳,2022:359—362）。

"悲剧"译法甫一出现,并没有被日本文化界普遍接受,直至文艺评论家兼诗人北村透谷等人频频使用才逐渐确定下来。北村透谷属于浪漫主义文学思潮的代表作家,追求西方文化中的个性解放,在1892年一篇名为《对于他界的观念》的评论文中沿用德国哲学家施莱格尔的观点,认为"古神学是希腊悲剧的要素"（北村透谷,1950:36）,北村透谷的浪漫幻想最终如梦幻泡影般熄灭,摆脱了身体的牢笼,却成了心灵迷失的"囚徒",以自杀的方式"悲剧"地结束了年轻的生命;1893年,作家山田美妙编著《日本大辞书》,专门设立了"悲剧"词条,将其解释为"名词,汉语,悲哀的演剧"（山田美妙,1893:1230）;同年,坪内逍遥将"悲剧"这一译名运用到他的文学翻译和文艺评论中,在其撰写的《美辞论稿》中，为了方便读者从原典上理解，坪内逍遥沿用前辈做法，用日语片假名标示英语读音，写作"悲劇（トラゼデー）"（坪内逍遥，1977：702—703），自此由两个汉字组成的译词"悲剧""开始盖过其他译词，逐渐成为固定用法"（广田荣太郎，1969：135）。

古希腊"严肃"的"山羊之歌"被明治日本定下一个"悲"的基调。也就是说，明治初期的翻译家从源头上对希腊剧作产生了误解，他们明显陷入了一种进退两难的阐释困境：如果用片假名音译，则语焉不详，很难流通；如果用汉语翻译，在明治"脱亚入欧"、摆脱汉学的口号中，他们缺乏汉学的支撑，无法用格义的方法对外来词语、外来理论做全方位的探讨。"悲剧"译名未能从根本上把握古希腊的悲剧精神，换言之，希腊悲剧的原意没有搞明白，甚至误解了，在悲剧效果方面更出现了习焉不察的乱象。

二、祛魅的希腊和造神的日本：本末倒置的"悲剧"效果

日语的译名存在一个问题，"哀""愁""悲"都是用来表达个人情绪的感官用词，为什么会用"悲"字来理解古希腊戏剧呢？

不可否认的是他们视为珍宝的"物哀"（もののあわれ）——由江户时期本居宣长提出的文学理念，推崇各种以"悲"为主题的哀伤之作，把人作为主体感性觉察客体万事万物，更多地体现在个体感知世界的美学范畴上（本居宣长，1937—1938：227—323）。然而，依据日本古典文学传统的"悲"字，无形中给西方戏剧裹上了一件仅适合日本人身材的紧身衣，原本的意义变得偏颇狭窄了。美国人类学家本尼迪克特在考察日本文化时尖锐地指出了日本戏剧模式里的情感要素："为了符合日本人的见解，日本的小说和戏剧当中很少出现'大团圆'（happy ending）的结局……日本大多数观众则喜欢含泪欣赏，男主角由于命运的转折走向悲剧的末路，注视美丽的女主角遭到杀害。这样的情节才是娱乐瞬间即逝的最高潮。"（鲁思·本尼迪克特，2005：235）这正体现着日本人理解的"悲剧"是情感上的宣泄，更多停留在审美意识层面，显然不等同于真正意义上的希腊"悲剧"，希腊的悲剧精神没有在美学上止步不前，恰恰是在追

寻理性哲思。倘若没有希腊悲剧精神强调的"怜悯"加"恐惧"，没有敬畏神明的反省自身的哲思，仅仅停留在"悲哀""悲惨""悲恸"等层面远远不够，甚至会陷入过度释放"悲"的情绪，宣泄压抑的情感而不能自拔的危险。

　　希腊悲剧诞生以及繁荣期可追溯到公元前5世纪，这个时代处于从神话到哲学的过渡阶段，属于从神本开始向人本转化、开始质疑神的时代，以三大悲剧家埃斯库罗斯、索福克勒斯和欧里庇得斯为代表，他们借助《波斯人》《俄狄浦斯王》《特洛伊妇女》等杰出戏剧提出了"人"的命题。俄狄浦斯破解了斯芬克斯的谜语——"什么东西早上四条腿、中午两条腿、晚上三条腿走路？而且腿越多时越羸弱？"俄狄浦斯回答说：人。黑格尔认为俄狄浦斯是哲学认识的原型和代表，是自我反思的第一人。"俄狄浦斯"这个名字，希腊文原意是"肿脚的"，他刚出生双脚就被刺穿，扔进喀泰戎深山；当他知道自己杀父娶母的真相后，刺瞎了双眼。歌队在这时唱起哀歌："你最好死去，胜过瞎着眼睛活着。"（索福克勒斯，2004：382）俄狄浦斯回答："我看着这样生出的儿女顺眼吗？不，不顺眼；就连这城堡，这望楼，众神的神圣偶像，我看着也不顺眼；因为我，忒拜城最高贵而又最不幸的人，已经丧失观看的权利了。"（索福克勒斯，2004：383）全信神的时代不可能诞生悲剧，只有当质疑神并发现"人"的属性时才会出现悲剧。人与神和谐共处时不会上演"悲剧"，而当人开始质疑神时，试图掌控自身命运时，"悲剧"就诞生了。"山羊之歌"，既是山羊在屠宰前发出的"咩咩"呼喊，也是人在命运泥沼中奋力爬行的绝唱。

　　古希腊悲剧的繁荣期发生在"祛神"时代，与之相反，日本明治时期的政治特点或大环境则是"造神"时代，闭关锁国两百余年的德川幕府倒塌，所谓"大政奉还"，权力重回天皇手中，为了使天皇树立绝对威信，需要把天皇打造成一尊万民敬仰的"神灵"。《五条誓文》"求智识于世界"的下半句是"大振皇基"，即寻求知识是为了稳固天皇政权。宗教信仰和政治统治合谋，渲染天皇作为太阳神后裔的神性，强调"万世一系"，1889年明治宪法明确将天皇标榜为国家的象征，甚至成为日本普通民众的精神信仰。从这一点来看，日本文学缺乏悲剧中的质疑精神，不少评论家感叹"没有悲剧是日本的悲剧"（冈本太郎等，1948：69—71），而高山樗牛、上田敏、木村鹰太郎等人不遗余力地对古希腊及其相关文艺理论进行译介和阐释，殚精竭虑地试图照搬古希腊模板，为日本通向西方之路搭建阶梯。高山樗牛强调欧洲文学的源头为古希腊、古罗马文学（高山樗牛，1898：128—129），呼吁日本向西方源头学习，并在《读坪内逍遥〈关于史剧的质疑〉》一文中，批判"将史剧诗化"的观点，强调历史剧与悲剧、喜剧的区别（高山樗牛：1899：389—420）。木村鹰太郎更甚，他在《基于世界研究的日本太古史》一书中，通过日本与希腊在语言、人种、风俗、趣味等方面的比较，突发奇想地认为日本民族与希腊民族"同族同根"（木村鹰太郎，1912：651）；在《大日本建国史》讲述日本武尊倭建命的爱妾橘姬的故事——为了平复海神的愤怒让船只顺利通行，最终祭海，木村感叹其"高尚的意志，为了国家和信仰牺牲爱情"，称赞这则故事为"浦贺海峡的大悲剧"（木村鹰太郎，1905：238—239）。显然，这些所谓明治时代的启蒙思想家大都没有意识到日本根本不具备产生古希腊式悲剧的土壤和条件，日本没有真正意义上的悲剧。古希腊悲剧时代的"祛神"和日本明治时代的"造神"、古希腊的"祛魅"和日本的"复魅"的方向截然不同，日本追求的悲剧效果与悲剧推崇的理念本末倒置，这就注定了日本近代视西方马首是瞻、认祖归宗西方文明源头古希腊的荒谬举动必然折戟沉沙。

  日本明治在翻译希腊悲剧时，忽略了悲剧诞生给艺术、社会制度和人类思想带来的革新，古希腊悲剧的实质恰恰在于"揭示出当时一直未被认识到的人类经验的各个方面，它标志着人类的内在塑造和责任观树立进入一个新阶段"（韦尔南等，2016：8），日译之"悲"是情绪的宣泄，无法和"人类的内在塑造和责任观"相连。悲剧理论中的核心概念 Katharsis 原本是医学用语，在公元前5世纪，指的是一种医学上的治疗方法。西方医学奠基人、希腊医圣希波克拉底认为人体内任何一种成分的蓄积，哪怕是营养物，包括牛奶和血液等，如果超出正常水平，便可能导致病变，通常来说，医治的办法是通过 Katharsis 把多余部分排除或疏导出去（希波克拉底，2007：74，91—92）。当然古希腊医学并不是严格意义上的科学，它和神学、宗教、玄学、伦理之间没有明确的分界线。在这种时代和文化背景下，Katharsis 不仅是一种比较常用的医学治疗手段，而且还担当着从事宗教活动的重任。希罗多德在《历史》第 1 卷第 35 章讲到一个有关吕底亚为一位双手沾满血污的人进行涤罪的故事（ἡ κάθαρσις）（希罗多德，1959：19—20），Katharsis 既指医学意义上的"清洗""疏泄"，也指宗教意义上的"净化""救赎"。柏拉图更将其上升为一种充满危险的伦理问题，《理想国》第十章对悲剧情感予以坚决否定，他认为诗人在其作品中混杂了快感和痛苦，释放了观众的情感，从而会使观众丧失理智，沉湎于诗歌所带来的快感，在道德上被悲剧引入歧途，甚至威胁到城邦安危。出于哲学方面的考量，为了维护城邦稳定，有必要把诗人驱逐出去，除非"诗人能够证明他的诗不仅能引起快感，而且对于国家和人生都有效用"（柏拉图，1963：88）。按照柏拉图的思考，情感宣泄是有必要的，但要适可而止；过多的 Katharsis 有一定的危险性，而诗人的过错在于放大了 Katharsis 的功用，让释放出来的情感如泄洪一般，无法管控，不利于城邦建设。亚里士多德认为悲剧是对行为的模仿，这个行为具备三个条件——严肃的/完整的/有一定的长度，模仿方式是借人物的动作来表达，通过经由"装饰"的语言，引起观众的怜悯和恐惧，使情感得到宣泄。自此 Katharsis 引申出一套关于悲剧效果的理论。在某种意义上，该理论成为自古希腊悲剧诞生以来，整个西方戏剧所要遵从的文艺理论，似乎恐惧和怜悯的情感没有达到 Katharsis 的就不算悲剧。

随着对"悲剧"的引进，明治时期的学人也开始关注 Katharsis 及其释义问题。先从医学类开始，《医事宝函》直接用汉字对译为"溏泄"（玉函湟斯等，1887）；后来波及艺术类，也先是尝试用汉字"净化""纯化"对译，认为其属于观看戏剧的效果，特别对于悲剧而言，"将平常心中郁积的诸多情绪解放出来，洗净心灵，获得快感"（荒川惣兵卫，1967：257）。上田敏在《论希腊思潮》一文中，指出这个词本是排出体内污毒的医学词语，比如病人感冒时，医生会使用发汗剂，将体温降下，同理，人们需要将充塞的热情悉数吐露出来（上田敏，1901：3）。

被理想化了的希腊和刻意造梦的日本在一定程度上发生了化学反应。上田敏把西方源头希腊建构成一个理想的乌托邦世界——春天的曙光来临，英俊的太阳神阿波罗在紫色的云霞里乘坐金色马车从东到西巡回，鲜花盛开、绿草如茵、杨柳依依；夜幕降临，牧民们在月色中吹奏长笛，一派和谐的景象，将其比拟为"人类青春的历史"（上田敏，1901：1—31）。从"静情"（春阳堂，1895）、"洗净"（大西祝《西洋哲学史》，1896）到"净化"（村松俊译《西洋哲学物语》，1929、今道友信译《诗学》），直到载入辞典当中——"由怜悯和恐惧之情引发情的净化"（日本大百科全书，1985：354）、"悲剧是通过哀怜和恐惧，产生情绪的カタルシス"（世界大百科事典，1979：642）、"我们知道亚里士多德曾经论及悲剧人物的效用。总之，对于剧中人物产生的同感，可产生净化和排泄人的生理和心理上的郁积的作用"（哲学事典，1979：242），用日语片假名音译 Katharsis 的方式最终确定下来。关根清三的论文《悲剧的カタルシス》，直截了当地说明"悲剧的功能就是引起观众的同情和恐怖之思，达到カタルシス（净化）"（关根清三，2005）。日本翻译界努力地将外来语カタルシス吸纳进来，给了这个无论是字面还是读音上都没什么特指的五个片假名以身份，该片假名词语从而摇身一变成为一个具有日本特色的新名词。虽然，音译可以避免误译现象，但这也同日本1868年明治以后"脱亚入欧"、全盘西化以及汉语文化底蕴不够深厚有着密切的联系。同时，日本对 Katharsis 的关注和译介，可以在某种程度上体现出他们的民族性和对西方思想加以日本式理解和日本化处理的特点。

没有悲剧观念的日本对希腊悲剧精神的误解，导致一系列对 Katharsis 内涵及其外延的乱用，1913年文学士仓桥惣三在《心理研究》第四卷第六册上对所谓游戏带来的功效高谈阔论，认为游戏不是纯粹的娱乐，它具有 Katharsis 的效用，就像医学上将体内毒素和淤积物排出一样，可以通过游戏将心里的愁烦苦闷排解出来，不仅能够缓解疲劳，而且还可以宣泄情绪（仓桥惣三，1913：527—536）。简直把古希腊悲剧精神中的崇高意义完全庸俗化了。令人担忧的是，关于カタルシス的学术论文、著书、小说等层出不穷，像《夏目漱石的カタルシス——试论〈吾辈是猫〉》（1970）、《作为カタルシス的艺能》（1973）、《三岛由纪夫——朝向カタルシス的文体》（1976）、《落日的カタルシス——折口信夫〈死者之书〉的多层性》（1991）、《カタルシス考——产生快乐的文学结构》（1994）、《宫本辉 宿命的カタルシス》（1999）、《一对夫妻的カタルシス》

（2001）、《太宰治及其生死观——カタルシス和后现代主义的夹缝》（2004）等，关于カタルシス的电影也有 20 多部，有一部电影的片名就叫作《カタルシス》。

自明治时代日本学习西方，就一直存在日式解读和西学日化问题。罗兰·巴尔特在《符号帝国》里将日本和西方的戏剧做了一番对比，可以作为研究日本戏剧和西方文艺理论的一个参照："在某种意义上，[日本戏剧中]这些特征是极端的，这不是因为它们很夸张，而是因为它们是精神层面的——正如书写，它们是'观念的示意'——它们净化了身体的所有表现性。可以说，由于（这些特征）成为符号，它们的意义被削弱了。这也解释了标志着亚洲戏剧的这种符号与冷漠的结合。"（罗兰·巴尔特，2018：103）罗兰·巴尔特观测到日本戏剧与西方戏剧本质上的巨大差异，日本戏剧中的"净化"是精神层面的，它从身体中全然脱离了，属于观念上的示意，演变成了暧昧模糊的另类符号，而越是强调"悲"的情感，加大苦情戏码，越是在有意地缩小"责任""良知""自省"的悲剧内核。

三、"卡塔西斯"：无法在中国救亡图存的"悲剧效果"

19 世纪由来华传教士编纂的词典按照《说文解字》对"悲"的定义"痛也，从心，非声，府眉切"（许慎，2013：221），多将 tragedy 译为"悲戏"。1815—1823 年马礼逊编纂的《华英字典》解释"tragedy"为"serious drama"，译成汉语为"苦情的戏，悲戏"（马礼逊，1815—1823：440）；1847 年麦都思的《英华字典》译作"悲，悲戏，哭戏"（麦都思，1847：1310）；1866—1869 年罗存德在《英华字典》标注："tragedy，悲戏，悲切之戏；忧事，悲事，可悲之事，可哀之事"（罗存德，1869：1811）。朱光潜在法国求学期间，用英文出版了论著《悲剧心理学——各种悲剧快感理论的批判研究》（1933），专辟一章对 Katharsis 一词作了说明。朱光潜从心理学角度出发，认为该词只是情绪的缓和，是一个更简单，也更合乎实际的看法，并断言"如果亚里士多德用这个词不仅指单纯的情绪缓和，那么只能说他犯了一个错误"（朱光潜，1983：191—192）。

同时，朱光潜认为用弗洛伊德派的意义来解释亚里士多德使用的 Katharsis 一词比较牵强，但他还是倾向于用心理学，而不是严格意义上的医学意义来理解其含义。之后，罗念生、缪灵珠、崔延强、陈中梅、王士仪等学者分别用"陶冶""卡塔西斯""净化""疏泄""救赎"等格义的方式来翻译和诠释。

日译外来词"悲剧"在 20 世纪初被留日中国学人引入中国，普遍存在于知识界"救亡图存"的迫切需求对中国式"悲剧"观念的流行产生了直接的推动作用（陈奇佳，2012：183）。当古希腊悲剧的 Katharsis 理论引进中国后，以蒋观云为代表的留日学人表现出极大的热忱。蒋观云在 1904 年的《中国之演剧界》中感慨："且夫我国之剧界中，其最大之缺憾，诚如訾者所谓无悲剧……夫剧界多悲剧，故能为社会造福，社会所以有庆剧也。"于是，呼吁"欲保存剧界，必以有益人心为主，而欲有益人心，必以有悲剧为主。国剧刷新，非今日剧界所当从事哉！"（蒋观云，2022：1092）然而，与慷慨激昂的蒋观云相反，鲁迅则冷眼旁观。1925 年 2 月，他提出对于"悲剧"的理解："不过在戏台上罢了，悲剧将人生的有价值的东西毁灭给人看，喜剧将那无价值的撕破给人看。"（鲁迅，1999：108）他一针见血地指出真正的"悲剧"无法诞生，原因就在于"我们中国的许多人大抵患有一种'十景病'……中国如十景病尚存，则不但卢梭他们似的疯子决不产生，并且也决不产生一个悲剧作家或喜剧作家或讽刺诗人。所有的，只是喜剧底人物或非喜剧非悲剧底人物，在互相模造的十景中生存，一面各各带了十景病"（鲁迅，1999：108）。Katharsis 中所蕴含的以怜悯为核心的、对负面情感的宣泄遭到了鲁迅的反对和批判，他认为西方的这一套理论对中国当时的文学境况并不适用，因为中国根本不具备滋生 Katharsis 效果的土壤。

正像尼采在《悲剧的诞生》中所点名的悲剧效果大众效应："时而严肃的剧情引起的怜悯和恐惧应当导致一种缓解的宣泄，时而我们应当由善良高尚原则的胜利，由英雄为一种道德世界观做出的献身，而感觉自己得到提高和鼓舞。我确实相信，对于许多人来说，悲剧的效果正在于此而且仅在于此。"（尼采，2014：107）尼采发现了潜藏在 Katharsis 中的大众心理，而英国现代美学家科林伍德却发现了悲剧 Katharsis 的另外一种意指：

"悲剧所产生的情感实际上不会在观众精神上留下重负，这种情感在观看悲剧的体验中就释放了。悲剧演完之后，这种情感的澄清或净化留给观众心灵的东西，不是怜悯和恐惧的重负，而是摆脱这些情感之后的轻松。"（科林伍德，1985：52）如果说悲剧追求的效果或者达成的目的只是"宣泄"后的"舒缓"，那么这正是鲁迅所担忧的，旧中国从来不缺看客，点醒国民的精神比起救助他们的身体更为重要，也是他弃医从文最根本的原因。小说《祝福》冷静且尖锐地点出了大众Katharsis群像，发人深省：

> 她（祥林嫂）于是淌下眼泪来，声音也呜咽了。
> 这故事倒颇有效，男人听到这里，往往敛起笑容，没趣的走了开去；女人们却不独宽恕了她似的，脸上立刻改换了鄙薄的神气，还要陪出许多眼泪来。有些老女人没有在街头听到她的话，便特意寻来，要听她这一段悲惨的故事。直到她说到呜咽，她们也就一齐流下那停在眼角上的眼泪，叹息一番，满足的去了，一面还纷纷的评论着。
> 她就只是反复的向人说她悲惨的故事，常常引住了三五个人来听她。但不久，大家也都听得纯熟了，便是最慈悲的念佛的老太太们，眼里也再不见有一点泪的痕迹。后来全镇的人们几乎都能背诵她的话，一听到就烦厌得头痛。（鲁迅：2005：17）

小说将中国看客的心理刻画得入木三分，"特意寻来""流下眼泪""满足的去了""纷纷的评论着"，仅仅停留在个人情绪上的短暂"满足"，鲁迅对这样的Katharsis悲剧效果置之不理："我的译作，本不在博读者的'爽快'，却往往给以不舒服，甚而至于使人气闷、憎恶、愤恨。"（鲁迅，2005：202）这一点鲁迅相当清醒。美国汉学家安敏成也说过："在中国，没有净化的观念，小说（不是所有文学）一般要执行教化的功能。"（安敏成，2011：23）这也印证了康有为、梁启超对小说寄予的厚望："六经不能教，当以小说教之；正史不能入，当以小说入之；语录不能谕，当以小说谕之；律例不能治，当以小说治之。"（梁启超，1998：370）救亡图存的中国励精图治，不能像日本那般把西方文艺理论"全部拿来"，而是要找到教育国民的良方。

　　古希腊的戏剧出自仪式，它是一个特定的场，公元前5世纪台下的观众与台上的演员近在咫尺，甚至说观众比台上的演员更容易进入情境当中。当时的古希腊人身穿节日的白色盛装，肃穆地坐在台下再次创造。从创作的悲剧中，他们感受到恐惧，品尝到痛苦，体验到同情，而不是仅仅"卡塔西斯"个人的情绪，获得轻松和快感了事。从这一层面辨析，制造"悲剧"的日本并不存在真正意义上的崇高悲剧，那些渲染"悲"的苦情戏、苦难剧达不到精神和灵魂的提升，明治制造的"悲剧"也与悲剧的精髓相去甚远。我们需要借鉴的是，对于外来文化知识，无论是西方的还是日本的，必须进行辨析，唯有适用于本土精神的才能在中华大地上发芽、开花和结果。

参考文献

［1］Eagleton, Terry. *Tragedy*［M］.New Haven：Yale University Press, 2020.

［2］Pickard, Arthur W. *Dithyramb, Tragedy and Comedy*［M］.Oxford：Oxford University Press, 1962.

［3］柏拉图.柏拉图全集第二卷［M］.王晓朝，译.北京：人民出版社，2003.

［4］亚里士多德.诗学［M］.陈中梅，译注.北京：商务印书馆，1996.

［5］広田栄太郎.近代訳語考［M］.東京：東京堂，1969.

［6］小泉仰.『知説』における西周の人間性論［J］.哲学，1972（59）.

［7］西周.西周全集第1卷［M］.東京：宗高書房，1960.

［8］東京大学史料編纂所編.大日本史料6編5冊［Z］.東京：東京大学出版会，1968.

［9］荒川惣兵衛.外来語辞典［Z］.東京：角川書店，1967.

［10］F・W・イーストレーキ，棚橋一郎編.ウェブスター氏新刊大辞書和訳字彙［Z］.東京：三省堂，1888.

［11］陈奇佳.幻想的自由——现代悲剧问题研究［M］.北京：中国戏剧出版社，2022.

［12］北村透谷.透谷全集第2卷［M］.東京：岩波書店，1950.

［13］山田美妙（武太郎）編.日本大辞書［Z］.東京：明法堂，1893.

[14] 坪内逍遥.逍遥選集第 11 卷[M].東京：第一書房，1977.

[15] 本居宣長.本居宣長全集第 10 増補[M].東京：吉川弘文舘，1937—1938.

[16] ルース・ベネディクト，長谷川松治訳.菊と刀：日本文化の型[M].東京：講談社，2005.

[17] 索福克勒斯.罗念生全集第二卷[M].罗念生，译.上海：上海人民出版社，2004.

[18] 岡本太郎，花田清輝，加藤周一，野間宏，佐々木基一.「座談会」悲劇について[J].総合文化，1948(3).

[19] 高山樗牛.世界文明史第 1 編[M].東京：博文舘，1898.

[20] 高山樗牛.時代管見[M].東京：博文舘，1899.

[21] 木村鷹太郎.世界的研究に基づける日本太古史[M].東京：博文舘，1912.

[22] 木村鷹太郎.大日本建国史[M].東京：尚友舘，1905.

[23] 让-皮埃尔・韦尔南，皮埃尔・维达尔-纳凯.古希腊神话与悲剧[M].张苗，杨淑岚，译.上海：华东师范大学出版社，2016.

[24] 希波克拉底.希波克拉底文集[M].赵洪钧，武鹏，译.北京：中国中医药出版社，2007.

[25] 希罗多德.历史[M].王以铸，译.北京：商务印书馆，1959.

[26] 柏拉图.柏拉图文艺对话集[M].朱光潜，译.北京：人民文学出版社，1963.

[27] 玉函湟斯，雅谷步，伍乙志.圖書西洋医事集成宝函卷 27-29[M].

[28] 上田敏.文芸論集[C].東京：春陽堂，1901.

[29] アリストテレス.アリストテレス全集[M].今道友信，訳.東京：岩波書店，1972.

[30] 加藤信朗注「katharsis」.日本大百科全書 5[Z].東京：小学館，1985.

[31] 竹内敏雄注「カタルシス」.世界大百科事典 5[Z].東京：平凡社，1979.

[32] 哲学事典.東京：平凡社，1979.

[33] 関根清三.悲劇のカタルシス[Z].青山学院大学総合研究所キリスト教文化研究部主催・公開講演会要旨.2005-11-21.

［34］倉橋惣三.遊戯のカタルシス効果——人生に於ける遊戯の意義の一方面［J］.心理研究，1913.

［35］罗兰·巴尔特.符号帝国［M］.汤明洁，译.北京：中国人民大学出版社，2018.

［36］许慎.说文解字［Z］.徐铉，校定.北京：中华书局，2013.

［37］Morrison, R. A *Dictionary of the Chinese Language*［Z］. Macao：East India Company's Press, 1815−1823.

［38］Medhurst, W. H. *English and Chinese Dictionary*［Z］. Shanghai：Mission Press, 1847.

［39］Lobscheid, W. *English and Chinese Dictionary* (Part Ⅳ)［Z］. Hong Kong：Daily Press Office, 1869.

［40］Chu, Kwang-Tsien. *The Psychology of Tragedy—A Critical Study of Various Theories of Tragic Pleasure*［M］. Place de l'Universite Strasbourg：Librairie Universitaire d'Alszce, 1933.

［41］朱光潜.悲剧心理学——各种悲剧快感理论的批判研究［M］.张隆溪，译.北京：人民文学出版社，1983.

［42］亚里士多德.亚里士多德诗学贺拉斯诗艺［M］.罗念生，杨周翰，译.北京：人民文学出版社，1982.

［43］《缪灵珠美学译文集》（全四卷）第一卷［M］.章安祺，编订.北京：中国人民大学出版社，1998.

［44］亚里斯多德.创作学译疏［M］.王士仪，译注.台北：联经出版事业股份有限公司，2003.

［45］亚里士多德.亚里士多德全集第九卷［M］.苗力田，主编.北京：中国人民大学出版社，1993.

［46］陈奇佳."悲剧"的命名及其后果——略论中国现代悲剧观念的起源［J］.江海学刊，2012（6）.

［47］蒋观云.中国之演剧界.黄霖，蒋凡，主编.中国古代文论选编（下卷）［C］.上海：复旦大学出版社，2022.

［48］鲁迅.鲁迅著作全编［M］.林非，主编.北京：中国社会科学出版社，1999.

［49］尼采.悲剧的诞生［M］.周国平，译.南京：译林出版社，2014.

[50] 科林伍德. 艺术原理［M］. 王至元，陈华中，译. 北京：中国社会科学出版社，1985.

[51] 鲁迅. 鲁迅全集［M］. 北京：人民文学出版社，2005.

[52] 安敏成. 现实主义的限制：革命时代的中国小说［M］. 姜涛，译. 南京：江苏人民出版社，2011.

[53] 梁启超. 饮冰室书话［M］. 长春：时代文艺出版社，1998.

近代中日韩的《玩偶之家》
认知与"娜拉"的现实阐释

童晓薇[*]

摘要：20世纪初《玩偶之家》成为中日韩三国现代性启蒙的重要话语资源。"娜拉"被定位成勇于反抗旧思想、旧道德的自我觉醒、个性独立的新女性，在一定程度上推动了中日韩三国近代妇女解放运动的发展。由于各自面临的社会形势与思想背景不同，从舞台走到现实社会空间中的"娜拉"话语在中日韩三国呈现了不同的阐释和续写，但最终都与各自的国家民族话语融会在一起。

关键词：玩偶之家；中日韩；新女性；娜拉

The Perception of "A Doll's House" in China, Japan and South Korea in Modern Times and the Realistic Interpretation of "Nora"

Tong Xiaowei

Abstract："A Doll's House" spread to East Asia in the early 20th century and became an important discourse resource for the enlightenment of modernity in China, Japan and South Korea. "Nora" was positioned as a new female representative of self-awakening and independent personality who resisted old ideas and morals, which to a certain extent promoted the development of the modern

---

[*] 童晓薇，文学博士，深圳大学外国语学院东亚研究中心教授，研究方向为日本近现代文学、中日比较文学。

women's liberation movement in the Three Kingdoms. Due to the different social situations and ideological backgrounds faced by the three countries, the discourse of "Nala" from the stage to the real social space has presented different interpretations and continuations, but in the end they all merged with their respective national discourses.

Keywords: Doll's House, China Japan and South Korea, New Women, Nora

一、《玩偶之家》在中日韩的传播

在世界范围内的文学流动中，可能没有哪部戏剧像易卜生的《玩偶之家》这般传播广泛且影响巨大。1880 年 12 月 21 日，该剧在哥本哈根上演，大获成功。很快走出斯堪的纳维亚半岛，远播世界各地。无论到哪里，主人公娜拉在当地都受到热切关注，引发知识界诸多的讨论和思考，并在一个很长时期内不断掀起热潮，催生了各种本土的改编与演绎。

易卜生的名字第一次出现在日本，是 1889 年森鸥外在发表于《栅草纸》11 月号的《读现代诸家小说论》一文中提到了他。此时的森鸥外对易卜生评价不高，把他归于自然主义派实验文学一类，认为那不过是一种低俗丑陋的解剖实验的结果（森鸥外，1889：279—280）。《玩偶之家》在日本的第一个译本是 1893 年剧作家高安月郊翻译的，但当时没有引起太多关注。

1906 年易卜生逝世，日本骤然掀起一股"易卜生"热。其中介绍规模最大的当数坪内逍遥主持的杂志《早稻田文学》。当年 7 月卷特设"易卜生专号"，岛村抱月、上田敏、柳田国男、严谷小波、田山花袋、桑木严翼等人纷纷发文悼念这位挪威戏剧家。1907 年日本自然主义文学的摇篮"龙土会"成员柳田国男等人成立"易卜生会"，定期开展易卜生相关研究。1906 年至 1912 年的六年间，日本出版了约 30 部易卜生译著。1910 年《早稻田文学》1 月号发表了岛村抱月的全 3 幕日译本。1911 年 9 月 22—24 日，该译本在文艺协会演剧研究所私演场进行了试演。11 月 28 日至 1912 年 2 月 5 日，在东京帝国剧场进行了公开演出，这是"娜拉"在日本第一次正式登台亮相。当时 25 岁的女演员松井须磨子饰演娜拉，在剧中大放异彩，一跃成为日本顶级女演员。藤木宏幸把1906年至大正初年的这段时期称为日本"易卜生流行时期"（福田光治，1976：222），《玩偶之家》的公演无疑是这时期的一个高潮。

这时期正在日本留学的鲁迅是中国最早介绍易卜生的人。1907年他在《摩罗诗力说》与《文化偏至论》中高度称赞易卜生，称他"瑰才卓识……，其所著书，往往反社会民主之倾向"（陈惇，2009：3）。目前可查的最早提到《玩偶之家》的是1914年陆镜若口述的《伊蒲生之剧》一文（陆镜若，1914：1）。1906—1910年就读于东京帝国大学的陆镜若在该文中还提到对易卜生的了解多来自"坪内博士"，即坪内逍遥。1908年陆镜若参加了中国留日学生组建于东京的文艺团体"春柳社"，这个团体在中国话剧创始期产生过重要影响。1914年该社的"春柳剧场"在上海演出了陆镜若翻译、编排的话剧《娜拉》，这是一出幕表戏，也称提纲戏，即只有剧情概要，其内容可能是在综合了高安月郊、岛村抱月、森鸥外等日译本基础上的改编。这是《玩偶之家》在中国最早的一次演出，也是中国早期话剧发展的重要见证。

中国的"易卜生"热潮开始于1918年。当年，《新青年》杂志第4卷第6号特设为"易卜生专号"，登载了胡适的文章《易卜生主义》、胡适和罗家伦共同翻译的《娜拉》全本剧本，以及易卜生的3部戏剧节选中译本、1部传记与1篇专论。"易卜生一举而成为文学革命、妇女解放、反抗传统的楷模"（易新农，1984：132）。1919年3月《新青年》第6卷第3号上发表了胡适的剧本《终身大事》，这是《玩偶之家》的第一个中国本土化作品。1918—1948年的30年间，在"大小报章争先恐后的介绍，文人学者尽力的推荐下"（陈惇，2009：127），《玩偶之家》被反复译介，共出现了9个版本的中译本，并被多次改编在舞台上演出：1923年北京人艺剧校演出，1934年上海业余剧人联合公演，1935年南京磨风剧社、济南民教馆、光华剧社、业余剧人协会演出（易新农，1984：130）……，成为易剧中译介最多、演出最多、争议评论最为深广的一部。

韩国的"易卜生"热潮与第一个《玩偶之家》韩译本的诞生紧密相关。该译本最初连载于1921年1月25日至4月2日的朝鲜总督官方报《每日申报》，1922年京城永昌书馆正式出版发行单行本。译者梁白华

(1889—1944），本名梁建植，是20世纪10—30年代韩国最重要的，也是这个时期译介中国文学作品最多的中国文学翻译家和研究者（董晨，2022：107）。1921年他翻译了日本学者青木正儿的文章《以胡适为漩涡中心的中国文学革命》（1920），该文正面、详细地介绍了胡适等人的"文学革命"理论以及包括中文版《娜拉》在内的中国现代文学发展的新动向。1925年9月朝鲜俳优学校演出《玩偶之家》，这是该剧在朝鲜半岛的第一次公演。此后，该剧在韩国多次上演，是易卜生戏剧中译介与演出次数最多的一部作品。

《玩偶之家》经历了挪威语—英语/德语—日语/中文—韩语的多重跨文化语境。梁白华的韩译本和陆镜若等人的提纲本主要参考了岛村抱月的日译本，岛村译本则主要参照了英国翻译家威廉·阿彻尔（William Archer）的英译本和威廉·朗格的德译本，中国最为人知的胡适、罗家伦的《娜拉》也译自阿彻尔的经典译本。三国的译者都在考虑如何让"娜拉"适合本国国情与审美方面下了不少功夫，使这个人物从一开始就多少偏离了原作的叙事轨道。这是另一个值得继续关注的课题，此处不做展开。

二、《玩偶之家》的影响与"娜拉"认知

中日韩对《玩偶之家》的极大热情和推崇，显示出努力走出封闭与世界接轨、尝试借助西方理论与实践摸索一条变革社会、重建民族主体性的道路的急迫心态。20世纪初，中韩两国都处于民族危亡之际，启迪国人心智、唤起民众觉醒是知识界面临的重要课题，"现代性"启蒙始终与反殖民的斗争相伴随。日俄战争后，急速膨胀的资本主义与天皇制统治下的传统家族观之间产生撕裂，个人与社会、新思想与旧道德的冲突是日本知识分子苦苦思索的议题。"娜拉"的到来，为三国的思想启蒙提供了重要的话语资源，并在艺术层面产生了深远的影响。以《玩偶之家》为契机，中日韩三国的现代戏剧开始发展。1911年该剧在日本公演的场所——东京帝国剧场无论外观或内部结构都是仿照巴黎歌剧院所建，与传统的歌舞伎座大相径庭（毛利三弥，1987：27）。正是在易卜生热潮中，

从表现形式到主题内容、创作手法都与歌舞伎等"近世剧"截然不同的现代戏剧——新剧从新旧文化纠缠中突围出来,直接推动了日本戏剧改良运动的进程。而"那个时代成长起来的(日本)戏剧家中几乎没有一个没有受到易卜生的影响"(福田光治,1976:236)。《玩偶之家》同样对中国现代戏剧——话剧的形成与发展起到了重要的推动作用。戏剧家熊佛西曾说:"五四运动以后,易卜生对于中国的新思想、新戏剧影响甚大,他对于中国文艺界的影响不亚于托尔斯泰、高尔基。尤其对于戏剧界的影响至深。我敢说今日从事戏剧工作的人,几乎无人不或多或少受他的影响。"(易新农,1984:129)《玩偶之家》也为韩国戏剧的发展开辟了新路。首演该剧的"朝鲜俳优学校"创办于1924年,创办人玄哲是韩国现代戏剧的开创者,他曾加入岛村抱月的艺术座,与中国现代戏剧创始人之一欧阳予倩等人也有相当深入的交流与合作①。

同时,《玩偶之家》用艺术的直观形式向中日韩三国传递了西方"新思想"。娜拉选择只身踏入社会,尝试通过把自己作为一个"人"置身社会中去感知、认识社会,是对既有道德与社会秩序的挑战,且这种挑战是破坏性的,即抛夫弃子、否定家庭与婚姻的神圣性。剧末娜拉向丈夫提出分手,转身下楼,关上大门发出的那声"砰"响,极大地冲击了欧洲观众的传统观念,对长期浸润于儒家道德伦理、重视家庭观念的中日韩观众产生的心灵震撼更是前所未有。萧乾曾说:"西方人难以想象易卜生对我们的影响,这位戏剧家激励太太们从自私但合法的丈夫身边逃走……"(萧乾,2009:31)娜拉的故事仿佛一面镜子,中日韩启蒙知识分子都从中看到了自身所处社会中的种种压抑和不平等,对剧中反映的个人、家庭、社会等问题的关注远远大于对戏剧本身艺术性的关注,形成了中日韩三国在《玩偶之家》认知上的一个共性。

另外,中日韩知识分子都把这部剧看作宣扬妇女解放的先驱之作。尽管易卜生在《玩偶之家》问世后,多次辩解自己不是女权主义者,对妇女解放运动也不了解。很多相关研究也指出该剧反映的不仅仅是妇女问

---

① 李杜铉《韩国演剧史》(1987)提到1917年玄哲在上海与欧阳予倩等人共同创建了星绮戏剧学校,但目前中国没有相关资料可佐证。

题，娜拉"不仅代表妇女，更代表生存于西方传统文化中的整体的人"（蒋承勇，2018：5），她的出走是易卜生发起的一场"人类精神的革命"（南康妮，2021：12），但易卜生的自证并没有妨碍中日韩知识界的认知。岛村抱月在其日译本的解说中称这部剧"包含了妇女解放、妇女独立、妇女自觉、男女平等的个人婚姻、以恋爱为前提的结婚等等问题"，认为其中心问题是妇女觉醒解放的问题，因此这部剧才能够在艺术之外的层面给世界带来广泛的刺激。梁白华在《关于〈玩偶之家〉的评论》中直接引用了上述岛村抱月的说法，强调该剧中表现的妇女解放、妇女独立、妇女自觉、男女平等（金华荣，2003：90），且当时韩国大多数评论文章都认为该剧体现了易卜生的妇女解放理念（洪世娥，2012：120）。在中国五四文学文化语境中，《玩偶之家》主要被理解为表现家庭婚姻、男女平等、妇女解放问题的经典戏剧，具有很强的反封建意义（蒋承勇，2018：5）。钱杏邨（阿英）曾说："易卜生的戏剧，特别是《娜拉》，在当时的妇女解放运动中，是起了决定性作用的。我们从当年的典籍中，也不难找到无数的篇章，证明这些影响和作用。"（阿英，1979：670—671）

基于上述认知，中日韩知识界都把"娜拉"定位成一个新女性。1910年坪内逍遥在以"近世剧中的新女性"为题的演讲中，评论了包括"娜拉"在内的易卜生戏剧中的女性形象，把娜拉归类于"主要为了教育和待遇而不得不反抗的新女性"（坪内逍遥，1912：40—41），据说日本"新女性"一词亦发端于此。岛村抱月把娜拉置于没有个性的"旧女性"的对立面，认为她是一个自觉个性解放之重要、主张被迫结婚之无意义的"新女性"（岛村抱月，1994：498）。在岛村版《玩偶之家》上演的1911年9月，日本近代女性解放运动阵地《青鞜》杂志创刊。1912年5月始，该杂志创刊人之一的平塚雷鸟在《读卖新闻》上连载"新女性"特集，向读者介绍了一批作风大胆、行为奔放的女作家，"新女性"一词成为与"贤妻良母"相对的"逃逸传统规范的女性的总称"（堀场清子，1988：69）。在中国，"娜拉"几乎成为五四时期新女性的代名词。1938年茅盾回忆："《娜拉》被介绍过来以前，《新青年》已经谈到妇女运动，但是《娜拉》译本随'易卜生专号'风行以后，中国社会上这才出现新的女性。妇女运动从此不再是纸面上的一个名词。"（茅盾，1988：140）五四新女性大胆反抗包办婚姻，追求自由恋爱，是中国第一代"觉醒"的、有自我意识和自发行动的妇女，展现了与传统女性截然不同的精神面貌。1920年韩国近代妇女解放运动先驱者金一叶仿照《青鞜》的做法，创刊了韩国第一个女性杂志《新女子》。创刊号上的"新女子宣言"称女性"必须从一切传统的、因袭的、保守的、反动的旧思想中脱离出来"（孙知延，2000：63）。在金一叶的促成下，梁白华等人完成《玩偶之家》的译介，推动了"新女性"一词在朝鲜半岛的传播（洪世娥，2012：123—124）。总之，中日韩知识界借助"娜拉"的形象阐释建立了"新女性"认知，即具有觉醒的个性和独立的人格，勇于反抗传统道德与封建家庭束缚的女性。

"新女性"一词来自英文"New Woman"，起源于19世纪末欧洲第一波女权运动。特指受过良好教育，有工作，经济自立，在社会与家庭中都有一席之地，并由此从内到外都展现出个性化特征的女性。其核心不仅指向女性精神上的自由，还指向女性在社会经济上的自由。这是英国工业革命的直接成果之一。坪内逍遥在谈论"新女性"时也说："制造业、蒸汽机等其他动力的应用，使妇女职业增加，由此从经济自立发展到意识自觉。"（坪内逍遥，1912：43）换言之，欧洲新女性首先实现的是经济自立和独立生活能力，在此基础上实现精神自由，开始自觉自主地争取妇女社会权益的斗争。《玩偶之家》中的林丹太太一度做到了银行高管的职位，她说："我一定得工作，不然活着没意思。现在我回想我一生从来没闲过。工作是我一生唯一最大的快乐。"（易卜生著，潘家洵译，2006：69）相比娜拉，她对生活和感情无疑更有自己独立的想法和判断。但在20世纪初的中日韩知识界的视野中，思想启蒙是比妇女权益更加急迫的课题，在对该剧的解读上产生了取舍的偏重。岛村抱月认为娜拉的问题根本是个人觉醒和个性解放，易卜生要表达的是比女性社会权利更加根本的问题，即女性作为"人"的问题（岛村抱月，1912：3）。胡适也反复强调娜拉的个体独立，认为"娜拉抛弃了家庭丈夫儿女，飘然而去，只因为她觉悟了她自己也是一个人，只因为她感觉到她'无论如何，务必努力做一个人'，这便是易卜生主义"，"也是健全的个人主义的真精神"（陈惇，2009：12）。他们把娜拉作为打破封建权威话语与旧道德规范的一种隐喻，把关注视线更多地投向她"努力做一个人"的具有普遍意义的精神觉醒，对本应包含其中的"性差"以及女性经济自立这个同样重要的问题进行了淡化或弱化。

三、"娜拉"新女性话语的不同现实阐释

由于社会形势与思想背景的不同，"娜拉"的新女性话语在中日韩社会中的现实阐释和续写出现了很大差异，其焦点集中在"娜拉出走"的问题上。

（一）出走的"娜拉"与中国妇女解放运动

五四时期的中国，"娜拉"的形象"参与着五四女性的主体生成过程"，娜拉式的出走是新女性们诠释"新"的最直接的方式。"不论是在文学还是在现实中，新的女性恐怕都是在娜拉式的精神、娜拉式思索的示范下，迈出她们区别于旧女性的第一步……"即冲破"旧有的藩篱"，离家出走（孟悦，2018：51）。尤其是男性知识分子基于改造社会的心态，把娜拉的"出走"理解为是对几千年来的中国封建社会宗法制度产生巨大冲击的"现代意识"（宋剑华，2011：123）。在他们的笔下，"娜拉"甚至超越了性别，被抽象化为觉醒和反抗的符号象征，她的"出走"不仅掀起了各种改编或演绎高潮，还在一定程度上丰富了五四新文学书写的主题，推动了中国文学表现内容的现代性转型（宋剑华，2011：123）。在胡适的戏剧《终身大事》中，主人公田亚梅为反对封建家庭和包办婚姻离家出走，与恋人陈先生坐上小汽车奔往新道路。她的出走"被看作是接受了欧化教育、以西方近代原理为理论武装的新青年的反抗"，而载着两人的汽车"是载着自由恋爱和国民国家的梦轻快地开走的"，当"这样阅读时，就可以将坐汽车出走看作胡适讲述理想——取代徒有虚名的中华民国而建立真正的共和国的一种手段"（清水贤一郎，1997：12）。

但娜拉的身份毕竟是女性。原剧中，她是个已婚女性，其个人觉醒经历了父亲的女儿—反抗父权—恋爱结婚—丈夫的女儿—反抗夫权的过程。田亚梅式的未婚女性则"弑父"——逃离了父权的控制，但如果没有足

够的经济能力和社会性支持,很可能会成为依附"夫权"的"爱人的女儿"或"丈夫的女儿",她们的"出走"最终只是停留在舞台上的一个"短暂的瞬间""一个在高潮戛然而止的戏剧动作"(孟悦,2018:73),难以续写走向个人独立的篇章。鲁迅在著名的演讲《娜拉走后怎样》中指出妇女经济权的重要,同时疑虑:"在经济方面得到自由,就不是傀儡了吗?……在现在的社会里,不但女人常作男人的傀儡,就是男人和男人,女人和女人,也相互地作傀儡……"(陈惇,2009:56—57)五四运动后,随着马克思主义在中国的广泛传播,进步知识分子发现"娜拉"们如"空有反抗的热情而没有正确的政治社会思想",其出走后的结局只有两个:回归或堕落。逐步将妇女解放运动路径从提倡"个体解放"修正为"社会解放",目标是建设一个为"出走后的娜拉准备好'做一个堂堂的人'的环境"(茅盾,1988:141)。1941年郭沫若就"娜拉走后怎样"的问题给出了他的"答案":"脱离了玩偶之家的娜拉,究竟该往何处去?求得应分的学识与技能以谋生活的独立,在社会的总解放中争取妇女自身的解放;在社会的总解放中担负妇女应负的任务。"(陈惇,2009:62)现实中国的"娜拉"们最终汇入民族解放的洪流中,走出了一条具有本土特色的妇女解放道路。

(二) 日韩"娜拉"与新贤妻良母话语的汇合

日本的《玩偶之家》热潮是以自然主义作家为中心展开的。但与中国进步知识分子对"娜拉"出走普遍给予赞扬和支持不同,自然主义作家中的不少人都明确表示对"觉醒"的娜拉的不喜。曾在岛村抱月文艺协会演剧研究所担任讲师的松居松叶甚至说,最讨厌的女人中易卜生的娜拉排在第一,因为女子的觉醒固然重要,但她根本不懂社会,不分场合(福田光治,1976:234)。即便对娜拉抱有好感的作家对她的出走也多不赞同。在1908年的"易卜生"热潮中,桑木严翼写了一篇名为《关于易卜生的"娜拉"》的文章,文中提到娜拉出走的结局非常突兀、不合情理,他分析说那是因为娜拉没有经历过"自我"完成必需的"反省"这一重要过程。娜拉并不是全无思想或意识之人,只是这些问题潜存于她的意识深处,以"无意识"状态体现,在突发状况的刺激下,"无意识"

突然转换成"有意识",造成突兀感,说到底娜拉是一个"基于本能"行动的人(桑木严翼,1906:309—310)。海尔茂不受本能支配,只受外部规则支配,但与娜拉一样"均没有达到真正的理性反省的境地",因此,"两个人之间,如果没有大事发生都可保持表面上的和谐,但一旦有严肃的大事发生就难以调和,只能走向夫妻分手的悲剧结果"(桑木严翼,1906:212—213)。桑木严翼的论调与胡适的观点形成反差,前者强调娜拉自我觉醒的伦理过程,否定"出走"的自我破坏性,而后者在《终身大事》中几乎没有描述中国"娜拉"的自我意识形成过程,着重表现的是意识转换过程中产生的冲击力。

桑木严翼的论调在被调侃是"和制娜拉"的《青鞜》新女性中得到进一步阐发。1912年的"玩偶之家"特集中,多数女作家赞赏娜拉为"救出自己"离家出走的勇气,但平塚雷鸟则评价娜拉的"出走"不过是一场华丽的表演。她认为娜拉欠缺内在的反省,根本不知道真实的自己是怎样的。而要成为一个"真正的人",不是追责"既有的道德"、法律或男性,更不是抛弃丈夫和孩子,而"应该先救赎自己的内心",认识"真正的自己"(堀场清子,1991:67),达到"去私""灭我"的境地,以极致的利他心去爱丈夫和孩子(堀场清子,1991:64)。另一位女作家与谢野晶子也有类似看法。1911年她在《新女性的自觉》中评价离家出走的娜拉是"一个被一时冲动和情感所支配、采取不合情理的'反抗态度'的女性,不过是一个最旧式的普通女人",她认为娜拉根本没有走投无路到必须采取极端行动的程度,并说"换做是我,我会呆在家里,想方设法达成把自己变成一个真正的人的目的,如果丈夫是个俗物,自有不理他不管他的方法"(与谢野晶子,1911:41—47)。实际上那些赞赏娜拉出走勇气的新女性也多是在近代家庭范畴内,在自觉作为妻子、母亲的基础上给予的肯定,她们认为"出走"是对家庭中男女双方共同觉醒的呼唤,"如果家庭不幸福,社会改良、风纪矫正都是空话",而"终日与社会苦战,精疲力竭归来的勇士",只有在"充满真与美的和平的家庭中"才能真正"恢复元气"(堀场清子,1991:44—45)。换言之,《青鞜》新女性追求的不是要打破家庭与社会本身的平衡,而是通过自我觉醒过上与"天分""境遇""努力"相符的深邃快乐的生活(与谢野晶子,1911:51)。

这种生活可以在1923年日莲主义者田中智学创作的一幕剧《离开玩偶之家后》找到一些痕迹。那里的"娜拉"离家出走后发挥才能，通过努力成为一名女性飞行员翱翔蓝天。获得生活自由的她深刻反省自己丢掉了女人和妻子的天赋，为自己的离家行为深感懊悔，于是和丈夫重修良缘，成为新式"贤妻良母"。值得注意的是，尽管新女性的"娜拉"话语力图与国家、政治保持距离，但她们在天皇制家族国家框架下对女性的妻性、母性的强调，在与男性话语汇流之后，最终还是融入了日本帝国主义意识形态话语建构中，并以一种积极姿态参与其中。

在韩国，作为"娜拉"话语建构主体的男性知识分子普遍把娜拉置于殖民者（日本）和被殖民者（朝鲜）的二元项中，把娜拉的"出走"看作后者反抗殖民者的象征，在大加赞美的同时，对现实中追求恋爱婚姻自由的新女性则颇多微词。1922年启蒙主义者李光洙等人借用"男女天职论"呼唤离家出走的女性重回家庭，力呼以血缘关系维系的家族是朝鲜民族共同体的根基，要实现民族解放，首先需要朝鲜民族内部的稳定。《新女子》杂志内部在创办后不久亦出现分歧，主张女性的觉醒应在伸张女权的同时，通过建立"幸福家庭"，培养具有民族意识的下一代，积极开拓朝鲜文化一类的声音越来越响（孙知延，2000：65），并最终与男性知识分子的新贤妻良母话语合流，并汇入民族解放斗争中。

结语

《玩偶之家》在中日韩地区的传播，可以看到其内部始终保持着文化与思想上一贯的流动性。中日韩知识界都把"娜拉"套入本土的现实社会与家庭结构中去认知，把她解读成具有觉醒之精神、独立之人格的"新女性"，把她作为加强本民族言说的方法和现代性启蒙的重要话语资源，反映出以儒家道德伦理为底色的这一地区在文化上的同质性。而从反抗父权、夫权出发的新女性话语在三国最终都消失于各自国家民族主体性建构的宏大叙事语境中，其不同的现实阐释多少反映出中日韩现代性建构的不同思想和实践路径。

参考文献

[1] 森鸥外.現代緒家の小説論を読む[J].しがらみ草紙，1889（11）．

[2] 福田光治.欧米作家と日本近代文学第3卷［M］.東京：教育出版センター，1976.

[3] 陈惇等.现实主义批判——易卜生在中国［M］.南昌：江西高校出版社，2009.

[4] 陆镜若.伊蒲生之剧［J］.俳优杂志，1914（1）．

[5] 易新农，陈平原.《玩偶之家》在中国的回响［J］.中山大学学报（哲学社会科学版），1984（2）．

[6] 董晨.朝鲜半岛近代民族主体性建构中的中国文学研究——以梁建植的中国文学研究为中心［J］.中国社会科学院大学学报，2022（9）．

[7] 毛利三弥.イプセン以前：明治期の演劇近代化をめぐる問題（一）［J］.美学美術史論集，1987（6）．

[8] 萧乾.现代中国与西方［M］.郑州：大象出版社，2009.

[9] 蒋承勇.仅仅是"妇女解放"问题吗？——《玩偶之家》及"易卜生主义"考辨［J］.外国文学，2018（2）．

[10] 南コニー.『人形の家』における「人間精神の革命」について[J].女性学評論，2021（35）．

[11] 金華榮.「新しい女」をめざして：羅蕙錫と平塚らいてうとの比較を中心に[J].待兼山論叢.文学篇，2003（12）．

[12] ホンセア.韓国における『人形の家』の受容過程とその反響：1920年代~30年代を中心に[J].専修国文，2012（90）．

[13] 阿英.阿英文集［M］.香港：生活・读书・新知三联书店香港分店，1979.

[14] 坪内逍遥.所謂新しい女［M］.東京：博文館，1912.

[15] 島村抱月.抱月全集第2卷[M].東京：日本図書センター，1994.

[16] 堀場清子.青鞜の時代[M].東京：岩波書店，1988.

[17] 茅盾.从"娜拉"说起［A］.茅盾全集第16卷［M］.北京：人民文学出版社，1988.

[18] 孫知延.民族と女性 揺らぐ「新しい女」：植民地朝鮮における雑誌『新女子』を中心に[J].日本文学，2000（5）．

[19] 易卜生. 易卜生戏剧集 2 [M]. 潘家洵等, 译. 北京：人民文学出版社, 2006.

[20] 島村抱月.ノラ劇と婦人問題[J].大阪朝日新聞, 1912 年 3 月 16 日.

[21] 孟悦, 戴锦华. 浮出历史地表：现代妇女文学研究 [M]. 北京：北京大学出版社, 2018.

[22] 宋剑华. 错位的对话：论"娜拉"现象的中国言说 [J]. 文学评论, 2011（1）.

[23] 清水賢一郎.ノーラ、自動車に乗る：胡適「終身大事」を読む[J].東洋文化特集中国現代文学研究, 1997（77）.

[24] 桑木厳翼.イプセンの「ノラ」に就て[A].性格と哲学[M].東京：日高有倫堂, 1906.

[25] 堀場清子.『青鞜』女性解放論集[M].東京：岩波書店, 1991.

[26] 与謝野晶子.女性的自覚[A].一隅より[M].東京：金尾文淵堂, 1911.

世界文学视域下的日本当代文学汉译研究

——以《私小说 from left to right》为例

刘小俊[*]

摘要：当今越来越多的日本文学作品进入中文语境，从世界文学理论与视角出发，对其翻译进行研究成为一个新的课题。本文以水村美苗《私小说 from left to right》为例，以翻译伦理学为依据，从世界文学的视角出发，聚焦于文化脉络的变容，对其文体，即语言运用与语言特点、风格的翻译处理进行论述，阐明在翻译过程中，如何处理文体直接关系到文化脉络是否变容的问题。本研究旨在揭示当今日本文学翻译研究中文体翻译研究的重要性，使日本文学翻译研究更加多元化。

关键词：日本当代文学；翻译；文体

The Chinese Translation of Contemporary Japanese Literature in the Context of World Literature

—A Case Study of *SHISYOSETU from left to right*

Liu Xiaojun

Abstract: In recent time, an increasing number of Japanese literary works have gained recognition in the Chinese discourse. Consequently, analyzing their translation through the lens of world literature theory has emerged as a vital and novel area of study. This paper centers on *SHISYOSETU from left to right* by Mi-

---

[*] 刘小俊，文学博士，京都女子大学文学部教授，研究方向为日本古典文学、日中文学翻译。

zumura Minae as a case study, employing the ethical principles of translation and adopting a world literature perspective. It primarily focuses on the transformation of cultural contexts and deliberates on strategies to navigate its literary style during the translation process. Emphasis is placed on elucidating that the handling of literary style significantly influences the accommodation of cultural contexts in translation. The objective is to underscore the relevance of stylistic translation studies in contemporary Japanese literary translation research, fostering a more diverse and contemporary approach aligned with the current times.

Keywords: contemporary Japanese literature, translation, literary style

引言

文学传播需要翻译作为媒介。一部文学作品要走出其创作国度，超越源语文化，被不同国度、不同文化的读者阅读、接受，同样离不开翻译。因此，翻译研究亦是世界文学研究的一部分。实际上，达姆罗什的《什么是世界文学?》一书中，有相当大的篇幅是有关翻译的研究。当今，越来越多的日本文学作品被译介到我国，并获得了很大数量的读者。故而，日本文学翻译也应当超越日本文学的范畴，从世界文学的视域出发进行探讨、研究。

一、世界文学与日本的日本文学研究及创作

自 19 世纪中叶歌德提出"世界文学"这一概念以来，一个多世纪以来，人们对这个概念作了种种诠释，直到 21 世纪美国学者达姆罗什在 2003 年出版的《什么是世界文学?》一书中，才对"世界文学"作了明确的定义。他认为文学作品通过两个步骤成为世界文学的一员：首先被当作文学来阅读；其次，从原有的语言与文化流通到另一个更广阔的世界中（达姆罗什，2014：7）。他还从世界、文本、读者三个方面对世界文学作了明确的定义。其一，世界文学是民族文学间的椭圆形折射。源文化和主

体提供了两个焦点，生成了这个椭圆形空间，其中，任何一部作为世界文学而存在的作品，都与两种不同的文化紧密联系，而不是由任何一方单独决定。其二，世界文学是从翻译中获益的文学。在翻译中受损的文学，通常局限于本民族或本地区的传统内；而在翻译中获益的作品，则进入世界文学的范畴。其三，世界文学不是指一整套经典文本，而是指一种阅读模式——以超然的态度进入与我们自身时空不同的世界的形式（达姆罗什，2014：309—318）。鉴于第二点，达姆罗什强调世界文学的研究应当更积极地包容翻译。尽管达姆罗什的世界文学理论一直以来都受到质疑，比如同为美国学者的艾米丽·阿普特在《反对世界文学：论不可译的政治性》中从不可译性出发，反对达姆罗什提倡的世界文学的单一化，并对其夸大翻译的作用提出了质疑。但是，另一方面达姆罗什的理论给予了世界文学明确的定义，被广泛接受并使世界文学的话题及研究在各国备受关注也是不争的事实。

  受上述学术大环境的影响，日本国内的日本文学研究中"世界文学"也成为一个关注点和关键词，出现了诸多"作为世界文学的××"以及相关论著。笔者所见最新的一本是 2022 年由法藏馆出版的《作为世界文学的方丈记》，作者是一位印度学者。但是，对于"世界"这个概念，一些日本学者保持着清醒的认识，比如秋草俊一郎就明确指出当今的所谓世界已经和明治时代不同，不再指西方，实际上越来越多的是指英语圈（秋草俊一郎，2020：368）。上文提到的《作为世界文学的方丈记》，论述的就是 19 世纪末到 20 世纪初《方丈记》在英美的传播。此外，日本国际交流基金有一个日本文学翻译作品数据库，收录了日本文学作品的外语译作数据约 36000 件。在检索上输入《万叶集》、英语两个关键词，可获得 20 种 1960—1991 年的英译本信息。但把英语改成汉语，得到的则是"无匹配"这样的结果。实际上，1959 年日本学术振兴会就已经在日本出版了钱稻孙的《万叶集汉译》选译本，1984 年湖南人民出版社出版了杨烈的全译本。而这些数据都没有被收录在日本国际交流基金的日本文学翻译作品数据库中，而且，之后至少有 10 种《万叶集》的全译或选译本在我国出版发行。上述例子都可说明"英语"在世界文学及日本世界文学研究中所处的主导地位。

那么，英语占主导地位的世界文学对日本作家的创作又产生了怎样的影响？水村美苗2008年出版了《日语灭亡之时：在英语的世纪中》，谈了自己对当今世界文坛的认识及创作心得，明确指出了"世界的"即"英语的"这一现象给非英语作家的创作带来的影响。她指出不知从何时起英语成了世界通用语。身处地球各个角落的双语人才不仅自己看英语文学作品，还将它们翻译成自己的母语。于是，英语文学作品不仅通过原文，还通过翻译，宛如女王般君临世界文坛，由此产生了英语文学作品与非英语文学作品的不对等关系（水村美苗，2008：83—86）。在谈到什么样的作品会被翻译成英语，从而得以被英语作家或英语国家读者所了解时，水村美苗的见解更加敏锐，一语中的。她认为只有那些无论是从主题上还是从文体上，都容易被翻译成英语的作品才会被自然而然地选中，其中包括一些用英语容易理解的异国情调（水村美苗，2008：88）。由麻省理工学院媒体实验室绘制的图书翻译全球语言网络图显示，就国际翻译市场而言，从2010年到2020年，国际上流通的翻译书籍中，原著是英语的书籍占40%以上，而翻译成英语的非英语书籍只有3%，如果是文艺类的作品则少之又少（The Global Language Network，2023）。也就是说，在非英语文学的浩瀚海洋中，仅有几朵浪花可以被世界认识。在这样一种情况下，一个非英语作家如果志在使自己的作品成为世界文学，势必要在主题、文体等方面做出相应的努力。或者，如水村美苗那样做出完全相反的举动，用自己的文学对抗世界文学中存在的英语与非英语的不对等性。

如上所述，世界文学对日本的日本文学研究以及文学创作已经产生了一定影响。并且，越来越多的日本文学作品被译介到海外，步入世界文学的行列。因此，就我国的日本文学翻译研究而言，从世界文学视域出发研究日本文学翻译便成为一个重要的新课题。

二、世界文学视域与文体及文化脉络

世界文学视域下的日本文学汉译研究有什么特点，应该侧重于哪个方面的研究？这一问题与成为世界文学的作品的特质密不可分。世界文学是跨文化的文学，是被翻译成外语，在外国传播并被接受的文学，是在两种文化的结合中产生的。基于这一特征，外国读者难免从自身文化、文学价值观以及文学审美出发对其进行阅读，并将自身价值观带入阅读中。因此，世界文学在传播过程中往往会发生改观，特别是文化内涵或文化脉络的改观。这种改观包括两个方面，一个是在译介过程中发生的，另一个是读者在阅读过程中产生的。前者是翻译研究的范畴，而后者则是接受研究的范畴。所以，世界文学视域下的翻译研究应当侧重于翻译过程中文化脉络是否改观的研究。文化脉络包括很多方面，有内隐的或外显的。就文学作品而言，作品内涵的文化传统、价值观以及各种民族传统观念应属于内隐的，而作品的文体即作者的语言运用、语言风格以及文笔特点则可算是外显的。本文要论述的正是文体这一外显文化脉络。

　　为什么说文体可以看作文学作品的文化脉络？文学作品是时代的产物，不同时代的文化背景必然影响到作家的语言运用，从而影响到作品的文体。具体到作为个体的作家而言，每位作家的文体都与他们自身的文学喜好、文化素养有着密不可分的关系。如在我国拥有广大读者的村上春树，青少年时期就热衷于美国文化，喜欢美国文学、爵士乐。他曾多次谈到美国文学对他的影响。由于自幼父亲要求他学习日本古典文学，反而促使他热爱上了外国文学（村上春树，2023：402），上高中时便开始阅读英文原著，大学时代更是爱不释手，甚至开始自己翻译小说（村上春树，2016：56）。对其文学创作产生影响的是五位美国作家：斯科特·菲茨杰拉德、杜鲁门·卡波特、理查德·布劳提根、卡尔特·冯内古特、雷蒙德·钱德勒，其中布劳提根和冯内古特更对其文体产生了直接影响（柴田元幸，2004：259—286）。正因为有这样的文化底蕴，为了摆脱日本现代文学的束缚，创造出一种新文体，他才能在创作《且听风吟》时，尝试用英语写了作品的开头，从而形成了独特的文体——语言简明平实、直接且口语化、富于节奏感，且略带英语趣味。这种文体体现了村上春树作为作家的文化背景，也形成了作品的文化脉络。

　　再以下文将要论述的《私小说 from left to right》为例，这是一部用日语和英语创作的双语小说，也是日本第一部双语小说。众所周知，在日本出版的小说至今都采用竖写形式，从右到左。而这部小说因为是日英双语，所以需要由左到右横着写，书名中的 from left to right 便源于此。作者水村美苗谈及这部小说的创作动机时提道,之所以选用日英双语文体,是为了揭示国际文坛上英语与非英语的不对等性这一事实,彰显日语这一语言不可复制的物质性(水村美苗,2008:92—93)。但通过阅读这部小说,我们还会发现其创作动机不止于这些,在日美两种文化的碰撞中,她更热爱母国文化,对日语以及日本文学的热爱,也是她选择这种文体的动机之一。这种文体是其文化身份归属的体现,是她在两种文化夹缝中的生存状态的体现,也是其强烈的文化主张,更是这部作品重要的文化脉络。

三、翻译过程中的文体处理与文化脉络的改观

既然文体可以看作文学作品的文化脉络,那么,如果在翻译过程中不能妥善处理文体,势必引发文化脉络的改观。下面以水村美苗《私小说 from left to right》为例,对这一问题进行论述。

水村美苗1951年出生于东京,12岁时因父亲的工作关系举家移居纽约,并在那里度过了青少年时代。她曾就读于耶鲁大学研究生院博士课程,专修法国文学。博士毕业后一度回到日本,后又返回美国,先后在普林斯顿大学、密歇根大学、斯坦福大学任教,教授日本近代文学。1990年,她模仿夏目漱石独特的文体创作了夏目漱石未完成的《明暗》之《续明暗》,获艺术选奖新人奖。1995年创作的《私小说 from left to right》,获野间文学新人奖。2002年的《本格小说》获读卖文学奖。2008年出版的《日语灭亡之时——在英语的世纪中》获小林秀雄奖,体现了她作为评论家的一面。从这些奖项中也可以看出她可谓是一名优秀作家,而且是一名无论是生活上还是文化上都与美国有着千丝万缕、密不可分关系的作家。但是,就是这样一位作家却写出了与在世界文学中处于主导地位的英语文学进行抗争的作品。

《私小说 from left to right》单行本于1995年9月由新潮社出版,它的创作时间和出版时间都早于达姆罗什的《什么是世界文学?》,这从一个侧面印证了至少在20世纪90年代甚至更早,英语与非英语的不对等关系就已经存在于国际文坛,达姆罗什的世界文学理论及其影响只是更加彰显了这一事实。这部小说描写了主人公在美国的生活,可以说是作者青少年

时代的自传，甚至主人公的名字都与作者相近，名叫美村美苗。小说从一个雪天里，一对姐妹日英混杂的对话开始。主人公是一位博士研究生，20年前12岁时来到美国。开始因为语言障碍，她无法适应学校生活，难以融入当地文化，在阅读日本近代文学中度过了少女时代。长大以后，一方面仍无法完全融入美国社会，另一方面又对已离开20年的祖国日本感到陌生，在是去是留中犹豫不决。美苗的姐姐美奈是一位雕刻家，与美苗相反，她做出种种努力，想成为一名真正的美国人，但最终仍然显得不伦不类。小说描写了身处异国，两姐妹在两种文化碰撞中的徘徊与孤独。

这部小说文体最大的特点也是它的灵魂，即日英文混杂的双语文体，日语的分量大于英语。具体有以下几种形式。一是英语和日语重复表达相同的意思，英语用斜体，如作品开篇有这样的描写：

Do I hear a siren ? Yes , I hear a siren——聞こえるわ、聞こえるわ、*I hear a siren from in the distance*⋯

（中略）

Must be a car accident——車の事故に違いない。（水村美苗，2004：5—6）

二是日语和英语之间流畅衔接，与前一种相同，英语同样用斜体，引文如下：

ああでも月日は実に容赦なくたってしまい、私はあれからもうとって返すことのかなわぬ現実の時間を生きてしまった。 *And what have I learned from all these years I've spent living in my own shadow?*（水村美苗，2004：13）

三是对话。一种是与姐姐交谈时的日英语混杂的对话，另一种是与外国人的英语对话以及对话中加一些日语描述，英语不用斜体。以下列举的是听说美苗要写小说时，她的法国博士导师与她之间的一段对话：

—OH？

　　少し驚いたような声である。このOh？という言い方もアメリカ人とはちがう。

　　—I want to do some creative writing…like writing novels.

　　—Novels？

　　眉をひそめた様子を声で伝えている。

　　—Yes.

　　私は答えたあと、つけ加えた。

　　—In Japanese.（水村美苗，2004：380—381）

　　《私小说 from left to right》这部小说为日本文学翻译研究提供了一个很好的研究范例，也给译者出了一个难题。因为要翻译这部作品，首先必须解决如何处理文体这一问题。如果按照惯例，为了使译文符合我国的文化土壤及文学审美，更为了尊重我国读者的阅读习惯，这部小说势必会被全部翻译成汉语。单从语言的意思讲，扩展开来就是从小说的故事情节、内容上讲，这样的译文并没有违背翻译必须遵守的"信"的原则，因为它将原文所表达的意思准确地翻译成了汉语，甚至比原文的语言运用更具有文学性。但是，就作品的文化脉络而言，这样的翻译方法将原作的外显文化脉络，即文体改变得面目全非。从这个意义上讲，这种翻译方式或许可以做到"达、雅"，却违背了"信"的原则，也违背了作者的心愿。前文提到，作者水村美苗之所以选择双语文体，是为了揭示国际文坛上英语与非英语的不对等性，是作者的文化主张。作者认为当今世界无论是哪个国家，只要读过书的人都能看懂一些英语。这部小说可以翻译成任何一种语言，唯独不能翻译成英语。因为，一旦译成英语，它就不再是双语。她希望通过这种唯一的不可能，揭示当今世界上存在的语言间的不平等（水村美苗，2008：92—93）。也就是说，作者希望通过这种文体向世界展示，这个世界上不仅有用英语创作的文学，还有用其他语言创作的文学。这也是说这种文体是一种文化主张的原因所在。但在将其翻译成汉语的过程中，作品有可能不再是《私小说 from left to right》，而是《私小说：从左到右》，丧失作品的外显文化脉络。其结果正如达姆罗什在《什么是世界文学?》中对某些翻译的批评那样——我们得到一部世界文学作品，却失去了作者的灵魂（达姆罗什，2014：41）。

四、翻译伦理与文体处理及文化脉络的传递

当今世界是一个全球化、信息化的社会，也是教育程度不断提高的社会。即使不出国门也可以对外国的国情、社会、文化等有相当程度的了解。所以，在翻译当代文学作品时，只要把握原文意思，忠实地、准确无误地将其翻译成汉语，就可以将包含在文学作品中的文化内涵，即它的内在文化脉络比较准确地传递给读者，一般情况下不会发生文化脉络改观的现象，也无须做什么注释。但文体即作品的外显文化脉络则不同。因为，如前所述，即使同一国家的作者，因为作家个人文学观、文化背景等的不同，使他们在语言运用上选择了适合自己或自己喜好的方式，形成了各自不同的文体。所以，从文化脉络的角度看，在翻译中如何处理文体在某种程度上比译文是否准确更为重要。

但是，在翻译过程中如何处理文体以正确传递原作的外显文化脉络，这并不是一件简单的事情。它不仅关系到译者对原文的理解程度及自身文学修养和语言运用能力，也关系到对创作背景及作家的全面了解，更是翻译策略及翻译伦理层面的问题。翻译首先要遵循"信"的原则，要求忠实于原作，而忠实本身就是一个伦理层面的问题。翻译伦理学是翻译理论中的一个较新的成员，20世纪80年代中期由法国翻译家、翻译理论家安托瓦纳·贝尔曼首次提出。1984年贝尔曼出版《异域的考验——德国浪漫主义时期的文化与翻译》，指出翻译伦理学是指在理论层面上提取、确认并维护翻译之所以为翻译的"纯粹性目的"的学科（安托瓦纳·贝尔曼，2021：7）。1985年贝尔曼又出版了《翻译与文字——远方的客栈》，对翻译伦理学进行了更加深入、详细的专门论述。他认为传统的翻译体系是一个偏离、扭曲原文的体系，导致这一体系形成的原因在于本民族中心主义翻译及超文本翻译。伦理性翻译可以纠正这一传统体系，而伦理性行为体现在将"他者"作为"他者"本身予以承认、接纳这一行为上（安托瓦纳·贝尔曼，2014：90）。刘云虹将贝尔曼的翻译理论总结为"尊重

他异性的翻译伦理"（刘云虹，2023：84）。

所谓本民族中心主义翻译就是按照本民族的价值观、审美观翻译外国文学作品，从而忽略了作品作为"他者"的他异性。这样的翻译往往文体典雅，辞藻华丽，读起来通顺流畅，符合本国读者的阅读习惯及阅读审美，但实际上扭曲了原作的文化脉络。严复的"信达雅"翻译理论对我国翻译界产生了深远的影响，笔者对这一理论没有任何非议，但"雅"的度很难把握，为"雅"而"雅"会忽视对原作文体的忠实。而且，严复的翻译理论从提出距今已有百年之久，有其当时的历史、社会及文化背景。如今，我们是否应该重新思考和定义21世纪的"雅"。进一步讲，长期以来翻译界也存在着一种难以否认的现象，就是对"雅"的误解。王宏志指出雅即所以为达，而为达又是即所以为信，那么，为雅也就是即所以为信了（王宏志，2007：93）。这可以理解为追求"达"与"雅"并非单纯为了使译文看起来典雅优美，而是为了更有效地忠实于原作。鉴于以上论述，笔者认为就翻译策略而言，在处理文体这一问题上，很难做到异化与归化的兼容，而应当采取异化翻译策略，即尊重他者、最大限度地忠实于原作文体。原作的语言是平实无华的，译文就不应是高雅华丽的。原作是双语的，译文就应保持这一双语文体。因此，如果将《私小说 from left to right》这部作品翻译成汉语，日语部分翻译成汉语，而英语部分则不做翻译，保留英语原文，只有这样才能使原作的外显文化脉络不发生改观，才能使作者的文化主张得以实现。这样的翻译虽然不符合我国读者的阅读习惯，甚至有可能失去一部分读者，却保留了原作的文体，从而在翻译过程中最大限度地保护了原作的外显文化脉络，是伦理性翻译行为的结果。

结语

《私小说 from left to right》虽然是一个特例，但绝非个例。如前所述，即使处于同一个时代、社会、文化背景下，由于作家个体不同的文化背景、文学修养，每个作家的文体都具有属于自己的特点。正如森鸥外与夏目漱石各有自己的独特文体一样，村上春树的文体也与大江健三郎的文体不同。如果把《私小说 from left to right》全部翻译成汉语，便破坏了它的外显文化脉络，呈现给读者的便不再是《私小说 from left to right》的真实模样。那么，如果把属于村上春树的简明平实、富于节奏感的口语文体翻译得如同森鸥外的雅文体小说一般，同样也会使它的外显文化脉络发生改观。由此可见，《私小说 from left to right》的文体虽然独特，却揭示了世界文学视域下日本当代文学翻译研究中文体研究的重要性，也给日本文学汉译研究提出了一个新的课题。当然，这里还存在着读者接受及市场需求等问题。如何做到既能使译文贴近原作的文体，尽可能不使其外显文化脉络发生改观，又能顾及读者的阅读习惯以及市场需求，也是摆在译者和研究者面前的一个重要问题。

参考文献

［1］大卫·丹穆若什. 什么是世界文学？［M］. 查明建，宋明炜等，译. 北京：北京大学出版社，2014.

［2］秋草俊一郎.「世界文学」はつくられる1827—2020［M］.東京：東京大学出版会，2020.

［3］水村美苗. 日本語が亡びるとき——英語の世紀の中で［M］.東京：筑摩書房，2008.

［4］哥伦比亚大学. The Global Language Network［Z］. blogs.cornell.edu.2023.

［5］村上春树,柴田元幸. 本当の翻訳の話［M］.東京：新潮社,2023.

［6］村上春树,柴田元幸. 翻訳夜話［M］.東京：文春新書,2016.

［7］柴田元幸. ナイン？インタビューズ 柴田元幸と9人の作家たち［M］.東京：アルク出版,2004.

［8］水村美苗.私小說 from left to right［M］.東京：新潮社,2004.

［9］安托瓦纳·贝尔曼. 异域的考验——德国浪漫主义时期的文化与翻译［M］. 章文，译. 北京：生活·读书·新知三联书店，2021.

［10］アントワーヌ·ベルマン，藤田省一.翻訳の倫理学：彼方のものを迎える文字［M］.京都：晃洋書房,2014.

［11］刘云虹. 翻译价值观与翻译批评伦理途径的建构——贝尔曼、韦努蒂、皮姆翻译伦理思想辨析［J］. 中国外语，2023（5）.

［12］王宏志. 重释"信、达、雅"——20世纪中国翻译研究［M］. 北京：清华大学出版社，2007.

大江健三郎文学的"檃栝"特征[*]

雷晓敏[**]

摘要：大江健三郎的小说自成一家，具有独特的风格，也可以称为"大江式"。檃栝原意是矫正曲木的工具，由原意引申出标准、规范、矫正、修正、审度、查核、概括等多重含义，是人文学思想中的一个重要学术理论。从"檃栝"的角度出发，可以看出大江作品的三个特点：其一，大江文学的"范式"是"檃栝"，即他的小说有其固定元素，并不断修正与完善，成为大江小说的永恒主题之一；其二，大江文学的"防范"意识，即大江的每一部作品都在突破自己的固有思维模式，努力创新；其三，大江文学的"通化"，即在"范式"与"防范"之外的第三种选择，即文学的"通化"，大江的小说具有化解性，成就新的生成的特点。

关键词：大江健三郎；"檃栝"；"通化"

Yin Kuo of Oe Kenzaburo's Literature

Lei Xiaomin

Abstract：Oe Kenzaburo's novels are a family of their own, with his unique style. It can also be called "Da Jiang style". The original meaning of Yin Kuo is a tool to correct the curving tree, and it is an important academic theory

---

[*] 本文为广东外语外贸大学外国文学文化研究院 2023 年度标志性成果培植项目"文学通化理论的跨学科研究"（项目编号：23BZCG03）的阶段性成果。

[**] 雷晓敏，文学博士，广东外语外贸大学外国文学文化研究院专职研究员、教授，研究方向为中外比较文学、人文学、文学通化论。

in the humanities to extend the multiple meanings of standard, norm, correction, amendment, review, check, and generalization from the original meaning. From the perspective of "Yin Kuo trichosanthes", we can see three characteristics of Da Jiang's works: first, the "paradigm" of Da Jiang's literature is "Yin Kuo trichosanthes". That is to say, his novels have their fixed elements, and constantly revised and improved, become one of the eternal themes in Da Jiang's novels. Second, the "guard" consciousness of Dajiang literature. Each of Dajiang's works is breaking through its own inherent thinking mode and striving to be innovative. Third, the "Tonghua" of Dajiang literature. The third alternative to "paradigm" and "prevention" is the "Tonghua" of literature. Dajiang's novels have the characteristics of dissolving and achieving new generation.

Keywords: Oe Kenzaburo, Yin Kuo, Tonghua

引言

小说创作"范式"五花八门，独树其帜的作家都创造着各自的范式。因此文学创作的范式一般都指某种写作的模式或风格。具体而言，就是作家会在长期的创作实践中给自己塑造的人物、故事、感情、伦理或价值"定规矩、出规略、立规范"（栾栋，2021）。可以说，每一个成名作家都有自己的"范式"。大江健三郎也不例外。他的范式可以归纳为三种特点。首先，檃栝之修正，也可以说是"先锋小说"的显著特征。大江通过新的价值取向与传统伦理道德观念碰撞、决裂的手法演绎小说。比如，对日本强权教育之"服从"或"不从"、面对儿子大江光的残疾、《冲绳札记》的诉讼、兄长"吾良"的自杀、福岛核事故等个人突发事件与社会现实问题。大江坚持小说创作的独立思考并坚定地做出合乎"本意"的决定。其次，人本主义的创造轨迹。其小说透视了在"两难"的矛盾中，肩负起"人"的担当与责任。大江先后创作出了结果迥异的两个版本的作品，比如小说《空中的怪物 Agui》（1964）与《个人的体验》（1964）等，而在现实生活中，大江选择了责任与担当。最后，"挽回无法挽回",即"永不言弃"。大江小说另一个突出的特色,是对未来持有"意志乐观主义"的精神追求,比如其作品《两百年的孩子》(2007)与《晚年样式集》(2013)。大江还是一位具有"防范"意识的作家。他在撰写小说时,无论是人物的塑造、叙事的铺陈,还是情节的起伏、时空的转换,都在不断地突破自我,构造超凡的想象世界。那么,大江是如何做到既有自己的"范式",又具有强烈的"防范"意识,不断地突破创作惰性以及思维局限的呢?笔者认为,大江小说明显具有文学的通化意识。具体而言,就是化感通变地入之"范式",又出之"范式",不故步自封是他的"防范",亦是他的"通化"。

一、大江小说的"櫽栝"范式

研究大江小说的范式问题,笔者提出"櫽栝"的观点。这里的"櫽栝",指其作品的人物形成有一个发展过程,并且是不断矫正"自我"的新的"生成"。概括地讲,就是不断突破,不断出新。比如,残疾儿"阿亮"在大江不同的小说中,呈现出发展变化的形态,从弱小的、被保护的人,成长为独立的、保护他人的人。如果说"阿亮"是大江笔下的永恒主题之一,那么这个固定的存在是不断成长的、不变中永恒变化的"亮点"。阅读大江作品群,我们可以了解到这样一个现象,那就是在小说《空中的怪物 Agui》之后,"阿亮"成了大江小说的灵魂人物之一,无论是《个人的体验》,还是《静静的生活》《两百年的孩子》《晚年样式集》中都有"阿亮"的频频亮相。如何让一个故事人物长存于不同的文本中,大江的写作与巴尔扎克的做法"同中有异"。巴尔扎克将同名之人作为同一人物安排在不同的小说里,大江小说中的"阿亮"则是不同的、发展变化的、不断生成的"新"的存在。由此,我们可以看出大江小说的范式是"櫽栝"的,即不断修正"自我",直面问题,并长久地与之共存。

首先,不得不提的就是"阿亮"的诞生。大江在小说《空中的怪物 Agui》中讲述了一个面对头部畸形新生儿的年轻父亲的故事。故事中的父亲音乐家 D 与《个人的体验》中的主人公"鸟"选择了不同的对待头部畸形新生儿的态度。《空中的怪物 Agui》中的父亲音乐家 D 因为放任婴儿死亡而背负了无法承受的沉重枷锁。《个人的体验》中的"鸟"选择了与婴儿共生。这两部小说是大江面对儿子"光"的出生，做出的两种选择。不同的选择得到了不同的结果。《空中的怪物 Agui》是短暂的解脱，换来了无法承受的精神重压。最终，主人公音乐家 D 在恍惚中奔向了疾驰而来的大卡车。《个人的体验》中的主人公"鸟"因为选择了接纳婴儿，开启了与之共生的一生。大江在《空中的怪物 Agui》中的文学想象力是其对人生困境的一种假设，而《个人的体验》中的主人公"鸟"是其现实选择。笔者认为，《空中的怪物 Agui》是大江的一种具有试验性质的初步解决问题的思路，而《个人的体验》则是大江在现实生活中的最终选择。

"阿亮"作为大江的长子，他来到大江身边，不仅在生活中如影随形，而且是大江小说中不可或缺的主要人物之一，开启了大江文学的"檗梧"范式。在《静静的生活》中，女大学生"小球"在思考选择结婚对象时，需要对方能够接纳残障哥哥"义么"这一要求背后，突出了当代日本女性的责任与担当。父母终会衰老，甚至死亡。而自己作为妹妹，理应承担起照顾不能独自生活的哥哥的责任。"义么"不仅是大江的责任，亦成为女儿的责任。这篇小说表达了大江与女儿两代人照顾"阿亮"的接力赛。由此可知，勇敢地面对自己的责任是大江的人生态度，也是大江小说的"檗梧"范式。如果说"阿亮"是大江人生的必修课题，"檗梧"则是大江小说的内在底色。

步入老年的大江开始思考为孩子们创作一部小说。他撰写了《两百年的孩子》，智障的哥哥"真木"与妹妹"明"、弟弟"朔儿"的三人组合，借助"时间旅行器"往返于 1864 年与 2064 年。为什么大江会写这样的小说？笔者的思考是作者寄希望于孩子们了解历史中的具体事件，在未来的人生中能够做到直面暗淡的前景，甚至能够创造未来。在这部小说中，"阿亮"化身为"真木"，又一次出现在小说中，并展现了作为长兄的责任与担当。在《晚年样式集》中，主人公"我"为了藏匿儿子"阿亮"，以躲避放射性物质而走投无路时，"阿亮"在"我"的耳边悄声说："放心吧，放心吧，因为阿桂会来救我们的呀！"（大江健三郎，2023：5）不仅如此，在"我"被绝望所笼罩，难抑悲伤而哭泣时，儿子"阿亮"安慰道："放心吧！放心吧！因为是梦，因为正在做梦！所有的一切，完全不可怕！因为是梦！"（大江健三郎，2023：13）此时的"阿亮"已经成为"我"的守护神，他已经由"被保护者"变成了"保护者"。

在大江一生的小说中，"阿亮"是不容忽视的存在，他是作者的牵挂，也是作者"檃栝"范式的证据。这个范式的作用就是"修正"，它是发展变化的、成长的人物形象。我们从大江系列作品中看到了"阿亮"的变化，看到了他的成长轨迹，他成为了不起的音乐家，谱出了许多音乐作品。大江从一位"导演"的视角，以"檃栝"的范式，完成了不变之变。

其次，大江小说具有启智的写作目的。其创作思路是"介入"，无论是个人的真实事件，还是日本社会的突发事件。对于这些映入眼帘的"变"，大江的应对态度是"直面"。小说《空翻》就是他思考日本人灵魂与精神之作。20世纪90年代，日本社会中出现了奥姆真理教这个以年轻人为主体的新兴"宗教"。大江意识到灵魂与精神问题成为当代日本社会的重要问题之一，尤其年轻人更需要对各种宗教问题保持清醒认识。在日本经济高速发展的背景下，日本人的灵魂无法得到安放。《空翻》的写作就是大江对日本人精神追求的一种启智行为。90年代中期以来的日本，由于经济发展停滞，拥有较高水平文化的年轻人感受到了一种前所未有的危机感。日本人需要一种心理寄托，需要一种精神的安全感。那种能够满足日本人解决精神危机的小团体给日本年轻人提供了一定程度的所谓安全感。那种满足人的精神需求的小团体就是日本奥姆真理教以及其他五花八门的各种新兴"宗教"组织。大江在《空翻》中向读者展现的那个"宗教"团体，便是日本林林总总的"宗教"组织的一个缩影。在《空翻》中，作者运用丰富的想象力，以虚构与真实相结合的手法对这种复杂的社会现象进行全面而深刻的分析，指出这种反人类、反社会的邪教活动只能是原地翻跟头的瞎折腾。文学作品的内容反映了特定时代的某一个特点。《空翻》在一定程度上起到了对日本人的精神启智与解惑的功能。读者的阅读是一种参与、一种对话，也是思考并解决灵魂问题的过程。

最后，"挽回无法挽回"。如何"挽回无法挽回"，只有担当与负责。即使身在绝望中，依然不放弃，并努力寻找希望。大江在《定义集》中写过一篇《挽回无法挽回之事》的文章，在这篇文章中，大江表达了自己"为了无论如何也要挽回的、无论如何也无法挽回之事"。在面对儿子大江光时,大江悲观地认为无论如何也无法挽回,而他的妻子则一直为了无论如何也要挽回而努力(大江健三郎,2015:178)。由此可知,大江夫妇在面对个人事件时所持有的态度。人生无常,许多事是突发的,甚至是人力无法改变的。但是,人的意志是不能被打倒的。也正是由于大江妻子的坚持,他们后来发现大江光听力超常,便将他引向音乐领域。大江光在长年的努力下,居然制作出了小小的乐曲(大江健三郎,2015:178)。这是一个奇迹,也是大江夫妇在绝望中坚持的结果。在绝望中选择放弃是痛苦的,也是无可奈何的。但大江夫妇的坚持,令绝望中的他们在黑暗中找到了坚持努力的方向,正如萨义德在面对错综复杂的社会问题时,始终坚持"意志乐观主义",萨义德的精神亦深深地影响了大江。

二、大江的"防范"意识

大江小说盘根错节,意象变幻莫测。每一部作品都充满了变数。大江小说的一个特点就是广泛地引用各类书籍。他引用作品的目的是与天地机缘磋商,似有范而无范。不是櫽栝求范,而是范本身被櫽栝思维榜檠(栾栋,2021)。从"防范"的角度思考问题时,我们会想到老子"超范"的思维表现在神龙见首不见尾,而庄子对范式的超越则表现为对儒学范式的警惕。大江在文学创作时亦具有"防范"意识,其创作手法充满了"超范"思维。

首先是对"私小说"的"防范"。日本的"私小说"是作家对身边事物的真实描述,不夹杂任何虚构成分。大江小说是私小说还是非私小说,没有定论。之所以会没有定论,从一个角度说明,大江小说有私小说的特点。但是,明确将之归为私小说,又是不准确的。大江小说是对日本私小说的"超范"。具体而言,就是大江小说是真实与虚构的兼容并包。其小说有真实的原型,也有丰富的想象力。比如,小说《水死》就是一部虚构与真实相结合的作品,大江在真实性和虚构性二者之间寻找平衡。《水死》的主人公"我"一直苦苦寻求父亲"水死"的真相而不得。知晓真相的母亲却保持缄默,直到父亲的弟子"大黄"出现,才了解到大黄口中的真相。但是，母亲的含糊其词与大黄的解释相差甚远，"我"难以查询到父亲"水死"的真实情况，并在这种困境中徘徊。大江的《水死》是虚构与真实相结合的作品。作者为增加真实性，加入了"鬈发子"的女性视角去表现真实。但是，在探索历史真相方面，作者的主体身份成为无法回避的现实问题。因此，真实与虚构成为《水死》不得不反复甄别的存在。重读的方法是作者追求真实性的表现，而特有的"时间装置"与"人物发话装置"又超越了时空的真实性。因此，笔者认为，小说《水死》是虚构和真实的完美融合。从其虚构性的角度讲，大江小说是非私小说，甚至是对私小说的一种解构。

其次是对日本强权教育顺从的"防范"。身为日本人，大江文学无法回避日本的国际形象问题。面对"暧昧的日本"，大江做出了自己的"防范"。"范"的藩篱是底线，是保护自己的一道防线。许多日本作家都守住底线，不敢越雷池一步。但是，大江却置自己的生死于不顾，屡屡触底。这是一个有良知的日本知识分子的责任与担当。《冲绳札记》（1970）就是一部竭力真实，而触碰到一些日本人的禁忌之作。大江被起诉的内容是其在《冲绳札记》中围绕日本军队强制渡嘉岛民众"集体自决"而展开论述的那部分内容。具体而言，就是大江对"官军民等共生共死"方针的思考（大江健三郎，2015：178）。为此，大江经历了长达数年"被起诉"的无妄之灾。

最后是对日本政府修宪的"防范"。日本和平宪法第九条中关于"放弃战争"的誓言，屡屡受到各种不确定因素的干扰。为了坚守和平，2004年加藤周一、大江等九位平均年龄76岁的老人联合创立"九条会"，以抵制一切变相的"修宪"行为。2014年，大江又以作家的敏锐一语道破，安倍政府提出的"积极和平主义"就是"消极战争主义"。对日本宪法第九条的守护是大江一生的追求。也正是因为大江以及所有坚守宪法第九条的日本人的不懈努力，"九条会"已经成为规模庞大，且长期持续的社会活动，让当代日本人在迷茫中看到了一些微弱的希望。

大江的作品是日本的时代精神命题。他对日本政治问题的"介入"，他对福岛核电问题的"发声"都是对日本未来的关切。如果说"君子不器"，那么大江就是一位心怀天下，不断地超越自己的作家。在文学创作中，他积极从世界各国作家的各种作品中汲取养分，不断蓄能，终于成为一位"自成大器"的日本作家。以上三点就是大江文学"防范"意识的具体体现。

三、大江小说的通化

大江小说的通化指其小说创作对"范式"的化解。人文化成天下，化感通变小说的疆域，通化性的发生学是普遍联系的创作之路（栾栋，2021）。对于大江文学的通化可以概括为对历史的回溯、对突发事件的顺收、对未来的化境。

首先就是"变通感化"的逆取，即回溯日本文学与文化遥远的源头。大江小说的通化特点之一，就是对日本历史中的一些具体问题的追根溯源。大江在小说《万延元年 Football》中，多角度地描述了万延元年（1860）农民暴动与1945年朝鲜人部落的袭击事件。从表面上看，这些发生在过去的历史事件已经成为过去，但是这些事件的深层影响依然存在。历史不是过去的事件，而是潜藏于当下，影响未来的不容忽视的精神力量。过去与当下是相互影响的。过去决定了当下，当下同样孕育着未来。不解决过去的遗留问题，不仅无法与世界交往，还将暗藏危机。在《万延元年 Football》中，大江从不同角度还原历史真相的本质，就是期待日本政府对世界各国关切的、逃无可逃的历史事实的坦诚面对，这是化解历史问题的唯一出路。日本人关于历史的多重讲述，表现出其对历史事实的模糊性。不同的声音传递出不同的立场与观点。孰是孰非，需要一个澄清的过程。还历史一个真相，让世界人民接受，是日本以及日本人直面历史的必要阶段。逃避解决不了问题，暧昧的态度只能将问题更加复杂化，甚至悬而不决。不认错、不负责、无担当的政治态度终将被厌弃，也必然会将日本引向末路歧途。

其次是"化感通变"的顺收，即"通题变题于和题"，解原始要终于别裁，化而衍之，感而活之，通而亨之，变而用之。这样的脉络，阐发的是通和致化的顺序，梳理的是化感通变的本真。"福祸相倚"的辩证思路让读者在不幸中看到"万幸"。谁的一生都不可能一帆风顺，大江也不例外。青年才俊大江在 28 岁时，遇到了他一生中的重大事件——长子大江光的诞生，这个幸福中裹挟不幸的事件几乎击倒青年大江。读者可以通过《空中的怪物 Agui》与《个人的体验》等作品感受到大江的犹豫与痛苦。仅以此例说明，面对突发事件，怎么做才是相对正确的做法。作家的写作目的不同，读者阅读的体悟更是千差万别。如何理解化感通变的顺收，笔者认为，尽快接受现实并解决问题。化感通变的顺收从某种意义上讲，就是自我"放生"、获得解脱。对大江而言，就是对事件进行预判，并找到解决问题的出路。因此，我们先后看到了《空中的怪物 Agui》与《个人的体验》这样两部不同的作品。有了这样的预设，读者就不难理解大江的"顺收"，既来之则安之。

最后就是化境。化境经临界零界以领界，运变化通化于大化，寓变用通，精通委和，通和致化，辟化成缘。这样的变数，反思的是地心文心的诗情，领悟的是深空太空的缘域。具体到大江小说，我们不禁想到其作品《两百年的孩子》，这是大江写给孩子们的一部科幻小说。在这部作品中，大江让孩子们通过"时间装置"穿越到 1864 年以及 2064 年。上下 200 年间，孩子们的不同经历让读者跟随故事情节的变化而浮想联翩，亦被感染启发。在《两百年的孩子》中，大江勇敢地补救过去的遗憾，他没有放任未来的发展，而是"通化"地做出了自己的回答。读者通过大江所描述的情节看到了日本的"另一种"可能。这是大江文学的"作为"与"选择"。正如他在《致中国的小读者们》中说的那样，"我们最为重要的工作，就是创造未来。我们呼吸、摄取营养和四处活动，也都是为了创造未来而进行的劳动。虽说我们生活在现在，细究起来，也是生活在融于现在的未来之中。即便是过去，对于生活于现在并正在迈向未来的我们也是有意义的，无论是回忆也好，后悔也罢"。由此可知大江的写作是化境经临界零界以领界。而且，他接受变化，在通化中寓变用通，精通委和，以实现通和致化与辟化成缘。

除此之外，大江在《晚年样式集》中写道："我已无法重生。可是咱们却能够重生。"（大江健三郎，2023：274）。人的生命是有限的，女儿真木与义二世的孩子的诞生，成为大江生命的延续。他是大江血脉的传承人，也是大江的未来与希望。

结语

孔子"毋意毋必毋固毋我"的自律是"防范"的可贵之处，正如"范式"之形成一样重要。因此，通化是"范式"与"防范"二者之外的第三种选择。大江小说是有"范式"的，它是大江文学中不变的内容。大江小说又是"防范"的，其作品充满了新的追求。一句话概括，那就是大江小说是通化的，是通和致化与辟化成缘的。

参考文献

[1] 栾栋. 比较文学研究之"防范"[N]. 中国社会科学报，2021-7-26.

[2] 大江健三郎. 个人的体验[M]. 王中忱，译. 杭州：浙江文艺出版社，2017.

[3] 大江健三郎. 定义集[M]. 许金龙，译. 北京：新星出版社，2015.

[4] 大江健三郎. 晚年样式集[M]. 许金龙，译. 北京：人民文学出版社，2023.

[5] 大江健三郎. 两百年的孩子[M]. 许金龙，译. 北京：百花文艺出版社，2007.

镜物的发展

——论《今镜》对《大镜》的继承和发展

李莘梓[*]

摘要：自《大镜》成书以来，出现了很多模仿《大镜》的作品。这些作品以"镜"为名，其内容无一例外都与日本的历史故事相关。《今镜》作为《大镜》的首部续作，在序文、篇章结构、叙述重点上对其进行了继承和发展。在序文中，《今镜》模仿《大镜》设置了叙述者和听众，借叙述者之口叙述了历史故事，但叙述者的身份和数量发生了明显变化。在篇章结构中，《今镜》在对《大镜》进行继承的基础上，丰富了源氏、亲王、王女等人物故事。在叙述重点上，《今镜》更加注重人物的文化才能。《今镜》的这些变化拓展了镜物这一文体审视历史的视角，使镜物的历史故事类型更加丰富。

关键词：《今镜》；《大镜》；继承与发展；镜物

The Development of the Mirror

—On the Inheritance and Development of Ōkagami to Imakagami

Li Shenzi

Abstract: Since the publication of Ōkagami, there have been many imitations of Ōkagami. These works, all of which bear the name "Mirror," are invari-

---

[*] 李莘梓，文学博士，天津理工大学语言文化学院讲师，研究方向为日本古典文学、中日比较文学。

ably related to Japanese historical stories. As the first sequel to Ōkagami, Imakagami inherits and develops it in terms of its preface, chapter structure, and narrative focus. In the preface, Imakagami imitates Ōkagami by setting up a narrator and an audience, and narrates the historical story in the manner of the narrator's oral narration. However, the identity and number of narrators changed significantly. In the chapter structure, Imakagami inherits the structure of Ōkagami and enriches the stories with characters such as the Minamoto family and the Prince and Princess. In terms of narrative focus, Imakagami focuses more on the cultural talents of the characters. These changes in the Imakagami gave a broad perspective on history and enriches the types of historical stories recounted in the genre.

Keywords: Imakagami, Ōkagami, the inheritance and development, the Mirror

引言

平安时代出现了以"镜"为名的历史文学作品《大镜》。佐藤球认为，书名《大镜》中的"镜"字来源于《贞观政要》任贤第三中，唐太宗所提及的"夫以铜为镜，可以正衣冠。以古为镜，可以知兴替。以人为镜，可以明得失"（佐藤球，1927：85—90），故《大镜》所表现的历史观也与中国古代的鉴戒思想大体相同。

然而，《大镜》一书的记述风格更像是"讲义""说书"，颇具口语性。其中历史故事的真实性和选材也值得推敲。通过分析这种记叙历史的方式可以推测出作者对历史事件的态度及其历史观。《今镜》作为《大镜》的续作，在序文、篇章结构、叙述重点上对其进行了继承和发展。特别是在叙述重点上，由于时代的变迁、作者个人对于历史故事的好恶，《今镜》的作者对于历史故事的选材思路与《大镜》作者大相径庭，但正是这种变化为镜物提供了历史故事选材的新思路、新视角。

一、镜物文体的诞生及本文研究思路

(一)《大镜》所开创的镜物文体

镜物文体的开山之作《大镜》成书于平安时代。全书共六卷，主要记述了从文德天皇嘉祥三年（850）至后一条天皇万寿二年（1025）176 年的历史故事。在《大镜》中，我们可以看到以下两点特征。

(1) 作者独特的历史观

在《大镜》成书前，日本绝大多数的历史书和历史文学作品着重于记录天皇家族的历史，而《大镜》作者则将叙述重点着眼于藤原氏，展现了其独特的历史观。全书第一卷简述了文德天皇到后一条天皇时期的重大历史事件，第二卷至第五卷详细记述了从藤原冬嗣到藤原道长为止的藤原氏历代权臣的故事。第六卷记述了一些与藤原氏关联性较弱的同时代奇闻异事。从《大镜》开始，历史物语的主题开始由王朝史向家族史、宫廷文化史转变。这一变革丰富了历史文学的题材，同时也是宫廷文化、贵族文化发展到一定阶段的产物。

(2) 用叙述方式记述历史故事

在《大镜》成书前，诸如六国史及对《大镜》产生过诸多影响的《荣花物语》等书籍，大多是采用编年体形式，而《大镜》采用的是以人物为核心的纪传体形式。从全书看，《大镜》在序章和结尾处设定了一个叙述场景，即在云林院法会开始之前的间隙。叙述者向参加法会的大众讲述了以藤原氏为核心的历史故事。在法会即将开始的混乱中，叙述者不知所踪，故事就此终了。

按常理来讲，法会开始前的间隙无法讲述书中记述的庞杂的历史故事，但作者却设定了这样一个叙述场景，旨在用叙述方式记述历史故事。这种表现手法无疑受到了平安时代说话文学的影响。作者虚构了曾经服侍过藤原氏的小人物，借他们之口叙述以藤原氏为核心的历史故事，意在增强叙述内容的可信度。然而，又在全书结尾让小人物在讲经师登场的混乱中消失，使其身份真实与否无从考证。这样的设定反而使小人物叙述的历史故事的可信度降低，从而将该书与严谨的历史书区分开来，强调了该书的文学性。

（二）《今镜》的篇章结构及叙述场所的设定

《今镜》成书于平安末期，承接《大镜》记述了从后一条天皇万寿二年（1025）到高仓天皇嘉应二年（1170）146年的历史故事。由此可以看出《今镜》作者有意填补《大镜》历史故事留下的空白。

在正篇中，第一卷至第三卷为"帝皇"篇，记述了从后一条天皇到高仓天皇的故事。第四卷至第六卷为"藤波"篇，记述了从藤原道长到藤原公能为止的不同分支的藤原氏权臣的故事。第七卷"村上源氏"篇，记述了随着藤原氏的衰落，逐渐兴盛的源氏的故事。第八卷"御子"篇，记述了远离权力中心的亲王、王女的故事。第九卷"昔语"篇，记述了过去的奇闻异事、公卿的风流韵事及和歌创作的故事。第十卷"打闻"篇，探讨了《古今集》成立年代和紫式部堕地狱传说等同时代文人关心的文学话题。在序文和跋文中，《今镜》的作者模仿《大镜》，设定了一个叙述场景。"我"和几个志同道合的朋友在参拜长谷寺后，途经春日野，在路旁的树荫下避暑时，偶遇一位叫"菖蒲"的老妪。菖蒲自称是《大镜》叙述者大宅世继的孙女，承袭祖父讲述的历史故事（《大镜》），将自己亲身经历以及从子女那里听说的宫廷见闻娓娓道来，一直讲到太阳落山，众人才依依惜别。此后，众人多次到春日野寻访菖蒲，却再也没有找到。

《今镜》研究尚处于起步阶段，总结起来大致有以下三个方向的研究。首先是关于《今镜》作者及成书年代的研究，尽管《今镜》的作者及成书年代的研究受现存资料所限，但野村一三（1975）、加纳重文（1992）等研究者通过对《今镜》历史故事的选材进行分析，将《今镜》作者认定为寂超，并获得了较多研究者的认可。其次是关于《今镜》内容的研究，山内益次郎（1990）、松园宣郎（1987）等研究者对《今镜》中的人物故事进行了比较研究。这类研究是目前较为主流的研究，但研究对象多集中在诸如藤原赖长等几个现存资料较多的人物中，对于其他人物故事的研究尚不充分。最后是关于《今镜》与其他镜物的比较研究，福田景道（1989）对《今镜》与《大镜》中的藤原道长传进行了比较研究。加纳重文（1992）通过将《今镜》与其他镜物进行比较，确立了《今镜》的文学史地位。近年来，《今镜》研究开始转为对《今镜》乃至是镜物文体的研究，但这类研究尚处于起步阶段，目前并没有针对镜物文体、镜物发展史等问题的专门研究。

基于以上研究现状，本文着眼于镜物整体，探讨《今镜》在镜物发展中起到的作用，旨在通过对两书序文、人物传记进行比较，分析《今镜》对《大镜》的继承，以及《今镜》作者的独创性，以加深对《今镜》的理解，为今后对镜物文体研究、镜物文学史研究做铺垫。

二、从序章设定看《今镜》对《大镜》的继承与发展

（一）叙述者设定的继承与发展

《今镜》的作者模仿《大镜》，在序文中设定了叙述场所，同时将叙述者设定为《大镜》叙述者之一大宅世继的孙女，借用亲缘关系反映《今镜》与《大镜》的关联和传承。但《今镜》并不是对《大镜》记述形式和篇章结构的简单模仿，而是在继承了《大镜》记述特点的同时，亦对其进行了发展和革新。《今镜》与《大镜》的序文设定比较如表1所示。

表1　　　　　　《今镜》与《大镜》序文设定的比较

	《今镜》	《大镜》
叙述者	大宅世继的孙女菖蒲	大宅世继、夏山重木等
叙述场所	春日野的树荫下	云林院菩提法会
主要叙述内容	院政期的天皇、藤原氏一族、源氏一族、亲王王女等人物传记	藤原氏一族从冬嗣到道长的人物传记
叙述主旨	以文化为主旨	以政治为主旨

注：笔者依据作品内容制表。

如表1所示，《大镜》的叙述者由自称是宇多天皇母后班子女王侍从的大宅世继、自称服侍过藤原忠平的夏山重木等多人组成。而《今镜》的叙述者只有一位，即自称大宅世继的孙女——曾经服侍过藤原彰子母亲源伦子的菖蒲。

对于叙述者性别的不同，森正人在《场的物语论》中解释："《大镜》的叙述者是两位老翁，与两位老翁进行互动的是在宫廷工作的三十岁男青年，由此可见这部书是从男性视角出发，围绕着摄关家族，叙述在政治场中浮沉的男性的故事，而《今镜》可以说是从女性视角出发，主要叙述了宫廷社会、宫廷节日庆典和诗歌管弦等风雅之事。"（森正人，2012：150）

根据森正人的解释，因为《大镜》的叙述者是男性，所以是从男性视角出发，讲述了以摄关家族藤原氏为中心的政治故事。而《今镜》的叙述者是女性，且在序文中，叙述者菖蒲也表明自己的信息来源是自己和子女们在宫廷任职时的见闻，所以叙述重点自然是宫廷文化生活。也就是说，《今镜》的作者在继承《大镜》叙事特点的基础之上，为了符合《今镜》的主题，将叙述者由对政治事务熟悉的男性，改换为对宫廷文化、宫廷生活更为熟悉的女性。这样的设定更加切合《今镜》的主题。然而，仔细对比《大镜》和《今镜》的叙述者，二者除了性别不同外，在叙述者人数、叙述方式上也存在不同之处。

《大镜》前五卷的主要叙述者为大宅世继，在第六卷中大宅世继和夏山重木交替发言，二人都是此卷的叙述者，且除叙述者外，听众中有一位三十岁的年轻侍从代表听众向二人提问或对二人叙述的内容发表自己的感想。这位年轻侍从在听完大宅世继对"小一条院辞退太子事件"的讲述后，亦讲述了自己听到的更加完整的事件经过。在第六卷的"三条天皇大尝会"故事中，讲述了三条天皇即位大尝会上，藤原彰子车前悬挂的香袋让整条街都香飘四溢的故事。此故事引出了后续大宅世继讲述的女官之间互相嫉妒的故事。由此可见，在《大镜》中存在听众与叙述者的互动，且在部分故事中听众也成为叙述者，从不同角度对同一事件进行讲述。而在《今镜》中，叙述者与听众、女童进行互动的场景只存在于第十卷。换言之，《今镜》中绝大部分故事都是从叙述者菖蒲的单一视角出发进行叙述的。在第十卷中，听众向菖蒲询问"《古今和歌集》的成立年代"和

"紫式部堕地狱说"两事。虽然听众和女童也提出了一些自己的观点，但这些观点基本被菖蒲否定了，即作者借菖蒲之口表达了自己的观点，并非从不同角度对同一事件进行叙述或论述。

通过比较两书可以发现，《大镜》因为设置了多个叙述者，所以在讲述人物传记时，可以借用身份不同人物采用多角度叙述方式。特别是代表听众的年轻侍从，他在向叙述者发问的同时，也在某些故事中补充自己的见闻。在对大宅世继讲述的故事进行补充的同时，也作为伏笔，为大宅世继接下来讲述的故事进行铺垫。由此可见，《大镜》中的多个叙述者使历史故事有层次地推进，也使读者有身临其境、亲耳倾听历史故事之感。

然而《大镜》的这种多角度叙事方式并没有被《今镜》所继承。《今镜》减少了叙述者的数量，仅从单一视角讲述历史故事。这种单一叙述者的设定被后续的《水镜》《增镜》所沿用，且《水镜》的作者、《增镜》的作者将叙述者的身份设定进一步简化，设定为某修行者（《水镜》）、某老妪（《增镜》）这种模糊的人物形象。如此简化模糊了叙述者的具体身份，从而降低了所叙述历史的真实性，亦使镜物这一文体更加趋近说话文学。

（二）叙述场所的变化

在《大镜》中，作者将叙述场所设定为云林院菩提法会，这种设定是有历史原型存在的。小峰和明指出其历史原型为万寿二年五月在云林院进行的菩提法会（小峰和明，2006：530）。菩提法会这一设定既有净化和救赎藤原家政敌怨灵的作用，同时保证在寺院、在佛前这样的庄严场合，大宅世继等人"不打妄语"，暗示了所讲述历史故事的真实性。笔者以小峰和明的结论为基础，结合《大镜》中祯子内亲王的相关叙事及当时的历史背景进行分析，认为《大镜》将叙述场所设定为云林院这个凭吊藤原道长政敌的场所，意在暗示藤原道长一系以及摄关体制衰亡的结论。总的来说，《大镜》以真实历史事件为背景设定了叙述场所，虚实结合，能够让读者从中推测出作者的创作意图。

《今镜》的作者则将叙述场所设定在"春日野的树荫下"，这一设定虚化了具体场景。先行研究多认为"树荫"这一设定是取材于佛教故事。海野泰男将《今镜》的叙述场所与《妙法莲华经》中佛祖说法的场景进行比较，认为《今镜》的叙述场所是模仿《妙法莲华经》设定的（海野泰男，1982—1983：534）。森正人则认为从《今镜》的跋文中提到的"来世"可以推测出《今镜》的叙述场所与未来佛弥勒菩萨说法的场所相关，而菖蒲即是弥勒菩萨的化身（森正人，2012：156—158）。陶山裕有子将《今镜》的"打闻"一卷和《法华经》"普门品"进行比较，认为《今镜》的叙述者菖蒲是观音菩萨的化身，在《今镜》存在三十三个章节，这与观音菩萨的三十三身相对应，故而将菖蒲解释为观音菩萨的化身（陶山裕有子，2008：119—136）。

以上三种说法虽然有所差异，但总体上是将《今镜》中菖蒲向众人讲述历史故事的场景与佛菩萨在菩提树下说法的场景相联系。诚然，《今镜》序文和跋文的设定确实与佛教故事中佛菩萨说法的场景相类似，但除此之外，还应从《今镜》中出现的具体时间、场所以及出场人物设定等方面对《今镜》的序文进行综合考察。《今镜》的开篇这样写道："三月十几日，我和多位志同道合的朋友参拜了长谷寺。以此为契机，想要去参拜其他寺院，于是朝着大和国方向开始徒步旅行。行进了几日，路途遥远，天气炎热。我们聚在树荫下想要休息时，一位拄着拐杖的老妪带着一个挎着早蕨花篮的女童向我们走来。"（海野泰男，1982：8—9）也就是说，"我们"遇到老妇人的时间是三月中旬或三月下旬的某一天。而在菖蒲讲述人物传记前，曾经提到了今年是嘉应二年（1170），即此时应该是嘉应二年三月中旬或下旬。

关于叙述场所，可以从《今镜》序文中得到线索。菖蒲在向"我们"一行搭讪时说："虽然不是远道而来，但我感到身上不舒服，请让我和几位一同在树荫下休息吧。"之后又说："我最初在都城住了百余年，之后在山城大狛乡住了五十年。之后可能是某种缘分吧，住在了春日野这边。"（海野泰男，1982：9—12）可知老妪与"我们"相遇的地点，即《今镜》的叙述地点在春日野附近。镰仓时代的公卿三条实房在日记《愚昧记》中记载了嘉应二年三月二十二日、二十三日后白河院行幸春日野之事。后白河院行幸的时间和场所与《今镜》序文中的设定大体一致，由此可以推测《今镜》的作者有可能以此次行幸为原型，设定了《今镜》的叙述场所。那么作者为何要做这样的设定呢？

如前所述,《今镜》讲述的是以宫廷文化、宫廷生活为中心的历史故事。这一主题不仅贯穿了正文部分,在序文中也能看到很多古典文学中的常用元素。例如,和菖蒲一起登场的女童挎着盛着早蕨的花篮。"早蕨"作为春天的季节用语广泛使用在和歌中。另外,在菖蒲的叙述中,她曾经对紫式部说过自己出生于5月5日午时开往志贺的船上。紫式部说菖蒲的生辰与"5月5日午时在长江中千锤百炼而成的铜镜"是一样的。森正人(森正人,2012:145—148)与海野泰男(海野泰男,1982—1983:15—16)针对这一设定都进行了分析,认为菖蒲的出生时间和场所的设定源自白居易《百炼镜》中的"江心波上舟中铸,五月五日日午时"。和"早蕨"的使用相同,这段巧妙地借用了中国的古诗文对菖蒲的身世进行设定,同时也暗示了菖蒲与"百炼镜"之间的联系,即菖蒲为记录、讲述历史故事的镜子。对中国古诗文和日本和歌中出现的典故、元素的运用,更加印证了《今镜》的主旨,即记述以宫廷文化为中心的历史。以后白河院春日行幸为原型设计的叙述场景亦契合全书的宫廷文化主旨。

三、从历史叙述看《今镜》对《大镜》的继承与发展

(一) 章节设置的继承与发展

图1展示了《今镜》与《大镜》各卷的对照关系。《大镜》第一卷"帝王本纪"、第二卷至第五卷"大臣列传"、第六卷"昔物语"分别对应《今镜》的第一卷至第三卷"皇"、第四卷至第六卷"藤波"、第九卷"昔语"。而第七卷"村上源氏"、第八卷"御子"、第十卷"打闻"是《今镜》的独创章节。

从图1可以看出与《大镜》相比,《今镜》涉及的人物和内容更加多元。而产生这种变化的原因在于两书叙述重点的差异及作者不同的历史观。

```
        《大镜》                           《今镜》
┌──────────────────────┐         ┌──────────────────────────────┐
│        序章          │────────▶│            序章              │
└──────────────────────┘         └──────────────────────────────┘
┌──────────────────────┐         ┌──────────────────────────────┐
│ 第一卷 帝王本纪(天皇本纪) │────▶│ 第一卷至第三卷 皇(天皇本纪)   │
└──────────────────────┘         └──────────────────────────────┘
┌──────────────────────────┐     ┌──────────────────────────────┐
│第二卷至第五卷 大臣列传(藤原氏列传)│─▶│第四卷至第六卷 藤波(藤原氏列传)│
└──────────────────────────┘     └──────────────────────────────┘
┌──────────────────────────────┐ ┌──────────────────────────────┐
│第六卷 昔物语(和歌故事、奇闻轶事)│ │ 第七卷 村上源氏(源氏列传)    │
└──────────────────────────────┘ └──────────────────────────────┘
                                 ┌──────────────────────────────┐
                                 │ 第八卷 御子(亲王王女列传)    │
                                 └──────────────────────────────┘
                                 ┌──────────────────────────────┐
                              ──▶│第九卷 昔语(奇闻轶事、和歌故事)│
                                 └──────────────────────────────┘
                                 ┌──────────────────────────────┐
                                 │ 第十卷 打闻(文学评论)        │
                                 └──────────────────────────────┘
```

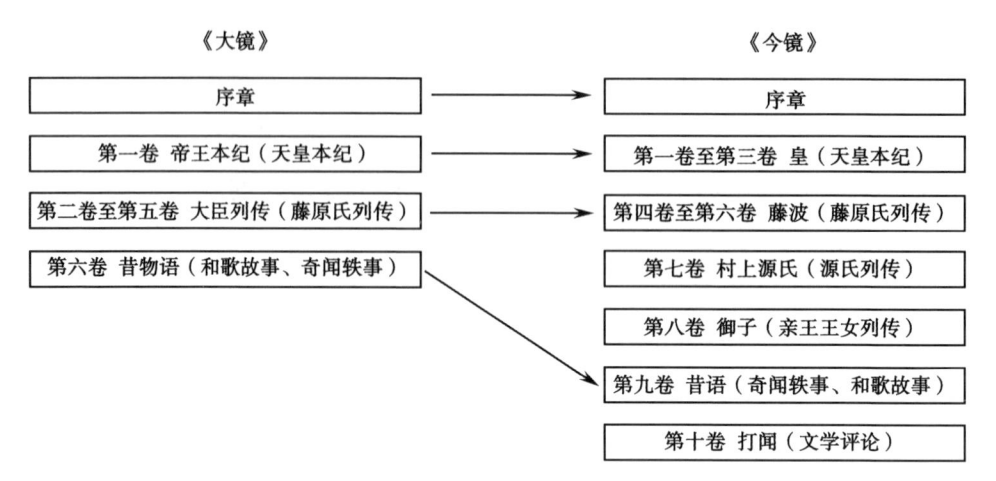

图 1 《大镜》《今镜》各卷内容对照关系

注：笔者根据《大镜》《今镜》各卷内容制图。

在两书中虽然都有与天皇和藤原氏相关的章节，但叙述重点不同。《大镜》主要记述的是以摄关藤原氏为核心的历史故事。其叙述重点是藤原氏，确切地说是从藤原冬嗣到藤原道长为止的藤原氏权臣的故事。第一卷记载的天皇故事则极为简略，涉及内容仅包括天皇的出身、即位、在位期间发生的大事件、退位、出家、薨逝等基本情况。在记述藤原氏故事之前，简略记述天皇故事，一方面可以作为记述藤原氏故事的时间轴，另一方面则是基于平安时期的摄关政治，即天皇与藤原氏联姻，生下带有藤原氏血脉的皇子，皇子即位成为下一任天皇，天皇的外公、舅父成为摄政或关白，辅佐天皇。基于这样的政治体制，记述藤原氏故事时，与藤原氏保持姻亲关系的天皇故事必不可少。而《今镜》则以宫廷文化为核心，记述重点是天皇、顶级贵族藤原氏、逐渐掌握权力的村上源氏、被排除在政治核心之外的亲王王女——他们都是这一时期宫廷文化生活的重要参与者。例如，在前三卷中，记录了天皇继位、在位时发生的大事件、参加的大型活动、退位等内容。其中诸如祭祀、游览等大型文化活动占据了记述的主体。而在前三卷之后，收录了藤原氏列传、源氏列传、亲王王女列传等在院政时期具有影响力的贵族阶层的人物故事。所谓影响力，并非指治国理政这样的政治能力，而是个人的和歌、汉诗、音乐等文化方面的才能以及对文化界的影响力。

（二）叙述重点的变化

在《大镜》中获得作者最高赞誉者是藤原道长，而在《今镜》中获得作者最高赞誉者是源有仁。通过作者不同的评价体系，可知作者的侧重点和历史观。两书都针对人物的出身、任职情况、所作和歌进行了记述，尽管两书强调的重点有所不同，但这些人物的基本情况是平安时期人物传记中必不可少的元素。同时，两书记述的侧重点亦明显不同。《大镜》为了强调藤原道长优秀的性格和超凡的能力，选取了很多藤原道长与兄长道隆、道兼，侄子伊周同时参与的事件，通过对比凸显藤原道长的能力和性格。

"参加花山天皇提议的试胆大会"中，作者旨在通过与道隆、道兼进行比较，突出藤原道长胆量非凡这一性格。"相面"中，相师虽然在给道隆、道兼相面，但总会提到并不在场的藤原道长，通过与二人比较，描写藤原道长非凡的面相，暗示他将来能够成就大事。在"参加贺茂行幸时的风姿"中，描写了藤原道长骑马时不同于常人的风姿。

"参加二条邸的射箭比赛""与伊周的争端"中记述了藤原道长和侄子伊周的摩擦。在二条邸的射箭比赛中，藤原道长不仅在射箭上胜过伊周，并且通过射箭前的祷祝，暗示了藤原道长最终战胜伊周成为藤原家掌权者的结局。在"与伊周的争端"中，性格沉稳谦和的藤原道长赢得了最后胜利。通过比较二人性格体现出藤原道长的品格。在"诠子全力支持道长担任关白"与"诠子死后道长报恩的故事"中记述了诠子全力推举藤原道长担任关白未果，但藤原道长感其恩德，在诠子死后搬运其遗骨的过程中，始终高举过头，以示对诠子的敬意与感谢，从而体现了道长重视感情、不忘恩德的品质。

总的来说，《大镜》记载了胆大、仪表堂堂、武艺高、性格沉稳、不忘恩德等藤原道长出类拔萃之处。正因为有了这些品格和能力，藤原道长成为摄政、太政大臣，被《大镜》的作者誉为全书"第一人"，藤原家也在道长一代达到了鼎盛期。与之相比，《今镜》的作者在记述"第一人"源有仁的故事时，选择了不同类型的故事，更加倾向于记述源有仁的汉诗、和歌、乐器和书法等才华。即使同为政治人物，《今镜》中藤原忠通传亦旨在突出藤原忠通擅长书法、诗歌等文化才能，对其在政治方面的作为、从政相关素质等鲜有记述。由此可见《今镜》作者推崇的是文化才能。通过比较故事的选材可以看出《大镜》强调的是人物优秀的政治素养，而《今镜》强调的是人物的文化才能。两书作者均根据自己的记述重点对人物故事进行了甄选。

另外，两书虽然都记述了和歌及和歌创作的故事，但和歌的种类及所代表的意义有所不同。从《大镜》可以看出道长的和歌都是在节庆日与家人互赠的和歌，象征着对家族繁荣的祝福。《今镜》中有仁和忠通的和歌与汉诗则是个人文化水准的一种体现。除此之外，《大镜》人物传记中基本上看不到恋爱相关故事。以藤原道长传为例，虽然其中涉及藤原道长妻子的话题，但也仅是对其身份的介绍，而《今镜》则记载了很多恋爱故事。在有仁传中，除了记述有仁与伏柴、伊予等多位女性交往的故事外，对有仁夫人和鸟羽院的禁忌之恋亦毫无避讳地记述下来。在忠通的传记中，记述了忠通的母亲师子和父亲忠实的恋爱故事。师子原本是白河院的妃子。忠实无意间窥见师子的容貌，相思成疾，白河院知道后，将师子赐给忠实为妻。从有仁和忠通的传记中可以看出《今镜》的作者比较关注恋爱故事。不同的记述重点也符合两书在序文中的设定，《大镜》是由男性侍从进行叙述，叙述重点是男性所关注的政治人物的故事，而《今镜》是从宫廷女官的视角出发，讲述的内容多为女性所关注的恋爱故事、文化才能。

结语

《今镜》作为镜物的第二部作品，起到了承上启下的作用。在序文中，《今镜》模仿《大镜》，设定了春日野的树荫下这个叙述场所，叙述者菖蒲在此与听众相遇，承接《大镜》讲述历史故事。在内容方面，《大镜》的叙事更加注重政治，围绕着政治核心藤原氏的故事展开，而《今镜》更加重视宫廷文化生活，记叙了天皇、藤原氏、源氏一族、亲王、王女等院政时期贵族阶层的日常生活及相关文化事件。《今镜》将记述历史故事的视角从政治转向文化，这一转变使镜物这一文体有了新的发展方向。其后编写的《水镜》《增镜》虽然同样注重对历史故事的记述，但侧重点与《大镜》《今镜》有所不同，镜物成为一种富于活力的文体。

参考文献

[1] 佐藤球.大鏡詳解[M].東京：明治書院，1927.

[2] 野村一三.今鏡の作者と成立[J].国語国文研究，1975(1).

[3] 加納重文.歴史物語の思想[M].京都：京都女子大学，1992.

[4] 山内益次郎.幼帝六条天皇：『今鏡』人物伝考[J].武蔵野女子大学紀要，1990（2）.

[5] 松園宣郎.『今鏡』の人物：頼長寸考[J].東洋大学短期大学紀要，1987（3）.

[6] 福田景道.『今鏡』に描かれる藤原道長の栄華：残映としての『大鏡』[J].島大国文，1989（11）.

[7] 森正人.場の物語論[M].東京：若草書房，2012.

[8] 小峯和明.院政期文学論[M].東京：風間書院，2006.

[9] 海野泰男.今鏡全釈上[M].今鏡全釈下[M].東京：福武書店，1982—1983.

[10] 陶山裕有子.『今鏡』における観音信仰：歴史の語りの手は観音菩薩の化現か[J].学習院大学人文科学論集，2008（3）.

17—20世纪中日文人结社考察*

陈慧慧**

摘要：中国明清时代兴起了民间文人结社热潮，而日本江户时代后期至明治时代也涌现出了大量文人结社，可以说这是一种文化的空间再生现象，亦是一种社会现象。中日民间文人结社的产生主要是民间文人剧增以及客观生存状况所致，因此具有较多相似性。但由于文人性质、文化背景、社会制度不同，两国文人结社运动亦有较多不同之处。这是一个较为复杂的文学、社会现象，不仅让我们更加了解这一时期中日文人的思想、活动及他们所处的社会状态，更能普遍反映这一时期汉字文化圈的动态。

关键词：明清；江户时代后期；文人；结社

A Survey of the Associations of Chinese and Japanese Literati from the 17th to the 20th Century

Chen Huihui

Abstract：During the Ming and Qing dynasties in China, there was a wave of folk literati associations, and from the late Edo period to the Meiji period in Japan, a large number of literati associations emerged, which can be said to be a cultural spatial regeneration phenomenon. Meanwhile, this is not only a cultural phenomenon but also a social reality. The emergence of folk literary associations

---

* 本文为2021年浙江省哲学社会科学规划课题青年项目"浙江学术对17—20世纪日本社会的影响研究"（项目编号：22NDQN264YB）的阶段性成果。

** 陈慧慧，文化交涉学博士，华东师范大学在职博士后，浙江外国语学院日语系讲师，研究方向为日本汉学、中日思想文化比较。

between China and Japan is mainly due to the significant increase in the number of folk literati and the objective living conditions, thus having many similarities. However, due to differences in the literary nature, cultural background, and social system of literati, the literary association movements in the two countries have presented different manifestations. This is a relatively complex literary and social phenomenon, which not only allows us to have a better understanding of the thoughts, activities, and social status of literati in China and Japan in modern times, but also reflects the dynamics of the Chinese character cultural circle during the period from the 17th to the 20th century.

Keywords：Ming and Qing dynasties, Edo period, literati, association

引言

罗时进在《明清诗界的"差序混层"与"众层化创作"》文章中指出：明初士人的心理虽然各阶层表现不同，但是总体趋势是许多文人只能远避，无奈地被边缘化，向社会底层沉淀。而借由这一客观环境，社会边缘、社会底层的文学边界得到极大扩展，已在元代形成的地域文学群体，特别是诗社获得了新的空间（罗时进，2017：41）。明万历间的屠隆在其《涉江诗选序》中谈及众多布衣之士，失意于场屋，落魄于功名，乃专心致志，刿心尽力从事诗歌创作，反而能够取得相当可观的诗歌成就，有明一代的诗歌成就乃在"布衣"（罗时进，2017：91）。可以说，明中叶多结诗社。至清代，除了诗社外，还出现词社、戏曲社等文人结社。同样，日本江户享保年间（1716—1736）以后亦然，日本《平安人物表》所记载的文人大多出自社会下层（宗政五十绪，1967：279—286）。中村幸彦在《近世文人意识成立》中说："享保以来，世袭制所引起的弊害在于：入仕执文事者才能匮乏，而民间却遍布有才之人。在野的遗贤虽怀有培育国家栋梁之志，授学于民间。但由于世间比起经世致用之学更热衷于趣味之艺术，故他们不得不为讨生活而卖弄学艺。"（中村幸彦，1982：376）此处所说的"经世致用之学"指儒学，而"趣味之艺术"与"学艺"指江户兴起的中国趣味，其中最主要的是汉诗。因此，江户时代从享保年间开始也出现了类似明代的"诗在布衣"现象。由此，中国明清和日本江户时代都产生了大量流于体制外的民间文人，同时由于社会风潮又多以诗为生，故为文人的结社运动提供了客观条件。因此，本文在前人研究的基础上，着重考察中日两国文人结社之异同。同时，强调明清文人结社的空间移植功能，并进一步分析两者呈现异同的原因，这样有助于了解这一时期中日两国文人的思想活动及整个汉字文化圈的动态。

一、中日结社类型

（一）结社类型

中国明清文人结社有诗社、文社、讲学社、怡老社以及政治相关的文人集团。李玉栓在《明代文人结社考》中将文人结社分为六类：研文类、赋诗类、宗教类、怡老类、讲学类、其他类。但日本江户时代的文人结社以汉诗社（诗会）为主，其次有狂歌会、兰学会以及书画会。在江户（今东京）基本没有明清时代的文社出现，若勉强称得上文社的只有私塾，如荻生徂徕的萱园、广濑淡窗的咸宜园、皆川淇园的弘道馆、石田梅岩的心学社等专门学习儒学（汉学学问）的汉学塾，以先生教授为主，弟子旁听，又或像萱园诸弟子相互切磋探讨，其学习形式基本与明清文社无异。但就其性质来说，与文社还是有些不同。江户的很多汉诗社围绕汉学塾展开活动，所以兼有赋诗、讲学、研文的性质。在江户时代后期则出现了专门的诗社，如江户的江湖诗社、信浓地区的晚晴诗社等，这些诗社基本以赋诗为主。而日本怡老类的文人结社虽不多，但也有效仿白居易的尚齿会，如江户文人清水长孺在汉诗集《蜑烟焦余集》中就写道："会昌七老，同宴白氏。尚齿之会，盖昉于此。其后效之，不为不多。今兹丁丑，正月二日。各贺新禧，不期而遇。竹口氏，并主为六，予亦加焉。地曰白子，其员为七。实与会昌如合符节。是亦一大奇事也。自咏其志，旁书行年。合五百四十岁，寿且健而到于今，其罕有欤。"（清水长孺，1772：82）另外香山九老会在日本十分受欢迎，争相模仿香山九老会的诗会也不断出现。从现存的狩野尚信所画《七贤九老图屏风》中就能窥见当时日本文人对中国隐逸文人交游风气的崇尚。

据笔者调查，日本文人结社中像明清复社那样的政治性集团几乎没有。但在江户末期的文人结社中亦有具有一定政治色彩的结社，只是没有明清那般政治色彩浓烈。比如，诗人梁川星岩在江户所结的玉池吟社，除了吟咏风花雪月的风雅之作外，也常以历史政治为题作诗。佐久间象山在1841年为其《星岩集》作序时称："君天资俊绝，于书不读，最慷慨谈时事。"可以看到日本幕末的文人结社确实会带有一些政治色彩，但并不像明清政治类社团那般对时局产生巨大的影响力。此外，日本在江户后期兴起了兰学会、考证会、书画会，这在明清文人结社中暂未发现。考证会是随着清朝考证学传入而在日本文人间兴起的，一般以鉴赏古玩为目的，对所展示的收藏品进行考论，先后有花月社、云茶会等。兰学会是以兰学为媒介的文人沙龙，始于日本兰学的发展。德川吉宗上台后实施享保改革，殖产兴业并导入西方科学技术，而日本唯一允许外贸的西方国家只有荷兰，于是兰学兴起。书画会则兴起于江户化政天保年间（1830—1844）的文人集会。据说第一次书画会是在享保二年三月日本桥室町浮世小路的高级饭庄"百川"举行的，众多文人墨客相聚于此，挥毫展示才华。席间还有美酒佳肴及美妓相伴，场面壮观。每次书画会后，主办方都会出版书画会小集，成为民间文艺爱好者追捧的对象。因此，在江户后期很多文人为了出名，争相涌入书画会，甚至导致书画会变成乱象丛生之地。可以说，书画会与其说是结社，倒不如说是在商业利益驱动下、文人风潮引领下展开的一种文人交流活动。

（二）结社人员

这部分主要探讨中日文人结社成员组成异同。首先考察诗社，江户时代的诗社主要以汉学塾为中心。据江村北海《日本诗史》记载："当时诸儒，会读《二十一史》，会月数次，又结诗社，并轮会主，必有酒食。临期会主或有他故，冬岭必代为主。以故社会绵绵二十有余年。"（江村北海，1941：89）较典型的有萱园社、廉塾、咸宜园等。著名汉学塾的先生几乎都曾经侍奉过幕藩，当过官儒。比如，荻生徂徕曾是德川吉宗将军的顾问，廉塾的菅茶山也曾是福山藩的儒官，其经营的廉塾后来成为该藩的藩校。可以看到这些诗社领袖都曾有过仕官经历，这与明清的一些文人结社十分相似，如"白榆诗社"是由大臣汪道昆致仕后所结；"风楼诗社"则是曹学佺回归故里后所结，均是朝中大臣官员引领的结社，但双方参与者的身份明显不同。上面提及的明清诗社成员中，以贬谪官员为主，而日本汉诗社虽然盟主多数有过藩儒经历，但诗社成员来自社会各阶层。例如，赖惟勤研究大阪混沌社时参考《儒学者汉诗学者》（1777）以及《浪华乡友录》（1775）的记载，提到当时大阪儒学者身份与职业的多样性，显示出大阪社会的包容性，如《菅甘谷塾诗社会约》第三条"客后先随至，据便坐，莫让席，莫斗语，箕踞自在，需探韵构思，大抵周旋从容，当如在家起居，少者忌惮急迫之态，则工夫不如意"（赖惟勤，1986：13）。而筱崎小竹的梅花社也继承了甘谷私塾与混沌社不问门生身份的传统，有大名家老、诸士医生、僧侣商贾等。另外，日本民间诗人自发举办的诗社，其成员的社会身份更广，有神官、儒医、商人。甚至还有商人主盟诗社，如由商人佐羽淡斋主办的翠屏吟社、大阪商儒村上兼葭堂主办的兼葭堂社。兼葭堂社的《草堂会约》中明确规定："交友实有弟兄之义，座次不必分宾主，所谓乡堂之会、惟以齿为序，若他宾来有，则因时而异其例可。"（水田纪久，2009：278）这些都可以看到日本汉诗社成员身份多样。在明清的民间诗社中，尤其是明末，有很多遗民结成的遗民诗社，如惊隐诗社、西湖八字社、南湖九子社、西湖七子社、南湖五子社。其结社大概有两种类型，一种偏政治类，如清人杨凤苞记载："明社既屋，士之憔悴失职，高蹈而能文者，相率结为诗社，以抒写其旧国旧君之感，大江以南，无地无之。"（杨凤苞，1988：653）另一种则充满隐逸气息。江户文人向往中国文人的隐逸志向，民间诗社基本偏向风流雅趣、赏花吟月，这与隐逸性质的遗民结社有了几分相像。或者可以说，日本民间诗社原本就是想要超脱日本幕府等级制度，如藤泽东畡在《吟诗小集》中所述："先春吟社会，订得两三俦。礼法任疏放，交欢殊渥优。引杯豪气举，握笔祕思抽。为客还为主，星霜已八周。"（藤泽东畡，1913：87）

其次，明清文人所结文社的成员几乎都是科考举子，为了能够顺利进入仕途，便在文社研文学习。虽然除了官宦世家子弟外，也有寒门弟子，但都是为了仕官。而日本江户时代是一个身份等级制度严明的时代，没有科举，寒门子弟无法通过学习儒学成为官僚，只能成为幕僚或官学先生。所以，日本并不存在类似明清的文社，只有上述汉学塾，而汉学塾的门人也几乎来自社会各阶层，有武家、僧侣、医家、公家、富裕商人和农民（宗政五十绪，1967：290—291）。他们只是为了获得知识和素养，进入汉学塾更确切地说是获得教育的一种方式。

二、中日结社内容及分布

（一）结社内容

中日两国文人虽都爱结社，但结社内容却有很大不同。江户文人结社兴起之初都是以汉诗为主，徂徕学派萱园门下的服部南郭、高野兰台等文人皆以诗会为名，在江户分别开设了自己的汉诗社，江户汉诗社更偏重汉诗学习。《先春吟社》第九条社约："诗必商榷，少不惮长，新不避旧，三反四复，至妥帖而止。"（吾妻重二，2010：135）第五条"会者不可无诗。非宿题则即题，不然，录他作亦可，但他作不载册"（吾妻重二，2010：148）。揖斐高认为，从菅甘谷塾社《会业约》的规定，可以看出甘谷诗社作为私塾内的诗会，注重互相切磋，寻道解惑。虽无须与科考战场一般比拼学艺，但也不能视其为吟风弄月的场所（揖斐高，2009：20）。江户中期的结社都偏向于以教育年轻人为目的，即以一种文化教养学习为主。无论是儒学相关的结社，还是诗学相关的结社，皆如此。另外，江户文人结社在不同时期呈现出不同的样态，晚期文人结社的功利性、游戏性开始增强。其中混沌社处于过渡期，兼具教育与游戏性。根据混沌社的社约可知其一月举办两次，所针对的群体分为两部分，上半月的主要目的是教育训练年轻人学习诗作，而下半月则是以娱乐为主的诗歌造诣较高文人的聚会。而且，江户后期诗社林立，除了诗社内部举行诗会外，汉学塾为增强汉诗学习，或是文人雅士聚集一堂为增加雅趣亦会举办诗会。广濑淡窗在《淡窗日记·中卷》中记载："二十五日小关亭、草野玄丈、夜集于绿水亭，赋诗得会者、三松斋寿、佐藤玄猷、亨、麻生伊织、宏、增太。（熊谷升、儿玉茂有事不至）享酒及饭，至月高鸡鸣而罢。斋寿归家，他

宿亭中，时旦而归。"（广濑淡窗，1927：77）

然而，明清诗社并无教育性质。如邵宝在《重阳会诗序》中说道："凡会，人为诗一章。章书一简者九，主藏其一，宾分其八。积之一岁，为简八十有一，各成巨秩，彼此相通，随在具备，不亦可常矣乎！而命题限韵之类，则会之日定焉。"又如《同年三友会诗序》中提道："退辄赋诗以纪其事，又以齿为序，即三物各占其一，更倡迭和，不觉成什。"（吾宽，2020：390—391）可见大多数诗会展现出酒席间相互唱和的光景，并不存在汉诗教育场景。而明朝的文社实质上以科举为目的，因此更看重作文学习与技巧。如上所述，日本诗会往往夹杂在文会中，所以笔者认为日本的汉诗社展现出一种介于中国诗社与文社之间的性质。而江户后期出现的诗社则偏向娱乐，可能是汉诗水平整体提高，为开展中国诗社般自由唱和提供了客观条件。另外，汉诗为日本文人、诗人提供了一个逃离现实的桃花源世界。因明清诗社常在山水美景边举办，有丝竹美食相伴，雅致惬意，为日本文人展示了一个风雅的汉诗世界。所以，至汉文学素养提升的江户后期，日本文人结社开始从兼具吟诗教育型转向游戏闲适型。

另外，明初文人结社与明末文人结社也发生了较大的变化。比如，明初刘基在《牡丹会诗序》中说道："予尝见世俗之为宴集，大率以声色为盛礼，故女乐不具，则主客莫不默然而失欢。及觞酌既繁，性情交荡，男女混杂，谑浪亵侮，百不一顾（略）若今日之会，则不然矣。其色则草木之秀，其声则风雅之余，其人则邦家之彦。"可见明前期以风雅教化为基调的结社风气，至后期开始出现靡丽之象，如汪道昆所结南屏诗社，据《南屏社序》和汪道昆《南屏社记》："南屏诗社邀名姬十二人，将以命酒升歌，诸人归去之时皆踉跄出道矣。"（卓明卿，2008：158）江户文人结社亦如此，初如伊势恒心社，后期则有清水砺洲在随笔《有也无也》中记载大窪诗佛的诗社："先生居此，接待来客，应人之需，挥毫书画……食客塾生男女等十余人，有料理人一人。日日推鲜割薪，来客不绝。其时岁入三四百金云云。歌妓等无日不来。"（揖斐高，2001：13—15）这场景与中国的南屏诗社颇相似。发展到江户后期，尤其是诗社林立之际，更是偏向靡丽之风，如京都的"幽兰社"被戏称为"游乱社"，可见明代后期和日本江户后期文人结社都与最初的风雅有所不同。荷兰学者约翰·赫伊津哈在《游戏的人》中说道："游戏是在某一固定时空中进行的自愿活动或事业，依照自觉接受并完全遵从的规则，有其自身的目标，并伴以紧张、愉悦的感受和'有别于'平常生活的意识。"（约翰·赫伊津哈，1996：30）晖俊康隆同样指出："享保改革再次强化了以世袭制为代表的封建体制，故依靠技能生存之路被堵塞。若想伸张个性施展才能，只能于私密场合自娱自乐、自我安慰。此时，以文艺作为君子修德第一要义的徂徕学粉墨登场，同时在不得志的文人群体中，催生了'游于艺'的风潮，而汉诗便是这'游艺'的重要组成部分。"（晖俊康隆，1982：208）可以说，江户后期与明代后期生活逐渐趋于奢靡，不断世俗化，文人的游乐需求也不断增强，构建了一个有别于"平常生活"的娱乐世界。根据李雯雯的考察，"隆庆、万历是明代社会的转型时期，文化的发展打破了地域和层级的限制，文人的活动交游也不再拘泥于一派一社，主动往来于各个地域、各个社团，使得不同地域的社事连成一片"（李雯雯，2019：19），由此可见明清文人结社与江户文人结社在后期都呈现出开放包容、消遣娱乐的性质。

结社内容的转变亦受到诗风的影响。江户后期的汉诗终于摆脱了儒教经学的附属地位，职业诗人诞生了，他们厌烦复古派所提倡的格调，欲谱写自由的人生之歌。当诗风反映到现实行动中时，便有了"游乱"的文人结社，乃至后期盛行的群魔乱舞的书画会。然而，虽说日本诗社受到诗风的影响，甚至像市川宽斋在江户所结的江湖诗社还推动了性灵派文学的传播。但比起中国明清诗社对文学流派的影响力仍显薄弱。笔者认为，主要原因在于明清文人结社中官方的支持比较明显，因此势力较大，易形成文学流派，但江户文人结社以民间文人为主，形式松散，且受到中国诗文流行的影响，难以形成文学流派。江户文人亦不能像明朝文人那般坚守文学观念。例如，片山北海受徂徕派诗风影响，推崇明诗风的格调派，在大阪结成混沌诗社，对京洛的诗风产生了重要影响，但其家学是宋学，他曾说："唐诗无疑是诗歌顶峰，明诗位居其次……但我也想洗刷宋人之冤。宋朝能称得上脍炙人口、佳句佳篇之诗，无论哪首都是流丽清畅。若诗集有留存，且用心品鉴的话自然也能知晓。"（揖斐高，2015：350）可见他在唐明诗风和宋诗风之间徘徊，这也间接地妨碍了明诗风在混沌社的推行及其在京阪地区的影响力。

（二）结社分布

郭绍虞在《明代的文人集团》中分析了全国176个社团，其中环太湖地区社团共87个，占49.4%。清代这一地区"风雅之士，所在结社"更成风气，文学社团数量远超明代，已稽考出的数量在160个以上（郭绍虞，1982：518）。明清文人集团分布很广，除北京外，一般密集于南方，尤其江南最为集中，因江南的经济一直较为发达，诗会一般都会得到富商的大力支持。据余英时所言，16世纪、17世纪中国社会的"弃儒就贾"运动表现得最为活跃，商人人数也在这一时期大量上升。"弃儒就贾"为儒学转向社会提供了一条重要渠道，其关键即在士与商的界限变得模糊了。一方面儒生大批加入商人行列，另一方面则是商人通过财富也可以融进儒生的阵营（余英时，1989：530—531）。因此，除了政治中心北京外，就属经济发达的江南地区文人结社最多。

同样，日本江户时代的文人集团遍布日本，但总体上看来，还是集中在三大都会江户、京都、大阪。据笔者统计江户时代汉诗社的分布数量，可知江户七社，京都二社，大阪三社，其余分布在长崎、北浓、土佐、伊势等地，都仅有一二社而已。可见江户文人结社最多的还是江户，而非文化中心京都。竹下久喜郎在《幕末的京儒与汉学塾》一文中，指出曾经以学识为荣的京都，因大阪、江户城市化发展所掀起的全新且富有魅力的文化之风，故其对文人的吸引力降低（竹下久喜郎，2003：347）。宗政五十绪在《京都的文化社会》中写道："就日本的儒学而言，京都直到近世前期都保持着最高的水准。因享保年间徂徕学的广泛传播，儒学在江户中期虽划分为京都与江户两种，不过从人数看，从享保到宝历年间，京都依然是日本的儒学中心。然而，京都的儒学地位在化政以后便走上衰落之途。"（宗政五十绪，1976：368）化政年间（1804—1830）京都儒学的衰败与宽政时期（1789—1801）的异学之禁有很大关系。因宽政异学之禁，昌平正学的地位于江户确立，前往江户游学的人数逐渐增加。因此，文人都聚集在政治文化繁荣的江户。而大阪文人结社多，主要因为大阪是商业城市，大阪商人大力资助文化产业，如混沌诗社的成员多是当地商人，而蒹葭堂的盟主村上蒹葭堂本人便是商人，甚至大阪著名官学怀德堂便是大阪商人自发捐资而建，可见中日两国文人结社的分布都受到政治、经济的重要影响。

另外，明清文人结社相关研究均提及明清文人集团地域社群性突出的特点，而其中血缘、亲缘、学缘关系发挥了重要作用。但是，江户时代虽有地方文人结社，其中虽有亲缘关系，但不多，大多以学缘维系巩固。如柏木如亭在信州创办"晚晴诗社"，所聚之人皆其弟子，龙草庐所举办的"幽兰社"亦然，廉塾、咸宜园这些汉学塾附属的诗社更是以学统、学缘维系。由此可见中日结社在地方结社方面的一些区别：中国明清地方文人结社血缘性较强，这与中国社会的乡土传统有关。这乡土性的特点便是宗族血缘传统。氏族宗法血亲的传统力量与延续也是中国古代思想传统的重要根基。但日本并非如此，文人结社是汉文化在日本社会的一种文化空间移植，而汉文化或汉学在日本的传承主要还是依靠学习、学统传播的，导致其根基并不像中国明清社会那么稳固，所以当西风吹来，社会发生变革后，文人结社很快就衰弱，甚至消失了。虽然明治初期汉诗文和汉诗社曾经一度盛行，但那是因为江户时代的文化遗臣仍然在世的缘故，等到这批旧时代的文人离世后，汉诗文也就衰亡了。

三、中日结社异同的原因

（一）社会经济制度

中日两国文人结社活动的兴起都与其社会政治经济相关联。首先，明清生员的饱和或改朝换代导致大量文人遗落民间，而日本江户后期同样也因政治改革产生大量体制外知识分子，如此多的民间文人为中日文人结社提供了客观条件。但结社类型中，明清文社兴盛，而日本文社较少，主要因为中日两国政治形态不同，日本江户时代四民等级森严，不像中国有科举制度的直升梯，所以日本文人结社并不热衷于研文考试。另外，日本江户有兰学会之类学习西方文化知识的结社，而这在明清文人结社中较为罕见，虽然历史上也存在魏源等人与西方传教士的交流，但像日本那样举行盛大集会的不多。

其次是经济因素的影响。从结社分布看，双方结社多在繁华之地，明清除京师外，便是江南，而日本多在政治经济繁荣的"三都"。另外，日本地方文人结社亦得益于富商的支持，且地方文人结社都带动了地域文学的发展。但日本更注重学统，而中国明清，尤其清朝，家族血缘的维系作用更加凸显，这与中国宗法制有着密切的关系。而在日本江户时代，以汉文汉诗为生的日本文人却是脱离于日本封建制度外的一群游民，所以维系他们的唯有汉诗或汉学。

（二）文人性质

中日文人结社人员虽都有官员，但明清文人结社中在仕的官员结社较多，而日本比较少见，这与中日文人的性质有关。如上所述，日本文人是脱离于日本封建制度外的一群游民，他们通过汉诗构建起一个远离现实的桃花源世界，这就决定了两者结社内容会出现极大的不同。日本越来越偏向娱乐游戏，而明清文人结社中虽有此偏向，却始终以雅正为主。

两国文人因客观环境所迫，流向社会底层，出现文在布衣的现象，但两国文人的心态却不同。明代在野文人从事诗歌创作，在很大程度上源自"士"的传名焦虑和诗酒风流。然而，江户的布衣文士并没有这种传名焦虑，让他们焦虑的是实际生活问题。江户文人中岛棕隐的《太平新曲》中有狂诗《嘲木叶儒者》："儒者因果者，此世为损生，每日教诸生，一间银一呈，仔细为勘定，一日七文赢，可怜皆世渡，相场一何轻，近来知其损，有卖诗文名，吞海无性书……"（中岛棕隐，1933：63）化政时期到京都学习儒学的生源骤减，仅靠教授儒学的京都学者迫于生计，作时下流行的诗文，一时间京都呈现儒学衰退、诗学隆盛的状况。但江户文人亦有逐名现象，如江村北海写作《史诗》时，就有人以钱贿赂，使江村载入自己的诗文而被世人嘲讽。江户晚期更发生了因"名"而引发的文坛大骚动，即1816年发生的"书画番付骚动"，起因是大洼诗佛和菊池五山幕后操作，在《都下名流品题》的文人排名表上，将大洼诗佛列为上位，相关人士闹得沸沸扬扬，可见江户文人亦渴望名声，但与中国明清文人相比，他们重视的不是留名青史、知于后世，而是名声所带来的现实经济利益。

日本江湖诗社诗人大窪诗佛诗名远扬后，在江户建立诗圣堂，成为诗坛权威，生活优渥。虽有柏木如亭等不屑于名利，远走地方的潇洒文人，但大窪诗佛之流却是当时文坛的主流。可以说，日本江户文人相较于中国明清文人而言，更加充满生活的"俗"气，正如江户儒学相较于程朱理学的哲思化更具实用性，江户文人相较于明清文人亦看重实用性。而这一特质也成为影响两国诗社之异的原因之一。当然，此处并非说中国文人不在乎名利，而是文人风骨的传统依然留存。晚清的"斗方名士"下层诗人就因一味追求富贵功名而遭到批判。但从整体而言，中国明清文人不如江户文人那般实际。

结语

本文初步探讨了中日两国文人结社的异同及其成因。"文人结社"不是历史的偶发事件或社会个别现象，而是一种与社会政治、经济、思想等密切相关的社会文化现象，能够反映当时社会的各个方面以及文人的精神面貌。通过本文的考察，大致可见中国明清时代与日本江户时代社会发展的一些共性，同时两国文人均表现出了游戏人间的一面。但政治制度与文学、文化传统的差异，又使得两国文人结社及文人面貌呈现出不同的特点，这是非常耐人寻味的。中日文人结社问题是一个值得深入探讨的问题，如中国文人结社不仅与诗文有关，还牵扯到佛学，而日本文人结社与宗教是否有关，且中日文人结社又存在哪些深层次的差异等问题还有待进一步探讨。

参考文献

[1] 罗时进. 文学社会学——明清诗文研究的问题与视角［M］. 北京：中华书局，2017.

[2] 宗政五十绪.化政文化の研究［M］.東京：岩波書店，1967.

[3] 中村幸彦.中村幸彦著述第十一卷［M］.東京：中央公論社，1982.

[4] 清水長孺.蜑烟焦余集［M］.京都：京都大学図書館藏，1772.

[5] 江村北海.日本詩史[M].東京：岩波書店，1941.

[6] 頼惟勤.大阪の混沌社：江戸時代後半期の漢詩社[J].御茶水女子大学人文科学紀要,1986(2).

[7] 水田纪久編.蒹葭堂日記[M].大阪：芸華書院，2009.

[8] 杨凤苞. 秋室集. 丛书集成续编第 157 册 [M]. 台北：新文丰出版，1988.

[9] 藤沢東畡.東畡先生詩存[M].大阪：泊園書院，1913.

[10] 吾妻重二.泊園書院歴史資料集：先春吟社[M].大阪：関西大学出版社，2010.

[11] 揖斐高.江戸の文人サロン[M].東京：吉川弘文館，2009.

[12] 広瀬淡窓.淡窓日記中巻[M].日田郡教育会，1927.

[13] 吾宽. 家藏集卷四四. 四库全书存目丛书集部 [Z]，2020.

[14] 卓明卿. 南屏社序. 卓光禄集卷三，四库全书存目丛书集部第 158 册 [Z].

[15] 揖斐高.江戸の詩壇ジャーナリズム『五山堂詩話』の世界[M].東京：角川書店，2001.

[16] 约翰·赫伊津哈. 游戏的人 [M]. 杭州：中国美术学院出版社，1996.

[17] 暉俊康隆.近世中期の文人意識の発生[J].国文学，1982（1）.

[18] 李雯雯. 清代京师文人结社研究 [D]. 上海师范大学硕士学位论文，2019.

[19] 揖斐高.江戸詩人評伝集2[M].東京：平凡社，2015.

[20] 郭绍虞. 明代的文人集团. 照隅室古典文学论集（上编）[M]. 上海：上海古籍出版社，1982.

[21] 余英时. 中国近世宗教伦理与商人精神 [M]. 台北：联经出版事业公司，1989.

[22] 竹下久喜郎.幕末の京儒と漢学塾，幕末維新漢学塾の研究[M].東京：渓水社，2003.

[23] 中島棕隠.娯語.日本儒林叢書卷1[M].東京：東洋図書刊行会，1933.

重读

森鸥外对女冠诗人鱼玄机传奇的重写*

高洁**

摘要：小说《鱼玄机》是日本文坛巨匠森鸥外创作的取材中国的作品。明治维新后，日本由儒学至上迅速向西学转型。在此进程中，堪称明治文豪的作家如何基于日本语境，对中国古典题材进行传承与创新，可以从该篇窥其一斑。小说《鱼玄机》一方面从女性意识觉醒的角度呼应了当时日本女性解放运动的话语，另一方面，对女诗人杀婢被戮这一悲剧的诠释，又说明作家缺乏对于儒教伦理纲常压迫女性的质疑，与新文化运动后高举反封建礼教旗帜的中国新文学同类题材相较，二者差距立显。

关键词：森鸥外；鱼玄机；女性解放运动；中国题材

Mori Ogai's Rewriting of the Legend of the Female Crowned Poet Yu Xuanji

Gao Jie

Abstract: The novel "Gyo Genki" is a work created by the Japanese literary giant Mori Ogai, which is based on China. In the process of Japan's rapid transition from Confucianism to Western learning after the Meiji Restoration, it can be seen from this article how writers who can be regarded as Meiji literary giants inherited and innovated Chinese classical themes based on the Japanese con-

---

* 本文为国家社会科学基金后期资助项目"日本大正时期文学的中国叙述"（项目编号：19FWWB009）的阶段性成果。

** 高洁，文学博士，上海外国语大学日本文化经济学院教授，研究方向为日本大正文学、中日比较文学。

text of the same period. The novel "Yu Xuanji" echoes the discourse of the Japanese women's liberation movement during the same period from the perspective of the awakening of female sexual consciousness. At the same time, the interpretation of the tragedy of the female poet killing her maid and being slaughtered shows that the author lacks questioning of Confucian ethical norms and oppression of women. Compared with similar themes in Chinese new literature that raised the banner of anti feudalism after the New Culture Movement, the gap between the two is evident.

Keywords: Mori Ogai, Gyo Genki, Women's liberation movement, Chinese themes

引言

日本文坛巨匠森鸥外，少时曾接受传统汉学教育，擅作汉诗汉文，《鱼玄机》为其创作的中国题材作品之一。该小说1915年发表于权威文学杂志《中央公论》。主人公鱼玄机为长安"倡家女"，师从邻街书生学习作诗，诗才得到温庭筠的赏识。温的好友、素封之家李亿听闻玄机的美貌与诗才后，纳玄机为妾。殊不知玄机并无房帷之欲，李亿惆怅，被正妻发现，不得不离开玄机。玄机担心被女伴嘲笑，不肯回鱼家，李亿只得将她送至道士赵炼师的咸宜观。她与同观女道士采蘋关系亲密。采蘋与修建塑像的工匠一起失踪后，玄机甚为落寞，不再拒绝慕名来访之人。但是客人散去后，她又黯然神伤，寄诗温庭筠，却对温的回信大为失望。

一日，玄机邀乐人陈某前来，谢客相见。此后遣散童仆，仅留一名老婢。陈某不在时，玄机赋诗寄温庭筠指正，温对诗中充满闺人柔情大为惊讶。七年后，陈某远行，玄机甚为惆怅，其间老婢死去，新来的婢女绿翘，年方十八，虽不美，却聪慧有媚态。陈回来后，偶尔与绿翘玩笑，玄机并不在意，可渐渐地陈不满玄机时，便与绿翘交谈，玄机不快。一日，玄机外出，回来后，绿翘禀告陈曾来访，因主人不在便折回了。想到平日陈必等自己归来，玄机怀疑绿翘与陈有私。晚上，玄机诘问，绿翘只是回答不知。玄机觉得绿翘阴险狡狯，不由扼住其脖颈，撒开手时，绿翘已死。玄机将尸首埋在后院，次日告知陈绿翘失踪一事，陈并不在意。初夏一日，有访客到后院乘凉，发现有处新土绿蝇聚集，客人侍从之兄为衙役，曾向玄机勒索未果，知晓此事入院挖土，绿翘之死败露，玄机认罪。李亿等朝野人士惜才欲挽救，唯独温远离京师，无能为力。玄机最终被斩，听闻消息，最为伤心的是远方的温庭筠。

作为唐代知名女冠诗人，鱼玄机的事迹在中国典籍多有记录。而具有深厚汉学修养的日本文豪如何对女诗人的传奇进行重写，其中又有哪些独创之处，本文将逐一厘清。

一、女性意识的觉醒

作家在小说文末列举了参考史料，其中关于鱼玄机共 10 种[1]，关于温庭筠则有 18 种[2]。森鸥外在其著名评论文《尊重历史与脱离历史》一文中，提出"尊重历史"与"脱离历史"两种创作历史小说之法，表明了自己"尊重历史"的创作态度。那么，小说《鱼玄机》是否完全依据文末史料所作呢？

有日本学者认为，作家实际参考的史料只有《唐女郎鱼玄机诗》与《温飞卿诗集》两种，此外，小说中引用的鱼玄机诗还参考了《全唐诗》（山崎一颖，1964：108—110）。现保存于东京大学图书馆鸥外文库[3]的森鸥外藏书中有《唐女郎鱼玄机诗》一册，是叶德辉复刻的南宋刻本，卷

---

[1] 十种分别为：《三水小牍》《南部新书》《太平广记》《北梦琐言》《续谈助》《唐才子传》《唐诗纪事》《全唐诗（姓名下小传）》《全唐诗话》《唐女郎鱼玄机诗》。

[2] 十八种分别为：《旧唐书》《渔隐丛话》《新唐书》《北梦琐言》《全唐诗话》《桐薪》《唐诗纪事》《玉泉子》《六一诗话》《南部新书》《沧浪诗话》《握兰集》《彦周诗话》《金荃集》《三山老人语录》《汉南真稿》《雪浪斋日记》《温飞卿诗集》。

[3] 1922 年，森鸥外去世。1926 年，森鸥外家人将其藏书捐赠给东京帝国大学，现保存于东京大学图书馆鸥外文库。

末附有叶德辉编撰的《鱼玄机事略》①，其中涉及小说《鱼玄机》文末所列《三水小牍》等九种关于鱼玄机的记录。而森鸥外藏书中的《温飞卿诗集笺注》卷首引用《旧唐书本传》，其后的"附录诸家诗评"则辑录了作家列举的十七种文献的相关记录。将森鸥外的小说与上述《唐女郎鱼玄机诗》及《温飞卿诗集笺注》对照后，可以发现小说中涉及温庭筠生平之处基本依据文献记载，采用"尊重历史"的创作方法，而关于鱼玄机的部分，包括鱼玄机与温庭筠之间的交往则多有"脱离历史"的独创之处。

小说强调女诗人才华出众。玄机提出学诗，"倡家"双亲出于将来把她变成摇钱树的目的，爽快应允，聘请邻街的"穷措大"教授"平仄押韵"之法。玄机听说酒席上温庭筠善于作词弹唱，从师傅处得知其乃诗坛名家。初次见面，温庭筠眼中的玄机"毫无娇羞之色，谈吐仿佛一男子"（森鸥外，2005：183），玄机"自比良马"，"略思片刻"便写出《赋得江边柳》一诗，温庭筠"即称佳妙"，意识到"堂堂男子""远不及眼前这位少女"（森鸥外，2005：184）。小说以知名诗人温庭筠的认可，说明女诗人的才华；又以玄机见崇真观南楼状元以下进士榜，创作《游崇真观南楼·睹新及第题名处》一诗，说明玄机"有男子的心怀"（森鸥外，2005：186），追求诗名之心日盛。原本对于学经读史就已习以为常的玄机入咸宜观后，出于"求新猎奇之心"（森鸥外，2005：187），又喜读赵炼师传授的各种道家典籍，可见女诗人博览群书，涉猎广泛。

而小说最大的独创之处在于详述了诗人女性意识觉醒的过程。采蘋失踪后，玄机寂寞，开始与客人"嬉笑戏谑"。客人散去后，又"愀然不乐"，与温庭筠的诗篇往来也无济于事，因为她"有所欲求，但又不明白所求为何物"。与陈某开始交往后，温庭筠发现玄机诗中"闺阁之情渐多，道家的清气却几近于无"，以温庭筠的视角说明玄机的变化。七年后

---

① 《唐女郎鱼玄机诗》的宋刻本现在流传下来的只有一种。清光绪二十五年（1899），叶德辉仿宋刻本，版式与书棚本悉同，卷末有光绪二十五年五月叶德辉《鱼玄机事略》。参见丁延峰《〈唐女郎鱼玄机诗〉版本源流考》，《中华文史论丛》2012年第1期，第333、353—355页。

陈某远行，令玄机写下"满庭木叶愁风起，透幌纱窗惜月沉"这般"凄凉无比"的诗句，当迎接归来的陈某时，"恰似久渴之人得遇甘泉"（森鸥外，2005：190），把所有情感都寄托在陈某身上的玄机不满陈某"撩拨"绿翘，终至怀疑绿翘与陈某有私情，而扼死绿翘。以上情节除鱼玄机之诗与最终杀死绿翘被戮的结局之外，均为作家独创。

森鸥外毕业于东京帝国大学医学专业，是一名职业医生[①]。1888年自德国留学归国后十五年间，在《东京医事新志》《卫生新志》《公众医事》等医学杂志发表多篇有关性科学的论文。1909年森鸥外发表小说"Vita Sexualis"。发表于1915年的小说《鱼玄机》可以视为一部女性版"Vita Sexualis"。

最早记载鱼玄机生平事迹的史料、晚唐皇甫枚的《三水小牍·鱼玄机答毙绿翘致戮》通过绿翘之口批评鱼玄机："炼师欲求三清长生之道，而未能忘解佩荐枕之欢，反以沈猜，厚诬贞正。""誓不蠢蠢于冥莫之中，纵尔淫佚"（皇甫枚，1958：33）。被挖出的绿翘尸首"貌如生"，而玄机最终被戮，印证了绿翘临死之言。《三水小牍》之后的各种文献基本沿袭皇甫枚的记叙，或有增删而已，鱼玄机形象由此确立。

小说《鱼玄机》中，原典所载"明慧有色"（皇甫枚，1958：32）的绿翘被丑化为"额头窄，下颏短，一张脸像个巴儿狗，一双手脚又粗又大。领口袖头上，总是沾着油渍污迹"，而且"风骚媚人"。人物形象矮小化处理之后的绿翘与"美得高雅绝伦，令人不可逼视"（森鸥外，2005：190）的玄机相形见绌，失去了指责玄机的卫道士作用。《三水小牍》中每每与风流之士"谑浪"的鱼玄机，在森鸥外的小说中因为"赵炼师仅在修法时才依律管束，平日对出入道观倒并不太严"，所以没有拒绝慕名求诗索书之人，而且仅与陈某一人交往七年。小说还以鱼玄机的行为举动说明女诗人对于与陈某交往的负罪心理，与陈某交往一个月后，玄机"遣散了所有童仆，只留一个老女仆使唤"，因为这个老婢"几乎从不与人交谈，故而外面很少知道观内的情形。玄机和陈某也就无须担心会有

[①] 1881年，森鸥外大学毕业后成为军医，直至1916年辞去军医总监医务局长一职，军医生涯长达35年。

流言蜚语"（森鸥外，2005：190），叙述者将此称为"生存的秘密"。小说中的鱼玄机充分意识到与陈某交往，有违女道士身份，会被人诟病指责，故而极力隐瞒，不想为外人知晓。因而当绿翘之死败露后，"玄机没有丝毫抗辩，供认不讳"。与《三水小牍》中"吏诘之"后"辞伏"完全不同。

以《三水小牍》为代表的记录鱼玄机事迹的中国典籍所建构的因"弱质，不能自持"（皇甫枚，1958：32），而最终放纵自己以致杀婢被戮的鱼玄机形象①，是依据对女性"三纲五常"的道德约束而进行的人物评判。而森鸥外则将此改写为充分意识到伦理道德规范的女诗人，因女性意识的觉醒而在爱欲中沉浮，终因猜忌杀婢被戮，女性意识的觉醒给女诗人带来的变化成为森鸥外小说描写的重点。

有日本研究者认为，森鸥外是以日本女性解放运动先驱、《青鞜》杂志创刊人之一的平塚雷鸟（1886—1971）为原型的（山本美智子，1973：63；尾形仂，1963：50）。平塚雷鸟1915年2月在《青鞜》杂志发表《致小仓清三郎氏——〈性的生活与妇人问题〉读后感》一文，根据自己的亲身经历指出女性的爱情并非如男性所认为的那样与欲望同时产生，而是爱情先于欲望。雷鸟自己是在经历第三次恋爱时，才发觉自己感到了肉体的欲望（平塚雷鸟，1917：101—102）。小说《鱼玄机》中，鱼玄机从初嫁李亿毫无房帏之欲到沉溺于与陈某的爱欲，大概是受到了雷鸟文章的启发。

玄机与雷鸟同为女性创作者，人生经历带来的轰动效应也有着相通之处。小说《鱼玄机》采用倒叙手法，以"鱼玄机杀人，给下了大狱。这消息转瞬便传遍长安，事情太出人意料，无人不感到惊讶"开篇，并在第一节结束时解释原因："如此美貌的女诗人杀人下狱，耸动一时视听，实也不足为奇。"（森鸥外，2005：182）美貌的女诗人本就引人关注，又因杀人下狱，足以勾起人们的好奇心，对于女诗人的这一命运如何阐释，是小说《鱼玄机》作为一篇现代小说所追究的。拥有丰富的科学知识，受

---

① 孙光宪在《北梦琐言》（中华书局1960年版，第76页）中更是断言："自是纵怀，乃娼妇也。"

到平塚雷鸟文章启发的作家森鸥外，在中国传统文化的道教中找到"中气真术"之说，令女诗人由此经历女性意识的觉醒，从而为鱼玄机"跌入灭亡的深谷"提供了一种阐释方式。

二、女诗人得遇伯乐

小说以鱼玄机为题名，却以温庭筠及其子结局的说明为结尾，可见作家对于温庭筠这一人物的重视。在《三水小牍》等记录鱼玄机事迹的文献中，仅《唐才子传》中有"复与温庭筠交游，有相寄篇什"（辛文房，1986：157）之句而已。而森鸥外的小说中，温庭筠作为玄机诗才的伯乐，成为女诗人一生事迹的重要见证人。

如前文所述，小说中提及的温庭筠生平事迹均来源于史料记载。温庭筠诗名赫赫，对宰相等权贵，甚至皇帝都不放在眼里，因而为权贵所鄙，仕途坎坷。不过，温庭筠与鱼玄机的师生关系则为作家独创。鱼家为温庭筠填词歌唱演奏的技艺所倾倒，传入玄机耳中，二人得以相识。玄机奉温庭筠为师，"诗简往来不绝"。第一次见面"温拟以待妓女的态度"相见，但玄机"正襟恭迎"，令温庭筠"不觉肃然敛容"，更是对玄机的诗才大加赞赏。小说特别强调玄机与温庭筠之子同龄，温庭筠一直关注着鱼玄机的成长，更是对鱼玄机之死"最为伤心"，可见在与鱼玄机的关系上，小说将其塑造为正面师长形象。这与《旧唐书·文苑传》《唐才子传》等书中所载，温被公认为猥薄无行之徒大相径庭。鱼玄机诗中有《冬夜寄温飞卿》与《寄飞卿》两首，但是温庭筠诗歌中未见任何回赠之作。历史上温庭筠对于鱼玄机的态度如何？可以从其两首著名的《女冠子》词中窥见一斑。"女冠子"这一词牌名，正是以温庭筠《女冠子·含娇含笑》为正体。词中描写女冠的妆容、服饰、情态栩栩如生，可见温庭筠与小说《鱼玄机》中来道观"嬉笑戏谑"的文墨之士并无二致。而以尊重史实的态度叙述温庭筠个人事迹的作家森鸥外，显然在温鱼的交往中，美化了温庭筠的形象。这其中又隐含着作家怎样的创作意图呢？

在创作小说《鱼玄机》时，森鸥外即将卸任陆军省医务局长一职，又在完成小说《鱼玄机》十天后①，写下题为"龆龀"的汉诗。

龆龀期为天下奇，其如路远半途废。
三年海外经路雪，两度军中免革尸。
醉里放言逢客怒，绪余小技见人嗤。
老来殊觉官情薄，题柱回头彼一时。

森鸥外在诗中回忆赴海外留学以及两次从军经历，自嘲业余创作遭人嗤笑，最终发出"老来殊觉官情薄"的感叹。有日本研究者指出，小说《鱼玄机》中温庭筠这一人物形象寄托着作家对诗人仕途失意的同情与对官场的反感（山本美智子，1973：69）。其实，森鸥外一生仕途畅达，仅有三年时间调任九州小仓，远非不过幕僚小吏的温庭筠可比。作家的创作意图更多体现在将温庭筠塑造为玄机师长这一点上。

在以"贤妻良母"为女性规范的明治及大正初期，文坛也呈现明显的男性中心主义，女性文学家被称为"女流作家""闺秀作家"，从而有别于男性作家。而森鸥外一直对女性文学家的创作投以善意关注，在《关于与谢野晶子女士》一文中，森鸥外将小说家樋口一叶（1872—1896）、诗人与谢野晶子（1878—1942）、评论家平塚雷鸟称为"杰出的女性"（森鸥外，2006：27）。贫困潦倒的女作家樋口一叶正因小说《青梅竹马》受到森鸥外盛赞，从而获得了文坛的认可。森鸥外还称赞平塚雷鸟"在《青鞜》上写的评论文章，以明快的笔调阐述哲学问题，无男性评论家可与之比"。应该说，在温庭筠这一人物身上，投射着作家爱惜并承认女性创作才华的态度。

由此推知，作家受到平塚雷鸟的文章及其个人经历启发，重写唐代女冠诗人鱼玄机的故事，在对鱼玄机诗才的赞赏方面，流露出作家对于日本近代新女性特别是女性创作者们的认可。作家运用科学知识诠释鱼玄机的心理及行为，解构了中国原典中的女诗人形象，这是小说《鱼玄机》的

---

① 森鸥外7月7日的日记中记录："写完鱼玄机。"《龆龀》一诗作于7月18日，当日日记中录有该诗。参见森林太郎『鸥外全集第三十五卷』、岩波书店、1975年、666—667頁。

"科学性"与"现代性"所在。但是,森鸥外重写的女冠诗人传奇,将其悲剧归结为个人原因,这与中国新文化运动以降流播的鱼玄机题材相较,二者相距甚远。

三、"叛逆的女性"

新文化运动兴起之后,在科学、民主、反封建的口号下,新一代青年知识分子强烈要求摆脱封建伦理道德的束缚,呼吁受到男权压抑的女性觉醒起来。在此语境下,鱼玄机被诠释成一名具有叛逆精神的女性。1925年,《黎明》杂志刊载《唐女郎鱼玄机的诗及其事迹》一文,指出"若能把她的事迹,详细地考证出来,并请一位擅于戏剧的,用她的事迹,再加文学上的点缀,编成一篇描写性的苦闷及惨杀绿翘的变态心理的剧本,那么这篇剧本,必定很能动人;这个叛逆的女性也决不会使《三个叛逆的女性》[①]专美于前的"。鱼玄机首次被定性为与封建伦理道德的束缚进行抗争的"叛逆的女性"(黄惟庸,1926:13)。

赵景深于1946年10月由上海北新书局出版的《海上花》文集中,收录《女诗人鱼玄机》一篇,评价鱼玄机离开李亿是"从囚牢一般的山上的傀儡家庭里走了下来"。将玄机比作"出走的娜拉",认为鱼玄机最终杀婢被戮,"像这样一代才华的艺人,竟活生生的给旧社会和旧礼教处死了"(赵景深,1984:228)。

1948年发表小说《埋香》的李拓之在小说前半部分以小心翼翼侍奉主人的婢女绿翘的视角,描写鱼玄机终日盛装外出甚至夜晚不归,近日容貌稍衰,性情古怪,绿翘感觉自己"简直如一只鸟给关在笼子里"(李拓之,1948:91);其在小说后半部分则从玄机的视角,描写因"绿翘近来出落得那么好看""感到莫名的压迫和侮辱",最终抱着"要叫这光彩和色泽在自己手下成为齑粉,化为灰尘。消灭它!"的念头鞭笞绿翘致死。

[①] 《三个叛逆的女性》是郭沫若撰写的历史剧本集,收录《卓文君》《王昭君》《聂嫈》三个剧本。卓文君反抗父权和从一而终的旧礼教,王昭君蔑视权奸、反抗王权,战国时期四大刺客之一聂政的姐姐聂嫈则反抗暴政,因此合集命名为《三个叛逆的女性》。

而鱼玄机走到这个地步，正是因为李亿"为了新欢而抛却旧好"，令鱼玄机强烈感到青春已逝，带着"被封锢的充满热欲的身体"，"被蔑视屏弃被压抑气闷"所致。李拓之笔下鱼玄机的悲剧强调其受到抛弃和蔑视之后的心理扭曲，鱼玄机虽为时代的受害者，但同时又是加害者，戕害了另一个年轻女性鲜活的生命。

以上有关鱼玄机的言说与叙事，虽对鱼玄机遭际的阐释不尽相同，但在揭示男权社会对女性的压制方面是共通的。20世纪30年代，以魏姆莎特等为代表的西方学者将鱼玄机的诗译介到美国，同样突出鱼玄机作为道姑、妓女和女诗人的多重女性身份，迎合当时美国女性主义批评话语，抨击男权统治下女性的种种不公平遭遇①，与中国新文化运动后鱼玄机形象的文学书写有异曲同工之处。事实上，魏姆莎特受到中国学者谭正璧《中国女性的文学生活》一书的影响，赞同谭正璧对于绿翘为鱼玄机所杀一事提出的质疑②。

而日本早在1911年因《青鞜》杂志创刊，"新女性"已成为流行词语，女性文艺杂志《青鞜》亦逐渐转型成为女性解放运动的启蒙杂志。在此语境下，小说《鱼玄机》消解了原典中的鱼玄机形象。但与此同时，在被李亿抛弃后，仍然大胆追求爱情的女性形象也被淡化。如此这般，女诗人的悲剧源于自身，并非受到三纲五常伦理道德的禁锢所致。

结语

森鸥外关于女冠诗人的这种叙事模式，与明治政府推行以"忠君爱国"为核心的国民教育仍然以儒教伦理作为重要支撑关系密切。正如森鸥外的处女作《舞姬》中，留学德国的主人公丰太郎最终选择牺牲爱情，

---

① 魏姆莎特著有 Selling Wilted Peonies : Biography and Songs of Yü Hsüan-chi 一书，将鱼玄机视为中国"女性知识分子的先驱"。参见 WIMSATT Genevieve. Selling Wilted Peonies : Biography and Songs of Yü Hsuanchi T'ang Poetess. New York: Columbia University Press, 1936.

② 谭正璧认为鱼玄机是"屈打成招"，"冤抑地死了"。参见谭正璧《中国女性的文学生活》，江苏广陵古籍刻印社1998年版，第186页；WIMSATT G. Selling Wilted Peonies :Biography and Songs of Yü Hsuanchi T'ang Poetess. New York: Columbia University Press, 1936, p.117.

走上回国求取功名之路所暗示的一般，作为明治政府的高官，森鸥外官至陆军军医总监、帝室博物馆馆长，其思想难免有因循的局限——他自称"留洋归来的保守派"。在即将退官之际，虽在小说《鱼玄机》中通过温庭筠这一人物流露一生仕官的感慨，颠覆史料所载鱼玄机的形象，但仍将女诗人的悲剧归结为其个人原因所致。作家以中国古典题材进行创作，始终是在儒教伦理道德的框架中进行的。这与新文化运动之后反封建语境下中国新文学同类题材的创作呈现出不同的叙事模式，因而被鲁迅评价为"很有'老气横秋'的神情"（鲁迅，2005：248）。

参考文献

[1] 山崎一穎.「魚玄機」論[J].国文学研究，29号，1964年2月.

[2] 森鸥外. 鱼玄机 [A]. 高慧勤，译. 舞姬 [M]. 北京：解放军文艺出版社，2005.

[3] 森鸥外. 情欲生活 [A]. 李庆保，杨中，译. 森鸥外中短篇小说集 [M]. 长春：时代文艺出版社，2016.

[4] 皇甫枚. 鱼玄机笞毙绿翘致戮 [A]. 三水小牍 [M]. 北京：中华书局，1958.

[5] 山本美智子.森鷗外『魚玄機』の史料とテーマについて[J].日本文学，1973（11）.

[6] 尾形仂.『魚玄機』と"新しい女"たち[J].国語国文，1963（12）.

[7] 平塚雷鳥.小倉清三郎氏に[A].現代の男女へ：らいてう第三文集[M].東京：南北社，1917.

[8] 辛文房. 鱼玄机 [A]，唐才子传. 哈尔滨：黑龙江人民出版社，1986.

[9] 刘学锴. 温庭筠全集校注下册 [Z]. 北京：中华书局，2007.

[10] 山本美智子.森鷗外『魚玄機』の史料とテーマについて[J].日本文学，1973（11）.

[11] 森鸥外.与謝野晶子さんに就いて[A].金子幸代編.鴎外女性論集[C].東京：不二出版，2006.

[12] 黄惟庸. 唐女郎鱼玄机的诗及其事迹 [J]. 黎明，第3卷第42期，1926-8-29.

[13] 赵景深. 海上集（初版影印）[M]. 上海：上海书店，1984.

[14] 李拓之. 焚书 [M]. 上海：南极出版社，1948.

[15] 鲁迅.《沉默之塔》译者附记 [A]. 鲁迅全集第十卷 [M]. 北京：人民文学出版社，2005.

与谢野晶子"恋爱"短歌中的苦闷书写*

孙菁菁**

摘要：与谢野晶子是日本近代著名的女性和歌诗人，因恋爱短歌集《乱发》而受到关注。但其在走入婚姻后经历的诸多内心的隐忍却鲜为人知。在《乱发》之后的短歌集中，与谢野晶子开始创作诉说情感危机的和歌作品。以爱情胜利者姿态走入婚姻的与谢野晶子，为丈夫的多情而苦恼，为丈夫事业停滞后自暴自弃的生活态度而烦闷，觉醒的女性自我在情感危机中挣扎。她将这些情感生活皆称作"恋爱"，并试图用社会性别的不同来消融其在"恋爱"中的困扰。

关键词：与谢野晶子；恋爱；短歌；苦闷

The Depressed Writing in Akiko Yosano's Tanka of "Love"

Sun Jingjing

Abstract：Akiko Yosano was a famous female poet in modern Japan, who was known for her bold and unrestrained collection of love poems, Midaregami. However, many of her inner restraints after entering into marriage are rarely known. In the subsequent collections of short poems (tanka), Akiko Yosano's self-affirmation continued, but songs that told of emotional crises began to ap-

---

* 本文为吉林省社会科学基金项目"近代日本视阈下的与谢野晶子女性意识研究"（项目编号：2021C135）的阶段性成果。

** 孙菁菁，文学博士，吉林大学外国语言文化学院日语语言文学系副教授，研究方向为日本近代文学、近代日本思想。

pear. Akiko Yosano, who entered into marriage as a victor of love, was troubled by her husband's passionate love and frustrated by his self-destructive attitude after his career stalled. However, she still did not give up on her love and attachment to him. The awakening of female self-awareness during the period of love and passion, and the struggle in emotional crisis. She referred to these emotional lives as "love", and tried to use the differences in social gender to dissolve the difficulties in "love".

Keywords: Akiko Yosano, love, tanka, anguish and depression

引言

与谢野晶子（1878—1942），原名凤晶子，是日本近代著名女性和歌诗人、社会评论家。据其自身回忆，她"在1898年（明治三十一年）前后的《读卖新闻》上读到与谢野（铁干）的短歌后"，开始倾心于与谢野铁干的短歌歌风（与谢野晶子，2002：214—215）。1900年4月，与谢野铁干（1873—1935）创办《明星》杂志，晶子陆续在这本杂志上发表短歌。同年8月，晶子初会与谢野铁干。翌年即1901年6月，与谢野晶子舍弃家人，离开出生地大阪堺市，只身前往东京，同与谢野铁干开始了共同生活，并于同年10月结婚。1901年9月，其记录自己同与谢野铁干恋爱体验的短歌集《乱发》出版，引发了巨大的反响。

在与谢野晶子与铁干相识时，与谢野铁干尚与林泷野处于事实婚姻关系中，在与谢野晶子到达东京与其同居前，林泷野刚刚离开。此外，同是新诗社社友的和歌诗人山川登美子（1879—1909）亦爱慕与谢野铁干，只是由于父亲的安排，她才埋藏了这段情感。可以说，与谢野晶子是作为爱情竞争中的胜利者走入婚姻的，并且还因对自身恋爱的高歌，收获了文坛声望。但是婚后，与谢野晶子遭遇了情感危机。她亦将这些情感体验咏成诗歌，收录在《乱发》后的短歌集中。1904年1月，与谢野晶子的第二短歌集《小扇》出版。1906年1月与9月，短歌集《舞姬》与《梦之华》分别出版。其后，《常夏》（1907）、《佐保姬》（1909）、《春泥集》（1911）等相继出版。此外，与与谢野铁干共著的诗文集《毒草》和与山川登美子、增田雅子合著的短歌集《恋衣》也分别于 1904 年 5 月和 1905 年 1 月发行。虽然初期作品多是《乱发》的延续，但随着生活状况的变化，渐次加入了内面的阴翳和曲折。只是在目前国内的日本文学研究界，尚未看到对《乱发》之后与谢野晶子恋爱短歌的研究。

本文将通过考察《乱发》之后与谢野晶子的"恋爱"短歌，并辅以对相关新体诗和小说的分析，探讨与谢野晶子在近代婚姻中的消极情感体验及相关表达方式。关于何为"恋爱"，与谢野晶子曾在《爱的训练》（1917）一文中写道："即便坚定地认识到彼此是真正相爱之后结婚，这也仅仅是迈出了恋爱的第一步，也要知道两人间的恋爱未必已经完成，此后恋爱会继续逐步成长。"（与谢野晶子，1980：244）可见，与谢野晶子不只将婚前的情感当作恋爱，也以"恋爱"称呼婚姻生活中夫妻间的感情。因此，本文借用与谢野晶子对"恋爱"的界定，将与谢野晶子咏叹自身感情生活的短歌统称为"恋爱"短歌。

一、忧愁浸染中的自我肯定

1904 年 1 月出版发行的与谢野晶子第二本短歌集《小扇》，基本上是《乱发》的延续。同月的《明星》杂志登载了下面这首短歌作为《小扇》的广告，1905 年 3 月《小扇》再版时，它又作为序歌出现在扉页。

　　われ若うて小き扇のつまかげにかくれて観たる恋のあめつち[①]

　　（意为：年少时躲在小扇下的阴影处，看到的恋爱的天地）

年轻时以为人生只有恋爱，其实只不过是在扇子下独自兴奋而已，现在才知道那扇子有多小。在与与谢野铁干共同生活两年半之后，与谢野晶子坦率地表达了热恋后的心境，体现出自我的成长和革新。这首短歌亦是

---

① 由于短歌翻译的特殊性，本文在引用短歌时，采用直接引用日文原文、添加中文释义的方式。

短歌集《小扇》名字的由来。1904年4月，与谢野晶子与铁干共著的诗文集《毒草》刊行时，该短歌又在"自嘲"的题目下独立构成一章。标题"自嘲"反映出处于婚姻现实中的与谢野晶子在回望几年前炙热恋爱时的心境。

    朝の湖に紫ときし春の君くろ髪君に夢きく秋か
   （意为：春朝湖畔求爱的你，黑发少女问你梦会在秋天吧）
    ひとすじにあやなく君が指おちてみだれなむとす夜の黒髪
   （意为：你的手指不经意地穿过，我那蓬然欲乱的黑夜里的黑发）
    おつる裾にしら梅きゆる春髪の五尺を歌の妻が二十よ
   （意为：白梅落花散裙边，春发五尺风华正茂歌之妻）

  引文的这三首短歌均使用了"发"的意象，从中可以看到《乱发》的影子。第一首用"秋"和"春"的对比，寓意恋爱会结出果实。第二首细腻地描绘了男性"手指"对年轻女子秀发的触碰，颇具官能色彩。最后一首则歌咏了妻子的风华正茂和美丽，洋溢着对青春美的自信。以这三首和歌为代表，《小扇》中的这类恋爱短歌有着《乱发》式的恋爱氛围，但其中涌动的热情要比《乱发》沉寂，这也符合从热恋到新婚的变化。此外，在短歌集《小扇》中还可以看到与谢野晶子对与谢野铁干前妻林泷野的姿态。

    しろ芙蓉妻ぶりほこる今はづかし里の三月に歌しりし秋
   （意为：白芙蓉以妻自居，今日的羞愧，故乡的三月，知歌的秋天）
    宵のうたあした芙蓉にねたみもつよ黒髪ながき秋おごり妻
   （意为：夜晚的歌，嫉妒明日的芙蓉，黑发长垂傲秋之妻）

  "白芙蓉"是与谢野铁干为林泷野起的雅号。这两首和歌显示出与谢野晶子对自己成为与谢野铁干妻子的骄傲。除这两首外，还有一首没有直

接出现"白芙蓉"的名字——"誰ならず孔雀のひなに名おはしぬ我やおごりの北のおばしま"(意为：不是别人正是我，为孔雀幼鸟起名，骄傲地北倚栏杆)。"骄傲地北倚栏杆"出自李白《清平调》第三首中的诗句"沉香亭北倚阑干"，李白吟咏的是"在沉香亭北，君王贵妃双双倚靠着栏杆"的场景。与谢野晶子借此表达自己和与谢野铁干才是一对儿。

在和与谢野晶子结婚之前，与谢野铁干有过两段事实婚姻。第一任妻子是与谢野铁干在山口县德山女校任教时的学生浅田信子，第二任为同一学校的学生林泷野。浅田信子和林泷野都生于德山的富裕家庭，杂志《明星》的发行还受到了林家的资助，这也是《明星》前五号的编辑发行人署名为林泷野的缘由。1900年9月，林泷野诞下与谢野铁干的儿子萃。

1909年4月的《趣味》杂志登载了与谢野晶子的小说《亲子》。与谢野晶子借助主人公浜和七夫，描绘了自己与与谢野铁干同居后的生活。根据小说中的描写，浜来到东京"是在先前的妻子离开半个月之后"，其后，大概在9月前后，前妻又带着孩子来到浜和七夫的家中，七夫解释是来要求他还借款。前妻暂住在隔着两条街的笹岛家里，开始时只是偶尔把孩子送来，后来发展到前妻每日也来，这让浜感到困扰。12月，浜成为七夫在民法上的正式妻子，但接下来的正月，浜收到来自母亲的信，内容令她难以释怀。信中说，自称是七夫前妻的人，找到住在东京的浜的长兄，要求其替七夫支付欠款，浜的长兄大怒，要与浜断绝兄妹关系(与谢野晶子，2002：201—214)。小说中前妻的原型即林泷野。与谢野铁干对林泷野的感情和态度令人费解，在与林泷野分开后，他曾请求林泷野不要再婚，并数次要求林泷野对他进行金援，称自己对她的爱未曾改变。陈黎、张芬龄认为与谢野铁干并非卑劣之人，林泷野金援与谢野铁干比较合理的说法是：林泷野想故意惹恼与谢野晶子(陈黎、张芬龄，2018：8)。林泷野后来的丈夫正富汪洋在1955年出版的《明治的青春》中，以林泷野口述的形式，对小说《亲子》中的一些内容进行了驳斥。但无论细节如何，在已和晶子开始新生活的当时，与谢野铁干并未妥善处理其与林泷野之间的感情，且接受林泷野的金钱应该是事实。

与谢野晶子在小说中表露出一种感情困扰，但在短歌集《小扇》中表露出的则是对林泷野的优越感。可以看出，与谢野晶子在努力超越内心

难以倾吐的阴翳，彰显出自我肯定的意识。虽然在新婚后双方也有争吵，但炙热爱意的余温尚存，如其在"ほこり、おごり、笑みよ、問はずもありぬべし泣く日は我に恋やはらかき"（意为：骄傲、欢笑可不问缘由，哭泣时我有恋爱纤柔）一歌中所歌咏的那样，"恋爱"给予与谢野晶子巨大的能量，可以抚慰现实生活中的忧愁。

二、恋爱冷却后的苦闷咏叹

《小扇》面世两年后的 1906 年 1 月，与谢野晶子的第三本短歌集《舞姬》出版，同年 9 月，第四本短歌集《梦之华》刊行。两部短歌集在装帧、分量、体例上都很相似，被称作"姐妹篇"（新间进一，1981：56）。《舞姬》《梦之华》收录的作品以 1905 年、1906 年发表在《明星》杂志上的短歌为主。逸见久美列举了《舞姬》作品的几大特色，分别是王朝趣味、怀乡、恋爱、叙景和歌咏黑发（逸见久美，2007：458—461）。在《梦之华》中，与谢野晶子追忆了在京都粟田山与与谢野铁干的第二次相见，短歌集标题中的"梦"给人以"青春恋之梦"的印象。《梦之华》中对逝去的青春恋爱情感的追忆，大于对当下情感的咏叹。《舞姬》中有这样一首短歌，最初发表在 1905 年 4 月的《明星》杂志上。

  ゆるしたまへ二人を恋ふと君泣くや聖母にあらぬおのれのまへに
  （意为："原谅我吧，同时爱着你们二人"，你是在哭着说吗？在不是圣母的我的面前）

面对向自己坦白同时爱着两个人的丈夫，与谢野晶子以"不是圣母的我"表明了自己内心的痛苦。1906 年 8 月，与谢野铁干在《明星》杂志上发表了一首题为《双面爱情》的诗作。在诗作的开篇，作品人物表达了自己内心的惶恐，他居然同时爱上两名女子，一位来自浪速，另一位来自吉备。《双面爱情》中的人物称：来自浪速的女子有着傲人的才气，与男作家为伍；来自吉备的女子含蓄、沉静、抑郁寡欢。当前者说他是她生命的全部时，他承诺会永远爱她；当后者告诉他说自己将不久于人世时，他说他会随她而去。他分不清自己更爱谁，就如他分辨不出香烟与焚香的烟雾有何区别。这显然是在影射与谢野铁干对晶子和山川登美子的情感。

山川登美子也是新诗社同人，与晶子在同一场讲演会上与与谢野铁干相识，并且也对铁干产生了爱慕之情。山川登美子生于旧武士家庭，于1900年12月与父亲选定的结婚对象山川驻七郎结婚，但从山川登美子刊载于1901年1月《明星》上的短歌"たえんまで泣きてもだえて指さきてかくて猶も人恋ひわたる"（意为：哭着挣扎着，指尖仍然指向他，恋慕继续着）看，山川登美子未能斩断对与谢野铁干的思慕。1902年年末，山川登美子的丈夫因肺疾去世，恢复娘家户口的她于1904年春进入日本女子大学英文系学习，1906年也被诊断出肺结核。赤塚行雄指出与谢野铁干曾于1901年4月13日为前妻林泷野进入日本女子大学学习写过推荐信，因此山川登美子的入学或与与谢野铁干的建议有关（赤塚行雄，1994：221）。山川登美子在日本女子大学学习期间，经常出入新诗社。结合与谢野铁干《双面爱情》的内容，不难想象铁干与登美子之间的情愫。

与谢野铁干《双面爱情》的末尾，诗中的诉说者请求智者为他宣告他对二者都是真爱，也请求诗人为他歌颂这两份爱情。这种男性主义的想法，会让女性饱受煎熬。与谢野晶子在短歌中以自己"不是圣母"的语句表露出内心的苦楚。如此情感纠葛必然会改变诗人的恋爱观，亦会反映在恋爱表述方面。1906年1月，与谢野晶子在《明星》杂志上发表了如下短歌，该作后来成为其《梦之华》的开篇之作。

　　おそらしき恋ざめごころ何を見るわが目とらへん牢舎はなきか
　　（意为：可怕的恋爱冷却，我的双眼看到什么，就没有锁住我双眼的牢房吗）

爱恋冷却后，眼中的光景变了，诗人想用牢房锁住双眼，以阻挡自己看到现实。这首短歌没有直接描写诗人的感情，但可以让人体会到诗人审视自己的冷静。两个月后的1906年3月22日，与谢野晶子在《万朝报》

上发表了如下短歌，该作亦收录在《梦之华》中。

  冷えし恋かたみに知らずなほ行かば死ぬべかりけり氷の中に
  （意为：不知对方心意已凉的彼此，走下去皆会溺死在冰水中）

在这首短歌中，诗人悲观地称彼此心意已冷，坚持下去会造成不可挽回的伤害。曾经高歌恋爱至上，在恋爱中充满自信的与谢野晶子的内心出现了强烈的动摇。显然《乱发》时期的与谢野晶子未能预测到这种人生之苦。

三、情感漩涡中的隐忍倾吐

与谢野晶子与山川登美子亦敌亦友。在文学才华方面，二人不分伯仲，皆是优秀的和歌诗人。面对山川登美子的存在，与谢野晶子曾在1905年12月的《明星》上哀叹：

  つよく妬むわれなり今日も猶胸にほのほはためく恋のわざはひ
  （意为：强烈嫉妒的我，今日我的心中也燃起了嫉妒之火，恋爱带来的灾难）

与谢野晶子心中的嫉妒之火为山川登美子而燃烧。山川登美子于1905年10月因病入院，与谢野铁干表现出超越友谊的担心和焦虑。短歌中的"恋爱"一语双关，同时指她本人与与谢野铁干的情感、与谢野铁干与山川登美子的情感。与对林泷野不同，作为铁干之妻的晶子，在面对山川登美子时，并未显示出优越感，亦不见她对登美子与铁干情感的批判。

早在1900年11月，当与谢野晶子知晓山川登美子决意放弃对与谢野铁干的爱恋，听从父亲安排回乡结婚时，写过这样一首短歌：星の子のあまりによわし袂あげて魔にも鬼にも勝たむと云へな（意为：作为明星之子的你过于软弱，请勇敢地挥袖战胜魔鬼）。短歌中与谢野晶子将封建传统比作"魔"和"鬼"，鼓励山川登美子作为以追求自我解放为理想的《明星》同人，勇敢地战胜封建家长的摆布。从同为铁干倾慕者的角度看，山川登美子的退出，对于晶子来说是可喜之事，但她并没有庆幸，而是希望登美子能够摆脱家长制的束缚。当山川登美子因丈夫离世脱离家庭牢笼，又重新开始与铁干相思相念后，与谢野晶子并未指责，却"燃起了"熊熊的"嫉妒之火"。"嫉妒"是在竞争中认为自己处于劣势一方的消极情感体验，与谢野晶子感受到了来自登美子的威胁，并坦诚地表达在短歌中。

1909年4月，山川登美子病逝。翌月，与谢野晶子的短歌集《佐保姬》出版，该歌集的卷头附有"献给已故山川登美子"的献词。歌集收录了如下一首短歌，该作最初发表在1908年7月的《明星》杂志上。

恋ひぬべき人を忘れて相よりぬその不覚者この不覚者
（意为：忘记该恋之人与他人相恋，那个失败者和这个失败者）

这首短歌中的"忘记该恋之人与他人相恋"，指山川登美子听从父母之命，舍弃对与谢野铁干的情感，与他人成婚。这样的山川登美子既对不起与谢野铁干，也对不起自己后来的丈夫，是一个失败者。然而与谢野铁干虽然喜欢山川登美子，但未能把她留在身边，亦是失败者。如今两个"失败者"旧情复燃，甚是可怜。用"失败者"指代铁干与登美子，看似与谢野晶子对二人持有俯视视角，但由于"忘记该恋之人与他人相恋"是过去事项，实际上是与谢野晶子在用曾经的优势模糊此时内心的阴郁。山川登美子去世后，与谢野铁干为山川登美子写下20首挽歌，发表在1909年5月的新诗社月报《常磐木》创刊号上，其中有对山川登美子恋情的告白和对过去的追忆，也有对包括与谢野晶子在内的三人美好过往的追忆。同期杂志上，亦可见与谢野晶子的如下短歌：

背とわれと死にたる人と三人して甕の中に封じつること
（意为：我丈夫、已故者和我，我们三人将那秘密封存于瓮中）

与谢野晶子想让三人间的秘密随着山川登美子的离世被一同埋葬。三人间的秘密，指三人间的情感纠葛，即三人间"是谦让给她的恋爱还是被谦让的恋爱，自始至终皆不知是如何的恋爱"①。"封存于瓮中"表露出与谢野晶子想以山川登美子的离世终结这段情感纠葛。与谢野晶子因恋爱而获得性别与自我的觉醒，她是自由恋爱的获益者，当面对他人的恋爱——丈夫与谢野铁干与山川登美子间的情愫时，她选择了隐忍倾吐。

四、心中怨愤的多文体互文性抒发

除感情层面外，《明星》杂志于1908年10月在发行了第一百号后废刊，这也给与谢野夫妻的生活带来了阴霾。关于当时与谢野晶子的心境和与谢野家的状态，通过《佐保姫》和《春泥集》这两部短歌集可以略知一二。

男にて鉢叩きにもならましを憂しとかかこちうらめしと云ふ
（意为：成为男性敲木鱼吧，比起说苦说恨的抱怨）
わが家のこの寂しかるあらそひよ君を君打つわれをわれ打つ
（意为：我家这寂寞的争吵，你打你我打我）

上述两首短歌最初分别发表在1909年1月的杂志《新声》和1909年12月6日的《大阪每日新闻》。从两首短歌的内容看，婚姻中的诗人已经疲惫不堪，"争吵"本应是聒噪喧嚣的，但与谢野晶子却用"寂寞"形

---

① 原句为：この恋はわれやゆづりしゆづられし初めも知らず終りも知らず。最初发表在1909年1月的《趣味》杂志。

容,说明二人即便争吵也难以契合,表达出深深的无力感。《明星》废刊后,与谢野铁干几乎没有工作,也鲜少有人造访,终日无所事事,与谢野铁干认为为生活卖文是文士之耻,在石川啄木的日记中可以找到类似记录。因此,与谢野一家的生活重担落在了与谢野晶子一人身上,这使她忙碌万分。在1908年《明星》废刊时,与谢野夫妇已有两子两女,1909年和1910年与谢野晶子又分别诞下一子一女,1911年2月晶子再次分娩,并且是双胎,但由于难产,只存活一女。在怀孕生子的反复中,在扛起全家经济重担的同时,与谢野晶子还要面对意志消沉、精神萎靡的丈夫,"说苦说恨的抱怨"和二人的争吵可想而知。在与谢野晶子的自传式小说《走向光明》(1913)中,有这样一段描写:

>丈夫在用菜刀到处敲打从大丽菊根部洞穴爬出的蚂蚁。两小时后我从书房出来看时他在敲,三小时之后仍然在敲。(中略)丈夫说"因为它们可恨"。不说有趣,而是可恨,因此用菜刀敲土,我觉得世上如此悲伤之事,除此之外不再有了。(**与谢野晶子**,1980:23—24)

《走向光明》是与谢野晶子唯一的一部长篇小说。小说从描写《新月》杂志废刊后"透"自暴自弃的生活开始。虽然有一定的虚构成分,但基本上反映了与谢野铁干渡欧前后与谢野晶子的真实心境,这在先行研究中已是定论。曾在文坛呼风唤雨的"透"(与谢野铁干),在家中庭院里拿着菜刀敲蚂蚁,对此"京子"(与谢野晶子)既生气又更感心痛。本节引用的第一首短歌勾勒出的"敲木鱼"的"男性"形象与小说中用菜刀敲蚂蚁的落寞文人"透"相仿,与昔日文坛中的与谢野铁干形象形成了鲜明的反差。面对丈夫的自暴自弃,除了悲伤,只是无可奈何。"京子"在给妹妹的信中抱怨:

>丈夫非常懒惰。(中略)虽然有时会拿出剧烈的能量完成三四人份的工作,但都是间歇性的,绝对不持久。他非常任性地压迫别人,想要控制别人。弟子们因此都离开了。(**与谢野晶子**,

1980：49）

感情冷却后，与谢野晶子开始介意丈夫的缺点，她在小说中借"京子"之口表达了自己内心的变化。现实中的与谢野晶子正是如此。作为妻子的晶子负责赚钱养家，同时还要照顾孩子和料理家务，并要忍受丈夫在落寞中的控制欲，两人之间的争吵常常一触即发。1911年3月，与谢野晶子发表了一首题为《恋》的新体诗，更加直观地描写了争吵时的状态及"恋爱""从前""现今"的样子。

> 从前的恋爱是慢性子的，
> 悠悠哉哉地度日，
> 絮絮叨叨地闲聊。
>
> 现今的恋爱是激烈的，
> 经常装作不责难，
> 刹那间就会气氛紧张得
> 不得了的日子，
> 像燃烧镁一样，
> 像蒸汽机漏气一样，
> 响起悲鸣，痛苦挣扎
> 像那只天鹅死去那样。（与谢野晶子，全集第九卷，1980：199—200）

与谢野晶子用"像燃烧镁一样""像蒸汽机漏气一样"来形容"现今"夫妻间突如其来的争吵，其争吵的激烈程度可想而知。但即便如此，与谢野晶子依然将这样的情感关系称作"恋爱"。在与谢野晶子看来，婚姻不是恋爱的延续，而是恋爱本身，"从前"和"现今"都是恋爱，只是恋爱的情感发生了变化。1909年1月，与谢野晶子在《福冈日日新闻》上发表了一首题为《男人的胸膛》的新体诗，诗中的"我"想用尖刀刺穿男人的胸膛，想象鲜血迸出，"我"甚至浮现出微笑。但同时，将头贴在这可憎男人的胸膛入睡的也是"我"。诗歌的后半部分与前半部分的情绪完全相反，且后者逐渐压制了前者。从整体上看，诗歌表现的是女性的情感纠结。小说《走向光明》也有类似桥段。

在1908年8月的《明星》上，与谢野晶子咏道："先に恋ひ先に衰へ先に死ぬ女の道にたがはじとする"（意为：先恋爱先衰老先死去，这是女性的道路无疑）。这也是与谢野晶子在与铁干的"恋爱"中的实感，"恋爱"中的女性是卑微的，是悲哀的，但这就是"女性的道路"。将婚姻中苦闷的原因归结于男女社会性别之异，其实是男性本位思考方式的反映。觉醒的女性自我在婚姻的情感危机中挣扎。在与谢野晶子与铁干的关系中，无论是情感投入还是劳动付出皆不对等。小说《走向光明》中对阴郁婚姻状态的描写，可以看作是与谢野晶子本人真实心理状态的倾吐。新体诗则是诗性的概括和升华，更加直接地抒发了晶子对丈夫的复杂情感。而且短歌由于字数限制，给诗心以压力，提升了情感浓度，并与《乱发》中的短歌形成了鲜明的对比。三种体裁互释互补，不仅丰富了与谢野晶子的情感表述，也增加了其表现的张力。

结语

从炙热的恋爱走入婚姻，再到情感危机的显现，与谢野晶子将这一切咏成诗歌。在与谢野晶子的认知中，婚姻亦是恋爱，因此与婚后生活相关的短歌皆可称作与谢野晶子的"恋爱诗"。高呼恋爱至上的与谢野晶子的婚姻中存在着许多隐忍。日本近代恋爱结婚与一夫一妻制实践者与谢野晶子将自己婚姻中的苦闷归结为"女性的道路"，用社会性别的不同消融情感漩涡中的困扰。如果说《乱发》从女性主体的立场肯定了恋爱中的女性，那么《乱发》之后的女性自我则有被压抑的倾向。在女性主义视角下，与谢野晶子在婚姻生活中的隐忍缺乏女性主体意识，与《乱发》中的女性觉醒意识亦形成了鲜明的反差。

参考文献
[1] 與謝野晶子. 與謝野晶子評論著作集：第18卷[M]. 内山秀夫, 香内信子

編.東京：龍渓書店，2002．

［2］與謝野晶子．定本與謝野晶子全集：第十六巻［M］．東京：講談社，1980．

［3］亀井勝一郎．近代恋愛詩［M］．東京：中央公論社，1955．

［4］與謝野晶子．與謝野晶子評論著作集：第16巻［M］．内山秀夫，香内信子編.東京：龍渓書店，2002．

［5］与谢野晶子．与谢野晶子短歌集 胭脂用尽时，桃花就开了［M］．陈黎，张芬龄，译．长沙：湖南文艺出版社，2018．

［6］新間進一．与謝野晶子 短歌シリーズ・人と作品，4［M］．東京：桜楓社，1981．

［7］逸見久美．新版評伝与謝野寛晶子 明治篇［M］．東京：八木書店，2007．

［8］赤塚行雄．決定版 与謝野晶子研究：明治、大正そして昭和へ［M］．東京：学芸書林，1994．

［9］與謝野晶子．定本與謝野晶子全集：第十一巻［M］．東京：講談社，1980．

［10］與謝野晶子．定本與謝野晶子全集：第九巻［M］．東京：講談社，1980．

［11］與謝野晶子．定本與謝野晶子全集：第一巻［M］．東京：講談社，1979．

［12］與謝野晶子．定本與謝野晶子全集：第二巻［M］．東京：講談社，1980．

"有余裕的病人"：《病床录》中的疾病书写与形象构建

肖昇[*]

摘要：《病床录》呈现了日本近代作家国木田独步晚年罹患结核病时期的思考。作品于独步去世次月刊行以来，引发了广泛关注，被视为独步精神结晶之"经文"。基于这种文本经典化现象，本文以真山青果连载于《读卖新闻》的系列通讯文"报国木田独步氏病状之书"为线索，回到明治末期结核肆虐、修养热等历史语境中，探讨《病床录》中"有余裕的病人"的形象构建及其在同时代读者中的意义。"有余裕的病人"形象构建不仅成为将结核疗法求诸精神修养言说中的一环，更通过树立理想病人形象，成为甲午战争、日俄战争以来不断强化的理想国民形成装置的一部分。

关键词：国木田独步；《病床录》；疾病书写；形象构建；修养

"A Sick Person at Ease": Disease Writing and Image Construction in *Byōshōroku*

Xiao Yi

Abstract: *Byōshōroku* (Sickbed Record) presents the thoughts of Kunikida Doppo, a classic writer of modern Japanese literature, during his last days suffering from tuberculosis. Published the month after Doppo's death, this work attracted widespread attention and was regarded as a "scripture" crystallized from

---

[*] 肖昇，清华大学博士研究生，研究方向为日本近现代文学。

Doppo's spirit. Based on this phenomenon of "canonization", this paper takes the "Reports on the condition of Kunikida Doppo" serialized in the *Yomiuri Shimbun* by Mayama Seika as a clue, returns to the historical context such as tuberculosis epidemic and self-cultivation boom in the late Meiji period, and discusses the image construction of "a sick person at ease" in the *Byōshōroku* and its significance among the contemporary readers. It can be concluded that the image construction of "a sick person at ease" has not only become a part of the discourse of seeking spiritual cultivation for tuberculosis treatment, but also has played the role of the ideal national formation device strengthened since the First Sino-Japanese War and the Russo-Japanese War by establishing the image of an ideal patient.

Keywords: Kunikida Doppo, *Byōshōroku*, disease writing, image construction, self-cultivation

引言

《病床录》由日本近代文学作家国木田独步（1871—1908）口述，访谈人真山青果记录、编撰，以语录形式呈现出身患结核病、缠绵病榻的独步的思考。其中谈话笔记分为"生死观""人物观""恋爱观""艺术观""杂观"五部分，另附有"独步手记"和"报国木田独步氏病状之书"。作品于独步去世次月，即1908年7月由新潮社刊行，引发了广泛关注。1908年8月《新潮》汇集了《中央公论》《读卖新闻》等诸家时评。其中，"不作伪、不欺骗的性格"①（国木田独步，1967：413）、"作为思想家的独步"（国木田独步，1967：413）等表述成为主旋律。1908年9月号《早稻田文学》"新书杂感"中推荐道：

> 故人独步氏是诗人、小说家的同时，还是一个思想家。因此，他的作品不仅作为艺术品得到喜爱，此外还的确具备一种精

---

① 外文文献皆为笔者所译。以下不赘。

神感化①意味。从这点来看，他除了是小说家之外，还作为一种精神感化者，为一部分青年所崇拜。《病床录》一卷，如果的确是他不欺骗的精神的声音，且充满他热诚的力量的话，那么对于崇拜独步的青年而言，应该可以当作一部经文。（SG生，1908：61）

这一书评为我们指出了同时代日本读者对于《病床录》的一种阅读形态，即把它作为独步精神结晶之"经文"。作为"经文"的《病床录》在后世流传中得以继承。如《地上圣话》"汇集、编撰当代文豪夏目漱石、德富芦花、已故高山樗牛和国木田独步四位诗人之不朽真理两千章"（吉田常夏，1916：1），其中将《病床录》以格言警句形式摘录至"独步的处世观""独步的道德观"等条目下，赋予其"教授安心立命之经典，给予立志处世之教科书，更揭示社会生活之定义"（吉田常夏，1916：3）的意义。这种经典化的文本流通现象，无疑是国木田独步文学经典化的重要环节，而在此过程中，符号化的作家形象也为解析同时代言说空间提供了重要路径。

目前，学界尚未出现《病床录》的专门研究。福田真人（1991）在论述疗养院文化史的语境中，将《病床录》作为讨论独步疾病体验的案例加以使用。池田功（2002）将《病床录》纳入日本近代文学结核病相关作品谱系，从作者是否罹患结核病及其对文学创作的影响等角度加以分类。梁艳（2019）以独步创作于患病时期并涉及肺结核的小说为研究对象，探讨疾病与独步文学创作之间的关系，并将《病床录》作为作家研究材料加以运用。有鉴于此，本文将以《病床录》经典化现象为切入口，探讨其与同时代读者之间的关系。具体而言，本文尝试回到《病床录》文本生成的明治末期结核病流行的历史脉络中，以记录人真山青果连载于《读卖新闻》的系列通讯文"报国木田独步氏病状之书"为线索，将《病床录》在以连载媒体《读卖新闻》为首的同时代"结核"言说中予以定位。在此基础上，在结核病人的精神疗法语境中，探讨"有余裕的病人"

---

① 下划线皆为笔者所注。以下不赘。

这一理想化的独步形象的构建及其对同时代读者的意义。

一、结核病流行背景下的《病床录》

从开始统计的 1899 年至 20 世纪 50 年代,结核病持续占领日本人死因的前三位(北川扶生子,2021:2)。在独步生活的明治时期,以德富芦花的《不如归》(1898—1899)的长期畅销现象为象征,作为"不如归时代"重要因素的结核与战争成为青年们感受这一时代氛围的重要路径,即唤起他们被迫与爱人分离的危机意识(藤井淑祯,1990:142)。聚焦《病床录》中"报国木田独步氏病状之书"所刊媒体《读卖新闻》①的言说空间,可以发现冠以诸如"肺病者之自杀"(《读卖新闻》1907 年 9 月 13 日,第 3 版)等标题的结核患者自杀新闻频繁出现。另外,如"宝丹"(《读卖新闻》1908 年 3 月 15 日,第 3 版)等号称预防结核的药物广告,又如《肺病治疗之一新案:唱歌疗法》(《读卖新闻》1908 年 3 月 26 日,第 5 版)等结核治疗话题的报道,则作为缓解以上由结核病带来的恐惧情绪的出口,一同构成了引人注目的"结核"言说。

面对结核蔓延的严峻状况,《读卖新闻》推出了医学士田村化三郎的科普读物"肺的卫生"这一连载策划(1907 年 6—12 月)。该系列文章于同年底集结成单行本《肺的卫生》发行。该书涉及结核的性质、各阶段特征及其治疗方法、预防方法等。其中,"肺病者的读物"一栏中的以下内容值得关注。

>　　<u>所有肺病者大抵神经过敏,对任何事都变得敏感</u>。所以总体而言,报纸、杂志、书籍不要多读为宜。尤其是报纸报道中的自杀、他杀、情死,又如天灾地变、政权争夺、为名利奔走的世间活动现象都会刺激感情。对呻吟于病床的病人来说,知晓此等事件有害无益。但是,完全不读而一味想着自身病情也不合适。因

---

① "报国木田独步氏病状之书"共由十篇通讯文构成。除了刊于杂志《新潮》的"第三信"以及初刊于《病床录》的"第九信""第十信",其余均连载于《读卖新闻》。

此，能将病人的心绪转向其他事物而忘却病身的读物极好。具有诗歌、俳句等文艺兴趣的病人翻阅此等书籍，创作诗歌俳句等十分合适。对宇宙人生问题感兴趣的病人翻阅宗教哲学书籍等也绝对无碍。尤其是论语、圣经、圣人贤者传记读来最为合适。（田村化三郎，1907：101—102）

如上面向结核病人的读物推荐，其实与田村在同书中提到的"'神经的卫生'与'肺的卫生'"（田村化三郎，1907：53）相呼应，提示出与身体层面治疗法并列的精神层面治疗法。事实上，这种对于精神疗法的关注在同时期的"结核"言说中并不罕见。《通俗卫生顾问新书》中指出："精神修养方面表现一般的结核患者治疗起来非常困难，与之相对，具有哲学、宗教等素养的人精神坚定，在治疗成绩上也呈现出巨大差异。"（羽太锐治，1906：496）作为精神疗法的实例，杂志《心之友》中刊载的《肺尖加答儿肠结核》一文报告道："患者非常富有信仰心，因而给予其精神上的训诫、规劝其阅读杂志《精神》以勉励修养都进行得十分顺利。精神状态一改沉郁，变得开朗，仅经一周治疗，恶寒腹泻等症状也逐渐消失，食欲增强，胸痛消除，今天欣欣然来到医院，痊愈之期应该不远。"（《心之友》，1906：23）以此为背景，在同时代评论中被视为"具备一种精神感化意味"的"经文"的《病床录》，是否也可以纳入结核病人的精神疗法谱系中呢？编者真山青果在序言中表示该书的编撰经历于他而言，"无论在艺术上还是修养上都有极大的恩赐"（国木田独步，真山青果，1908：3），并评价道："独步氏是热诚自然之人。虽在病床，但精力丝毫不减，气势、警句、诙谐，滔滔不绝。"（国木田独步，真山青果，1908：3）在此，透过《病床录》及其周边文本，我们似乎可以窥见一个身在病床，却富有精神力量的独步形象。那么，这一形象是如何构建起来的？在同时代读者中具有怎样的意义呢？下节将聚焦分析"报国木田独步氏病状之书"中的疾病书写及其疗愈目标的确立过程，结合媒体所反映的同时代读者需求，探讨"有余裕的病人"这一形象构建的动因。

二、"有余裕的病人"形象构建

（一）作为疗愈目标的"有余裕的病人"

在前期的通讯文中，对病人独步的病情描写占据了主要篇幅，试看以下"第一信"中的部分段落。

> 从夫人那里了解到，医生说由于长期侧卧于病床，右侧肋膜出现了轻微炎症。咳嗽及其他症状自然随之出现、恶化。<u>但是本人依然精神</u>，说着"肋膜这点算什么，去他的"之类的话。<u>没关系，只要这样有精神便没关系，虽然多少有些发热，但没有特别要紧。</u>
>
> 精神状态是这种情况，吃饭也不错，聊天和吃饭，这两方面令人惊讶。昨天略微呆了一小时，（病人）就享用了红茶、面包、菠萝、寿司三块。<u>当然食量非常少，但其味觉的敏锐和胃的强健程度到底不像是病床上的人。</u>此外还说"盼着晚上吃新潮社的牛肉呢"。我也接触过非常多患同一种病的患者，但还未见过这么精神且食欲旺盛的病人，各方面都很好。（国木田独步，真山青果，1908：234—235）

可以发现，真山在此多次采用了先抑后扬的叙述基调，表示独步的病情并无大碍。这种叙述策略，既可以视作是为了安抚挂念独步的读者，同时也可以看作是对于同样身患结核病的读者的鼓励。"没关系，只要这样有精神便没关系"，暗示其以独步为参照，只要像他一样保持精神、食欲良好便没关系。作为这种叙述基调的延续，从病情出发，真山的描写逐渐向围绕独步的形象塑造、人物评价转移，试看"第二信"中的以下段落。

> 病人依旧是好精神。爱聊天，爱吃饭，也爱发脾气。也有看着他心想"这也算病人吗？"这样些许生厌的时候。我迄今为止

也应对过不少患同一种病的患者,却从未见过这么<u>有余裕的病人</u>。即便同样发脾气,那真是不由分说地大哭大喊、挣扎发狂,<u>没有像独步氏这般伴有五分可爱、诙谐的。是有余裕的</u>。我父亲他们,发起怒来只顾发怒,哭起来只顾哭,就像妒妇发怒般生气、哭闹。想来是无法将自身游离于痛苦之外的。总之,这样一来,无论是独步氏本人还是看护者都大为受益。(国木田独步,真山青果,1908:237—238)

在此,真山通过将独步与一般结核病患者进行对比,勾勒出其即便不耐病痛,生起气来也"伴有五分可爱、诙谐"、能够"将自身游离于痛苦之外"的"有余裕的病人"形象,也由此树立起一种面对疾病的理想姿态。以"有余裕的病人"这一疗愈目标为依据,真山此后的通讯文也逐渐显露出将读者视线从表层病情引向深层思考,即疾病书写的抽象化趋势,试看"第四信"中的以下段落。

我这十日坐在独步氏枕侧,所获益处和启发良多,受到了无比宝贵的恩赐。<u>面对人生和艺术的真挚态度是其一,立志通过艺术成为天下之师是其二,面对窘迫不满的自恃心是其三。这三点虽然是经常听说、谈论的陈词滥调,但直到从独步口中说出,才感到不曾领会的权威和重压迫近身旁</u>。(国木田独步,真山青果,1908:248)

与前述《病床录》序言相呼应,真山在通讯文中也论及陪伴病床的经历带给自身的宝贵收获。经由独步这一"有余裕的病人"的演绎,曾经的"陈词滥调"变成了直触心灵的"权威和重压"。在此,真山仿佛自觉成为一名"模范读者"般,引导读者以阅读独步的疾病体验为契机,深化对于日常事物的思考。而在"第八信"中,真山还用大量篇幅转述独步本人的思考。

<u>我如今方为穷极快乐之心的浅薄而懊悔。伴随身体病笃、精</u>

神衰弱,只觉懊悔倍增。别误解,所谓心灵的快乐并非世间那种浅薄的快乐,我说的是正直、美好的快乐。比如,看那枕旁的花。如今的我多么为其所安慰、愉悦。因此往往能够进食、忘却痛苦。然而,健康之日,我对于其中莫大的力量和感化又是多么漠然呢。(中略)每当想到友人等的深厚情谊,自身的感情便更加强烈、敏锐,想要体察这般深情的最深处。(中略)这是疾病给予我的恩赐、礼物。我如今方才得以拥有最为纯洁的感情。
(国木田独步,真山青果,1908:263—264)

此处采取直接引语的形式,让独步直面读者倾吐"疾病给予我的恩赐、礼物",启发后者反思健康之日的漠然,思考疾病可能带来的正面影响。总之,真山在"报国木田独步氏病状之书"中,巧用先抑后扬的叙述策略,抚慰读者对结核病的恐惧心,塑造出不同于一般结核患者的"有余裕的病人"形象,以此作为阅读这一精神疗法的疗愈目标。同时将读者视线从表层病情引向深层思考,并以其自身和独步为例,示范如何以疾病体验为契机,获得精神层面的进步。

(二)同时代读者的需求

如果说"报国木田独步氏病状之书"中"有余裕的病人"形象构建为读者确立了疗愈目标,那么达成这一目标亦需要基于读者的需求。《读卖新闻》的投稿栏"明信片集"为管窥同时代读者群体面貌提供了线索。山本武利通过调查《读卖新闻》1898年6月23日至1900年12月31日的明信片投稿栏得出结论:以学生为主体的知识分子读者在该报读者群体中占比居高(山本武利,1981:105)。明治20—30年代,《读卖新闻》的文学色彩日益浓厚(山本武利,1981:107)。聚焦通讯文的连载时期(1908年5—6月)亦可以确认,该时期的"明信片集"文学色彩浓厚①。

---

① 如"小说《生》没有中断连载真是令人欣喜,希望今后也能这样(湘南春野子)"(《读卖新闻》1908年5月8日,第6版)等投稿表现出对该时期连载于《读卖新闻》的田山花袋小说《生》的关心。

此外，宗教、哲学相关话题亦居多，可见从日常生活中发现趣味、思考的倾向。基于这一读者群体特征，再看《病床录》中的谈话笔记部分，如下所示在各小节首页精选出该节代表性语录的排版设计，则可视作是迎合上述读者需求的精心安排。

> "我没有道德信条，而以自身是否感到羞耻作为行为标准。"……独步（国木田独步，真山青果，1908：47）

这种文本形态无疑与前述同时代评论中"作为思想家的独步"相呼应。事实上，独步表现自身高洁形象的语句在《病床录》中大量存在，更集中地以如下对同时期重要修养书《菜根谭》的呼应形式表露出来。

> 世上有自矜一隅而自视甚高者。可笑。真正的高士，纵然身处粪尿秽浊之间亦不轻易露其圭角。菜根谭中所谓尤高之士是也。（国木田独步，真山青果，1908：48）

"尤高"即出自《菜根谭》中"势利纷华，不近者为洁，近之而不染者为尤洁。智械机巧，不知者为高，知之而不用者为尤高"（山田孝道，1908：5）一句。在明治中期至大正中期的"修养时代"（王成，2004：117—145），《菜根谭》是版次仅次于《论语》的修养畅销书。各出版社纷纷出版其讲义本、注释本，以迎合修身阅读的倾向（王成，2013：19—21）。作为"修养时代"的畅销书，《菜根谭》也为结核病流行语境下，作为"精神感化"读物的《病床录》提供了思想资源。由此，基于"结核"这一媒介以及《病床录》与《菜根谭》的互文关系，"修养时代"的阅读形态、面向结核病患者的精神疗法以及"有余裕的病人"这一独步形象被联系了起来。

三、"有余裕的病人"及其背后

至此可以确认，《病床录》中的"报国木田独步氏病状之书"和谈话笔记是如何在结核病人的精神疗愈语境中构建起"有余裕的病人"独步形象，并在读者中发挥"精神感化"作用的。需要注意的是，这两部分文本都出自编者真山青果之手。真山本人亦在《病床录》序言中提道："事到如今，遗憾的是本书完全没有经过独步氏的校阅。"（国木田独步，真山青果，1908：4）换言之，独步既是言说主体，也是被言说对象。池田功指出，罹患结核病的作家因苦于病情，其作品多直抒胸臆；与之相对，以结核病为故事素材的作家则多将结核病作为引人省思的主题（池田功，2002：8）。如此看来，在《病床录》中借由真山之手进行书写的独步可能只是言说如何与疾病作战的素材而已。另外，在1908年2月4日入住神奈川县南湖院进行疗养前，1907年8月26日确诊咽喉黏膜炎和肺尖黏膜炎以来，独步还曾于茨城县疗养两个多月（国木田独步，1967：54）。其间与亲友们书信往来频繁，亦多涉及围绕自身的疾病书写。与经由真山"传话"的《病床录》相比，与亲友的书信往来或许更接近独步的真实层面。

对比两种文本可以发现，真山在通讯文中提到的"聊天和吃饭，这两方面的精力令人惊讶"，在独步书信中同样有迹可循，如1907年9月26日致斋藤谦藏信中写道："请寄信来。我的灵魂渴求人情。"（国木田独步，1966：520）又如1907年10月6日致妻子信中写道："特别想吃水果，便宜点的也行，请寄些来。不过前几日的梨有点坏了。"（国木田独步，1966：528）独步也时常在信中向对方表达乐观心态，如1907年8月26日确诊后致小杉未醒信中写道："我变虚弱了。仿佛是骨和皮组成的。你要是见了肯定会吃惊。不偏袒地看，说'时日不多了'才是恰当的吧。我也有些后悔了，想着'现在就死怎能忍受呢'，眼泪扑簌落下。但内心不能软弱，要打起精神来与病魔大战一场，在不远的将来奏响凯歌。"（国木田独步，1966：514）可见这与真山通讯文中先抑后扬的叙述基调相通。又如1907年10月3日致妻子信中勉励道："请务必打起精神，不要过于悲观。我们不会一直像现在这般不走运。现在正是忍耐的时候。小生的病和你的病都是独步社在作祟，想必过了年关也将散去了。"（国木田独步，1966：524）正如真山在通讯文中劝慰"没关系"般，通过勉励妻子，独步也在勉励与疾病作斗争的自己。这与真山在通讯文中构建的"有余裕的病人"形象一致。

然而，独步书信中同样存在不少逸出乃至颠覆"有余裕的病人"形象的语句，如1907年10月7日致杉田恭助信中写道："衰弱无力（盗汗的原因），连散步都无法想象，更别说什么精神之奋斗了。都是健康人的空想。虚弱的人无论怎样还是虚弱的。"（国木田独步，1966：529）这是独步基于自身与病魔战斗无果的宣泄，也揭露出田村化三郎等所提倡的精神疗法的破绽。再如1907年10月9日致小杉未醒信中写道："其实近来开始想念东京了。崖上的生活变得有点无聊。虽说什么'岩上三年'，但一直望着海，在崖上生活一个月以上，便觉得断绝了与浮世的联系。非仙风道骨之士难以忍耐。"（国木田独步，1966：530）可见，至少在彼时，独步并未能达成其后在《病床录》中所追求的《菜根谭》式的"尤高之士"的境界。

这种存在于《病床录》与书信之间独步形象的差异，或许可以部分归因于病情严重程度的差异。正如独步入住南湖院以来，在1908年2月12日致田山花袋信中所述"生死问题迫近面前，我日夜经历着前所未有的心灵体验"（国木田独步，1966：553），病情的加重、死亡的迫近，促使独步将注意力从现世社会转向精神世界。然而，并不能因此否认真山在《病床录》中构建"有余裕的病人"形象背后的意图性。试看真山本人在最后一篇通讯文中所作的辩解。

老实说，我自己从未写过如这通讯般反响之大的文字。能得到广泛阅读，我十分欣喜。前来慰问的人、慰问信都说非常关注我这拙劣的通讯文，且因为这通讯文又送来新的慰问信，每日不下四五封。病人也非常喜悦。通讯停止连载的日子严厉斥责我的怠慢，都打不起看报纸的劲儿。（中略）我五月初从高田院长处得知时日不多。之后多次从医生等处听到"十天左右""四五天左右"的话。知道这些却并未告知夫人，也未与令弟多言，只是因为我一味担心家属灰心丧气。

通讯文也一样。独步氏是神经质之人，尤其在病中变得非常敏感，会为区区小事而发怒。而且，虽然知道自己大限将近，却会因为被旁人说病危重症而大为恐惧、生气。像曾经被某某报纸写作死期不远时，怕是由于极其激愤而加重了病情。

我努力只告知能让病人喜悦的内容，报喜不报忧。<u>这通讯与其说是给天下人看的，不如说是为安慰独步氏一人而作。</u>

最后，即便如此，这通讯也没有一句假话。都是事实。<u>只是选取了事实中好的方面写出来而已。</u>（国木田独步，真山青果，1908：268—271）

真山承认其通讯文中"选取了事实中好的方面"的人为性和方向性。究其动因，是为了安抚独步及其家人。"这通讯文与其说是给天下人看的，不如说是为安慰独步氏一人而作。""通讯停止连载的日子严厉斥责我的怠慢，都打不起看报纸的劲儿。"这两句话揭示出一个重要信息，即独步本人既是《病床录》的隐含读者，也是现实读者。真山也在《病床录》序言中提及："五月下旬以来病势日笃，一直苦于发热和咳嗽。即便在这种情况下，独步氏也急于出版，时常催促我校阅。"（国木田独步，真山青果，1908：4）虽然《病床录》最终在独步去世后出版，独步本人没能看到单行本的全貌，但围绕《病床录》的通讯文写作以及谈话笔记的编撰工作，真山应该始终意识到独步这个读者——一位敏感的晚期结核病人。因此，作为"精神感化"读物的《病床录》，实际上就是面向独步以及身处结核病恐惧中的同时代读者的。我们由此可以看到《病床录》发挥疗愈作用的两条路径。一方面，在真山的引导下，独步阅读连载于《读卖新闻》的通讯文，不断接受前者传递给他的"有余裕的病人"这一理想形象，并依照这一形象讲述"将自身游离于痛苦之外"的情状。这与曾经同样备受结核病折磨的正冈子规相通，即坚持书写日常这一"超越放弃的事情"（北川扶生子，2021：95）。另一方面，这一由真山和独步共同构建的形象通过《病床录》进一步传递至同时代读者，指示后者以作为"有余裕的病人"独步为模范，从而发挥"精神感化"的疗愈作用。

当然，"有余裕的病人"形象构建并不止于真山的有意引导和独步的默契配合这种个体层面，更应在时代吁请的视野下加以考虑。日本政策的不备成为结核病蔓延的要因之一。支撑起日本资本主义繁荣期的工厂劳工在极度恶劣的环境中工作、生活，缺乏福利保障的他们长期笼罩在结核病的恐惧下。专为结核病患设立的私立疗养所对平民而言过于昂贵，而公立疗养所的床位又供不应求。多数患者只能在自家或野外的小屋铺设床位，寄希望于民间疗法或者精神信仰（北川扶生子，2021：6—11）。田村化三郎在《肺的卫生》中写道：

> 在公德方面，为避免感染家人和其他人，严格备好痰壶，对咯痰进行消毒，在公共座位上控制好自身，避免毫无顾虑的行为，<u>像这样留心的人无论于治疗法还是预防法上都非常合宜，是神经健全的好模范</u>。而且只要施与其能力范围内的治疗法和预防法便可以了，丝毫不会出现神经方面的问题。<u>像这样至死都能安心的人正是有身病而无心病的人</u>。（田村化三郎，1907：45）

与田村化三郎所提倡的"有身病而无心病的人"相呼应，《病床录》塑造的"有余裕的病人"形象与前者共同参与到"医学生产患者，政策决定处置方式，文化、文学普及其形象"（北川扶生子，2021：13）的运行机制中，并在修养热的推动下，成为将结核疗法求诸精神修养言说中的一环。

结语

明治维新以来，日本现代国家体制日益完备，在集团组织管理技术、国家卫生学、报道机构等方面持续发展。尤其以甲午战争、日俄战争两次对外大战为契机，其国民形成装置不断强化。在战时民族主义高昂的语境中，诸多"军神"诞生，成为促进国民认同的形象符号（堀井一摩，2020：29—30）。以此为背景，"有余裕的病人"这种理想病人形象构建亦可视作理想国民形成装置的一部分，它同样以排除的逻辑，将逸出其外的因素压抑至暗处。以《病床录》为例，我们可以将更加纷繁多样的文学传播活动置于宏观社会系统中，考察文学如何通过媒介与读者互动，进而成为特定社会系统中的重要部门和活跃力量。

参考文献

［1］国木田独歩.国木田独歩全集：第 10 卷［M］.東京：学習研究社,1967.

［2］SG 生.新書雑感［J］.早稲田文学,1908(34).

［3］吉田常夏.地上聖話［M］.東京：四方堂,1916.

［4］福田真人.肺病・サナトリウム・転地療養：結核の比較文化史［J］.言語文化論集,1991,13(1).

［5］池田功.日本近代文学と結核：負の青春文学の系譜［J］.明治大学人文科学研究所紀要,2002(51).

［6］梁艳.国木田独步的疾病体验与文学书写［J］.日语教育与日本学,2019（1）.

［7］北川扶生子.結核がつくる物語：感染と読者の近代［M］.東京：岩波書店,2021.

［8］藤井淑禎.不如帰(ほとゝぎす)の時代：水底の漱石と青年たち［M］.名古屋：名古屋大学出版会,1990.

［9］肺病者の自殺［N］.読売新聞,1907-09-13(3).

［10］宝丹［N］.読売新聞,1908-03-15(3).

［11］肺病治療の一新案：唱歌療法［N］.読売新聞,1908-03-26(5).

［12］田村化三郎.肺の衛生［M］.東京：読売新聞社,1907.

［13］羽太鋭治.通俗衛生顧問新書［M］.東京：東京久彰館,1906.

［14］肺尖加答児腸結核［J］.心の友,1906,1(2).

［15］国木田独步述,真山青果編.病床録［M］.東京：新潮社,1908.

［16］山本武利.近代日本の新聞読者層［M］.東京：法政大学出版局,1981.

［17］ハガキ集［N］.読売新聞,1908-05-08(6).

［18］ハガキ集［N］.読売新聞,1908-05-23(6).

［19］ハガキ集［N］.読売新聞,1908-05-20(6).

［20］山田孝道.菜根譚講義［M］.東京：光融館,1908.

［21］王成.近代日本における〈修養〉概念の成立［J］.日本研究,2004(29).

［22］王成.《菜根谭》在近代日本的传播与阐释［J］.文史哲,2013（6）.

［23］国木田独步.国木田独步全集：第 5 卷［M］.東京：学習研究社,1966.

［24］堀井一摩.国民国家と不気味なもの：日露戦後文学の〈うち〉なる他者像［M］.東京：新曜社,2020.

综 述

中国外国文学学会日本文学研究分会第十八届年会暨"区域国别视野下的日本文学研究"学术研讨会综述

唐卉

由中国外国文学学会日本文学研究分会主办，深圳大学外国语学院承办的中国外国文学学会日本文学研究分会第十八届年会暨"区域国别视野下的日本文学研究"学术研讨会于2023年10月13—15日在深圳成功举办。来自近百所高校与科研机构的学者、师生参加了此次盛会。

10月13日，与会人员报到当晚，日本文学研究分会举行了理事会，共增补18名近年来在日本文学研究领域成绩优异的新理事。随后理事们就学会发展、学会集刊的出版等事宜进行了热烈的讨论。

大会开幕式于10月14日上午在深圳大学粤海校区国际会议厅举行，深圳大学童晓薇教授担任主持人。深圳大学张晓红副校长，外国语学院戴永红院长，日本文学研究分会会长、中国社会科学院研究员邱雅芬教授围绕新时代日本文学研究如何彰显中国研究者的主体性等热点问题先后致辞。他们高屋建瓴地提出建议——树立文学研究的四个自信，即道路自信、理论自信、制度自信、文化自信，期望研究者及时抓住新的发展机遇，为提升我国文化软实力与文化自信作出贡献。

随后，北京外国语大学秦刚教授、湖南科技学院何建军教授、深圳大学童晓薇教授、广东外语外贸大学陈多友教授、厦门大学吴光辉教授、南京大学王奕红教授分别以"'木兰从军'在战时日本的国民化改编""论日本战后派战争小说中的民族主义思想""'娜拉'的到来：中日韩对《玩偶之家》的认知与接受""新文科视域下日本近现代文学教学方法创新实践案例——作为方法论的日本近现代文学""'发现'还是'确认'——以近代日本文人的中国形象构筑为批评对象""全球史视域下的中上健次《十九岁的地图》论"为题作了精彩的主旨发言。日本文学研究分会副会长、清华大学王成教授，上海外国语大学高洁教授担任主持并作了精彩的点评。

14日下午，大会在深圳大学汇文楼的15间教室内进行平行分论坛发言。此次年会共设十五个平行分论坛，每组10余人，分别命名为"区域国别视野下的日本文学研究""中日、中日西文学关系""古代文学""文学思想与方法""作家与文本叙事研究""女性文学研究""研究生论坛"等。其中三个"研究生分论坛"是此次年会的重要特色之一，旨在为日本文学研究的新生力量提供学习与交流的平台。每一个分论坛皆由2名学界知名学者担任主持人和评议人，来自中日两国大学的近40名博士研究生、硕士研究生参会并发表了各自的研究成果，并就研究议题进行了深入探讨。各平行论坛负责人对每一位发言者进行了认真的点评，让年轻学子感受到来自前辈学人的支持和鼓励。有两个分论坛持续了四个小时，夜幕降临，仍然意犹未尽。

15日上午，大会主旨发言由学会秘书长、北京语言大学周阅教授和副秘书长、中国社会科学院唐卉研究员主持，北京大学丁莉教授、苏州大学李东军教授、京都女子大学刘小俊教授、东北师范大学刘研教授、南京工业大学陈世华教授分别以"鉴真弟子思托笔下的圣德太子及其影响""'叠三变五'：世阿弥'萎花'审美思想的建构""世界文学视域下的当代日本文学汉译研究——以水村美苗《私小说 from left to right》为例""平成时代文学的思想史范式探究""新世纪日本文学研究视点"为题分享了最新的研究成果和对文学研究的深刻思考。主持人就每一位报告者的发言作了精彩的点评。

大会闭幕式由深圳大学日语系曾嵘副教授主持，日本文学研究分会副会长王成教授致闭幕词。王成教授高度评价了此次大会对推动新时代日本文学研究的重要意义。在热烈的掌声中，中国外国文学学会日本文学研究分会第十八届年会暨"区域国别视野下的日本文学研究"学术研讨会圆满地落下帷幕。

此次会议是继2018年由内蒙古大学承办的日本文学研究分会第十六

届年会后、时隔五年再次举办的面对面的学术交流活动（2021 年 9 月由武汉大学外国语学院承办的第十七届年会为线上会议）。深圳大学刚刚度过了 40 岁生日，能承办这样一次大规模的学术会议对于深大日语系师生而言也是一次挑战和激励，而来自五湖四海的与会者们也展示了新时代中国学者的风采，乘兴而来，满载而归！

编后记

　　受疫情影响，2021年9月武汉大学外国语学院承办的第十七届年会是以线上的形式举办的。虽然足不出户就实现了学术思想的传递，但线上会议终究有些意犹未尽。两年后，2023年10月13—15日在深圳大学举办的第十八届年会暨"区域国别视野下的日本文学研究"学术研讨会，则是自2018年在内蒙古大学召开第十六届年会后，五年来举办的第一次面对面的大型学术会议。

　　世界百年未有之大变局时代，亦为顺应外国语言文学研究方向的拓展，第十八届年会的主题被设定为"区域国别视野下的日本文学研究"。与会学者就"区域国别视野下日本文学研究"的新路径、新方法进行了热烈的探讨。《中国日本文学研究》第一辑刊出了一批"区域国别视野"相关论文，为后续研究、讨论提供了一个切实的抓手。区域国别研究的特点是重视基于整体性知识的研究，即重视跨学科交叉研究。这也是一种符合全球化时代的学术范式，亦是对重视"贯通"与"融通"的中国传统学术范式的某种回归。中国传统学术原本文史不分家。可以说，"贯通"与"融通"意识亦是中国话语体系建设的重要路径之一。不仅如此，区域国别视野的导入，有助于打破森严的学科壁垒，不断强化研究的深度与广度，亦能不断生成新的学术增长点，对盛行一时的不接地气的研究方法亦形成某种制动作用。人类是一种习惯性的生命体，偶尔的制动反倒可以激发出新的活力。

　　《中国日本文学研究》第一辑主要有4个栏目，具体包括："前沿研究"2篇、"区域国别视野"7篇、"比较与跨文化视野"6篇、"重读"3篇。这些论文大多是第十八届年会论文，经过各位专家、学者的努力，成为完整论文并刊载于《中国日本文学研究》第一辑。相信这批论文及后续集刊论文的推出将有利于研究边界及学术视野的不断开拓。一次性刊出

18篇日本文学研究论文，这是中国日本文学学科史上的一个重要事件。

如《发刊词》所言，目前中国日本文学研究队伍庞大，但尚无专业期刊或稳定出版的会刊。从《中国日本文学研究》第一辑踊跃的投稿态势亦可知学界对专业期刊期盼已久。《中国日本文学研究》集刊主要栏目包括前沿研究、区域国别视野、比较与跨文化视野、动态研究、翻译研究、重读、书评、综述等。希望我们共同呵护这份刊物！希望我们能够排除资金短缺等诸多困难，尽早形成稳定的出版周期，为本学科广大学者提供一个坚实的思想交流平台，助力学者个人与学科整体的不断发展！

邱雅芬

2025年3月27日

《中国日本文学研究》征稿说明

《中国日本文学研究》为中国外国文学学会日本文学研究分会（中国日本文学研究领域唯一全国学会）会刊，半年期集刊，由中国社会科学出版社出版。

1 本刊投稿须知

1.1 来稿须遵守学术诚信、学术规范，有明确的创新性、学术性和科学性，文字表达力求准确规范。所有稿件均未在国内外公开发表，请勿一稿多投。字数8000—10000字。

1.2 本刊采取同行专家匿名评审。

1.3 本刊享有修改权、网络版权等。

1.4 限于人力，来稿恕不能一一回复、退回，请予谅解。凡投稿3个月未收到录用通知者，请自行处理。

1.5 请务必遵照以上要求。凡向本刊投稿者，均视为自动接受上述约定。

2 稿件要求

2.1 作者：首页以"脚注"形式标出作者信息，具体包括：作者单位、职称、学位、研究方向。如有项目信息，依次列出项目信息，并注明项目编号。

文后另附作者工作单位、职务职称、学术简历、详细地址、邮政编码、电子信箱、手机号码、微信号。多位作者仅列第一作者简介。

2.2 格式：所有投稿论文须按本刊投稿格式投稿方为有效投稿。正文字体采用5号宋体、标题字体采用小4号宋体加粗。

2.3 论文摘要：（250—300字）应简洁明晰，主要内容包括：研究目的、方法、结论等；关键词：（3—5个，关键词中间用分号隔开）。英文的题目、摘要、关键词须与中文的题目、摘要、关键词一致。

2.4 正文标题编号：（请注意"引言""结语"无须编号）

正文一级标题：一、二、三

正文二级标题：（一）（二）（三）……

正文三级标题：（1）（2）（3）……

2.5 注释：应尽量减少注释。需对文中特定内容进行补充、解释或说明的，可以适当使用脚注，即在正文相应位置上角标用"圈码数字"①、②……。每页重新标注，即每页从①、②重启。

2.6 文献引用：采用"文内标注"形式，具体如下：

文内引文所据文献，应在引文后用圆括号注明作者姓名（英文只注姓）、出版年、引文页码，例如：（上田秋成，1977：495）；（Varantola，1980：62—63）。三人及以上作者，仅需标注第一作者，如：（金明等，1997：354）。多篇文献并列使用，应在括号内注明作者姓名、出版年，中间分号隔开，如：（刘全，刘辉，2002；文明，2004；文峰，2011）。中文标注中的所有标点均应为全角输入状态下的汉字标点，英文引文标注为半角状态下的英文标点。

2.7 参考文献：文内未直接或间接引用的文献不列入参考文献中。请按在正文中出现的先后顺序排序。

文献需要明确文献类型标志，标识如下：专著［M］、论文集［C］、专著或文集中析出的文章［A］、报纸［N］、期刊［J］、学位论文［D］、其他类型文献［Z］。

2.8 投稿邮件格式：作者名（含所属单位）+论文名。

2.9 本刊为中文出版物。如无特殊情况，除"参考文献"外，正文一律使用中文。正文中的"引文"也一律使用中文。

2.10 本刊投稿邮箱：rbwxyj@163.com。